Rieger & Rieger

Respekt, Frau Specht!

Ein Kriminalroman aus dem Burgenland

Für Maria Pichler und Werner Bareuther
aus Donnerskirchen

The clock is running.
Make the most of today.
Time waits for no man.
Yesterday is history.
Tomorrow is a mystery.
Today is a gift.

Alice Morse Earle
Amerikanische Historikerin und Autorin
(27. April 1851 – 16. Februar 1911)

Die Zeiger der Uhr bewegen sich unaufhörlich weiter.
Machen wir das Beste aus jedem Tag unseres Lebens.
Die Zeit schreitet voran, mit oder ohne uns.
Das Gestern ist Geschichte.
Das Morgen ist ein Geheimnis.
Das Heute ist ein Geschenk.

Freie Übersetzung von Rieger & Rieger

Vorwort

»Die schönste Rede, die man in unseren Zeiten halten kann, wäre: Über die Kunst, zu Hause zu bleiben!«

Dieser Ausspruch stammt nicht etwa von einem zeitgenössischen Politiker, sondern vom griechischen Philosophen Demokrit (*460 vor Christus, † 370 vor Christus).

Was auch immer Demokrit zu dieser Aussage veranlasst hatte, wir wissen es nicht. Fakt ist aber, dass wir alle gezwungen waren, uns seit Ausbruch der Corona-Pandemie in dieser Kunst zu üben.

Viele Menschen mussten ihren Alltag komplett neu strukturieren, ihre Lebensziele an die veränderten Rahmenbedingungen anpassen, auf das Zusammentreffen mit geliebten Menschen verzichten und bestimmte Vorhaben verschieben oder überhaupt verwerfen – und zu Hause bleiben!

Jetzt könnte man meinen, dass einzelne Berufsgruppen, wie etwa Schriftsteller, von Ausgangs- oder sonstigen Freiheitsbeschränkungen nur marginal betroffen sind, da sie ihre Zeit zumeist ja ohnehin zu Hause am Schreibtisch verbringen und sich nur hin und wieder in reale Welten begeben.

Diese Vorstellung ist nicht ganz unrichtig, und wahrscheinlich wird die Corona-Pandemie viele Philosophen, Dichter und Schriftsteller dazu anspornen, herausragende Werke über den fragilen Begriff der Freiheit und der Selbstbestimmtheit der Menschen zu verfassen.

Autoren von Restaurant- oder Lokalführern, Reisetagebüchern oder anderen zeitnahen, an bestimmte Orte oder Lokalitäten gebundene Publikationen, hatten es während all der Lockdowns aber recht schwer, ihrer Berufung nachzugehen, denn schließlich gilt es für sie primär, authentisches Lokalkolorit realistisch einzufangen. Dies setzt aber unter anderem eine uneingeschränkte Reisefreiheit voraus und natürlich auch die Möglichkeit, in einem Hotel oder in einer Pension zu nächtigen, Lokale und Restaurants aufzusuchen und vor allem, und das ist das Wichtigste: mit vielen Menschen zusammenzukommen und einen persönlichen Dialog zu führen.

All dies war seit März 2020 bekanntermaßen nur bedingt möglich und hat auch uns massiv beeinträchtigt, denn die Handlung unseres mittlerweile fünften Kriminalromans mit dem pensionierten Chefinspektor Bruno Specht hätte ihn und seine Ehefrau Anna eigentlich nach Tirol führen sollen, und zwar ins winterliche Seefeld, wo die beiden einen einwöchigen Urlaub mit Pistengaudi und Pulverschnee hatten verbringen wollen. Naja, und einem recht verzwickten Mordfall wäre der Bruno Specht dabei natürlich auch nachgegangen, wie das halt so ist bei den Specht-Krimis.

Mit den Vor-Ort-Recherchen für diesen Roman hatten wir im Februar des Jahres 2019 begonnen, was uns viel Vergnügen bereitet hatte, denn was gibt es Schöneres, als vor einer tiefverschneiten Bergkulisse durch frisch gefallenen Schnee zu stapfen und sich zwischendurch mit einem Jagatee aufzuwärmen?

Daran, dass man anschließend monatelang am Schreibtisch hockt, um den Roman zu Papier zu bringen, mag man zu diesem Zeitpunkt nicht denken, und schon gar nicht daran, dass die ganze Mühe für die Katz' gewesen sein könnte.

Genau Letzteres war dann aber der Fall!

Als Erscheinungstermin für den Roman war zunächst der März des Jahres 2020 geplant. Eine denkbar ungünstige Planung, wie sich herausstellen sollte, denn just zu diesem Zeitpunkt hatte das Covid-Virus begonnen, sich auch in Österreich auszubreiten.

In der irrigen Annahme, dass es sich bei der Pandemie um einen rasch vorübergehenden Spuk handeln würde, beschlossen wir, die Handlung des Romans an die Gegebenheiten anzupassen und entsprechend zu adaptieren, mit dem Ziel einer Veröffentlichung im Dezember 2020.

Das war keine gute Idee, wie wir heute wissen!

Denn dass unsere Protagonisten ungetrübte Urlaubsfreuden in Tirol genießen würden, zu einem Zeitpunkt, an dem die Infektionszahlen in ungeahnte Höhen schossen, die Hotellerie und Gastronomie monatelang geschlossen und Skilifte und Seilbahnen außer Betrieb waren, wäre mehr als unglaubwürdig gewesen.

Was also tun mit einem Roman, dessen Handlung so gar nicht mehr zu den Rahmenbedingungen des Jahres 2020 passte?

Wir haben lange überlegt, wie wir mit dieser diffusen Situation umgehen könnten. Noch einmal umschreiben, in der Hoffnung, dass das Virus bald besiegt sein wird?

Nach Rücksprache mit unserer Verlegerin Anita Keiper (bei der wir uns an dieser Stelle herzlich bedanken möchten für ihre unendliche Geduld und Nachsicht!!!) haben wir uns schließlich schweren Herzens dazu entschlossen, unseren Tirol-Krimi auf Eis zu legen, denn der viel zitierte Blick in die Glaskugel war auch uns verwehrt, und wir wussten damals, und wissen es auch heute noch nicht, welche Szenarien uns noch erwarten werden, wie lange wir noch mit Mund-Nasen-Schutzmasken durch die Gegend laufen werden, ob es zu weiteren Lockdowns kommen wird, und so weiter ...

All diese Umstände waren natürlich keine große Motivation, an unserem Vorhaben festzuhalten und für jedes der neun österreichischen Bundesländer einen eigenen Specht-Krimi zu verfassen.

Es wäre schade, damit nicht weiterzumachen, haben wir schließlich gemeint, denn immerhin haben wir es bisher geschafft, für Wien, Kärnten, Niederösterreich und die Steiermark recht passable Kriminalromane zu verfassen. Also haben wir uns gesagt: Wir machen weiter, und von so einem verdammten Virus lassen wir uns nicht von unserem Ziel abbringen!

Nur, in welchem Bundesland konnte die Handlung unseres nächsten Romans bei all den nach wie vor herrschenden Widrigkeiten realistischerweise stattfinden?

In dieser Frage hat uns Johann Wolfgang von Goethe den, wie wir glauben, richtigen Weg gewiesen, mit seiner Empfehlung, die – etwas abgewandelt – wie folgt lautet: »Warum in die Ferne schweifen? Sieh, das Gute liegt so nah!«

Also beschlossen wir, unsere Protagonisten, Anna und Bruno Specht, im von Wien nur dreißig Minuten entfernten Burgenland ermitteln zu lassen, also in Österreichs jüngstem Bundesland[1].

Eine Entscheidung, über die wir heute mehr als froh sind, zumal das Burgenland an Gutem und Schönem viel zu bieten hat! Da wäre zunächst einmal der Neusiedler See

---

1 Spitzfindige LeserInnen werden jetzt monieren, dass das jüngste Bundesland der Republik Österreich, politisch betrachtet, eigentlich Wien ist, und zwar seit dem 1. Januar 1922. Territorial betrachtet ist es aber das Burgenland, welches nach der Volksabstimmung in Ödenburg/Sopron im Dezember 1921 als Bundesland zu Österreich kam und somit im Jahr 2021 seine einhundertjährige Zugehörigkeit zur Republik Österreich feierte.

zu erwähnen, das *Meer der Wiener,* und im gleichen Atemzug der Seewinkel mit seiner einzigartigen Flora und Fauna. Und natürlich das Leithagebirge, das als Ausläufer der Alpen eine Verbindung zu den Karpaten bildet. Da man mit den Alpen und den Karpaten üblicherweise auch schneebedeckte Berge verbindet, wollen wir der guten Ordnung halber, für all jene LeserInnen, die das Burgenland nicht kennen, anmerken, dass die höchste Erhebung des Leithagebirges, der Sonnenberg, gerade einmal 484 Meter über dem Meeresspiegel liegt, fürs Skifahren oder Snowboarden also nicht geeignet ist.

Was alle anderen Sport-, Freizeit- oder kulturellen Aktivitäten anbelangt, so hat das Burgenland hingegen viel zu bieten. Uns fallen dazu spontan die im lieblichen Hügelland des Mittel- und Südburgenlands eingebetteten Heil- und Thermalquellen ein, und auch die vielen geschichtsträchtigen Schlösser und Burgen mit ihren im Mittelalter zum Teil recht schaurigen und blutrünstigen BewohnerInnen, etwa der Blutgräfin der Burg Lockenhaus.

Wenn wir in der Geschichte weiter zurückblicken, so kommen wir zwangsläufig auch auf die alten Römer zu sprechen, die, wie könnte es anders sein, das Burgenland ebenfalls zu schätzen wussten. Was auch durch zahlreiche historische Funde in den Regionen Pannonia Prima, Valeria, Savia und Secunda belegt ist.

Das einzigartige Terroir der Böden und das milde Klima (das Burgenland gilt als Österreichs sonnenreichstes Bundesland) veranlasste die römischen Legionäre, Weinstöcke zu pflanzen, womit sie den Grundstein dafür legten, dass sich das Burgenland zum heute zweitgrößten Weinanbaugebiet Österreichs entwickeln konnte. Und zwar auf allerhöchstem Niveau! Es gibt kaum einen internationalen

Wettbewerb, bei dem nicht mehrere burgenländische Spitzenweine prämiert werden.

Und weil wir gerade beim Wein sind, möchten wir auch auf die pannonisch, kroatisch, serbisch und slowakisch geprägte Kulinarik hinweisen: ein köstliches Vermächtnis der über Jahrhunderte hinweg dort angesiedelten Menschen!

Schlussendlich, und das ist uns ein wichtiges Anliegen, wäre noch die liebenswerte Wesensart und der heitere und frohsinnige Charakter der BurgenländerInnen zu erwähnen, die dieses historisch so gebeutelte Stückchen Österreich bevölkern und uns beispielhaft vorleben, dass ein friedliches und harmonisches Miteinander unterschiedlicher Völkergruppen möglich ist.

Aber: Wo viel Licht ist, ist auch viel Schatten!

Und das gilt auch für das sonnige Burgenland, denn auch hier geschieht so manches Verbrechen! Und in unserem nachfolgenden Roman just innerhalb jenes Zeitraums, in dem unsere Protagonisten Anna und Bruno Specht vergnügt rund um den Neusiedler See durch die Gegend radeln …

In diesem Sinne wünschen wir Ihnen, geschätzte Leserinnen und Leser, vergnügliche, unterhaltsame und spannende Stunden mit unserem Burgenland-Krimi!

Veronika & Mario Rieger
Burgenland/Wien
Sommer 2021

1.

Noch im Halbschlaf und mit geschlossenen Augenlidern nahm Bruno das dämmrige Licht wahr, das durch die Vorhänge sickerte. Aus dem Innenhof war der Morgengesang einer Amsel zu hören.

Bruno lauschte für eine Weile dem lieblichen und freudvollen Klang der Vogelstimme, schließlich öffnete er blinzelnd die Augen und drehte sich zu Anna um. Sie schien fest zu schlafen und atmete tief und gleichmäßig, ihr Gesichtsausdruck war aber ernst und angespannt, so als würde sie im Schlaf mit einem Problem kämpfen.

Bruno berührte sie sanft an der Schulter, daraufhin gab sie einen unwilligen Laut von sich, zog ihre Bettdecke bis zum Kopf hoch und drehte sich zur Seite.

Um sie nicht zu wecken, stand Bruno leise auf, ging zur Toilette und anschließend ins Wohnzimmer, wo er mechanisch einen Blick auf den Stehkalender am Schreibtisch warf.

Keine Termine, stellte er deprimiert fest, und unwillkürlich schweiften seine Gedanken ab und kehrten zurück zu jenen Februar-Tagen des Vorjahres, an denen das Corona-Virus die westliche Welt und auch Österreich erreicht hatte. Vor seinem inneren Auge tauchten die Bilder von Militärtransportern auf, die im norditalienischen Bergamo Särge mit Covid-19-Toten in Krematorien transportiert hatten. Und auch die erschütternden Videoaufnahmen von weißgekleideten, vermummten Männern, die in New Yorker Massengräbern Holzsärge dicht aneinander- und übereinanderstapelten, drängten sich wieder in sein Gedächtnis.

Anna und er hatten die ersten Wochen nach Ausbruch der Pandemie in einer Art Schockstarre verbracht. Sie hatten in den Medien tagelang die Nachrichten über die steigenden Infektionszahlen verfolgt und ihre Wohnung jeweils nur kurz verlassen, um die notwendigsten Einkäufe zu besorgen. Eine FFP2-Maske sowie ein kleines Fläschchen mit einem Handdesinfektionsmittel waren seither zu ihren ständigen Begleitern geworden. Um sich abzulenken, hatte Anna schließlich den obligaten Frühjahrsputz in Angriff genommen, eine Prozedur, die sich in Brunos nachträglicher Wahrnehmung über Wochen hingezogen hatte.

Er selbst hatte während dieser Zeit versucht, Ordnung in sein Bücherregal zu bringen, war mit diesem Vorhaben aber kläglich gescheitert. Denn wann immer er eines seiner geliebten Geschichtsbücher zur Hand genommen hatte, waren seine Gedanken abgeschweift und er hatte sich gefragt, ob Anna und er diese Pandemie wohl überleben würden. Und ob es jemals wieder so etwas wie Normalität geben und er unbekümmert durch die Wiener Innenstadt bummeln, in einem Kaffeehaus auf eine Melange einkehren oder in Buchhandlungen, Antiquariaten und Bibliotheken stundenlang in Büchern würde schmökern können. All dies hatte sich nach seiner Pensionierung zu einem wichtigen Bestandteil seines Lebens entwickelt, ebenso wie seine einmal wöchentlich stattfindenden Tarockrunden mit drei seiner ehemaligen Kollegen aus dem Wiener Landeskriminalamt beziehungsweise aus dem Bundeskriminalamt.

Dass diese Zusammenkünfte aufgrund diverser Lockdown-Beschränkungen nicht wie gewohnt hatten stattfinden können, hatte ihm schwer zu schaffen gemacht. Nicht so sehr wegen des Tarockierens, sondern vielmehr, weil diese Kollegen, die im Gegensatz zu ihm allesamt noch im aktiven Polizeidienst standen, dabei oft auch aktuelle Kriminalfälle zur Sprache brachten, die ihn, als vormaligen Chefinspektor des LKA Wien, naturgemäß brennend interessierten. Dass seine Kollegen nach wie vor an seiner Meinung und an seinem Rat interessiert waren und ihm so zu verstehen gaben, wie sehr sie seine Erfahrung und seine Menschenkenntnis schätzten, hatte ihm auch nach seiner Pensionierung das Gefühl vermittelt, noch gebraucht zu werden.

Tja, und jetzt hockte er nutz- und tatenlos herum und wartete auf …, ja, worauf eigentlich?, fragte er sich. Aufs Sterben?

Ein paar dicht aufeinanderfolgende Hupsignale unterbrachen seinen trüben Gedankengang. Er öffnete das Fenster und blickte auf die Straße hinab, wo der Lenker eines Range Rovers gerade versuchte, seinen Wagen in eine nach Brunos Einschätzung viel zu kleine Parklücke einzuparken. Hinter dem Range Rover hatte sich bereits eine Wagenkolonne gebildet, der Fahrer eines anthrazitfarbenen BMW beugte sich aus dem Seitenfenster und forderte den Lenker des Range Rovers in tiefstem Wiener Jargon auf: »Jetzt foa scho weida, du Oasch!«

Die Leute werden immer aggressiver, dachte Bruno kopfschüttelnd und schloss das Fenster. Er war gerade im Begriff, ins Schlafzimmer zurückzugehen, als Anna im Türrahmen auftauchte. Sie hatte ihre Brille schief aufgesetzt, etliche Strähnen ihres dunkelblonden Haares hingen ihr ins Gesicht oder standen zu Berge.

»Warum bist du schon auf?«, fragte sie gähnend.

»Ich war am Klo und leg mich jetzt noch eine Stunde aufs Ohr«, gab Bruno zurück.

»Recht hast du! Es ist ja erst kurz vor halb sieben.«

»Eben, ich versäum ja nix!«, antwortete Bruno freudlos und schlurfte mit hängenden Schultern ins Schlafzimmer.

Dass Bruno die mit der Pandemie verbundenen sozialen und sonstigen Einschränkungen zunehmend auf der Seele lasteten, bereitete Anna schon seit geraumer Zeit Sorgen. Sie hatte sich Zeit ihres Lebens trotz mancher Widrigkeiten und gesundheitlicher Probleme ihre positive Lebenseinstellung erhalten, fragte sich seit einiger Zeit aber, ob es ihr und Bruno wohl vergönnt sein würde, ihren Lebensabend halbwegs gesund und sorgenfrei verbringen zu können, oder ob all die Mühen und Anstrengungen ihres arbeitsreichen Lebens umsonst gewesen wären. Sie und Bruno hatten jahrelang eisern gespart, um den Kredit für ihre Wohnung zurückzahlen zu können, hatten auf ein eigenes Auto, auf teure Urlaubsreisen und auch auf so manch andere Annehmlichkeiten verzichtet. Und sie hatten gehofft, sich nach ihrer Pensionierung endlich ihren langgehegten Wunsch erfüllen zu können, nämlich eine Rundreise durch die USA zu unternehmen.

Naja, das wird wahrscheinlich noch eine Weile dauern, bis das wieder möglich ist, sagte sich Anna niedergeschlagen und ging in die Küche, um das Frühstück vorzubereiten. Während sie den Kaffee aufsetzte, gewann aber ihr Optimismus wieder Oberhand.

Amerika wird auf uns warten, dachte sie. Und aufgeschoben ist nicht aufgehoben. Aber mit dem Bruno kann das so nicht weitergehen, den muss ich irgendwie aus seinem Tief herausholen!

Bruno hatte vergeblich versucht, noch etwas Schlaf zu finden, schließlich war er gegen halb acht aufgestanden.

»Hast du noch nicht gefrühstückt?«, fragte er Anna, die vor dem gedeckten Frühstückstisch saß und geistesabwesend auf ihr Smartphone starrte.

Anna legte das Handy beiseite und schaute ihn prüfend an. Sie selbst hatte im Laufe des letzten Jahres zu ihrem Ärger an die fünf Kilo zugenommen, Bruno hingegen schien an Gewicht verloren zu haben. Sein rundes Gesicht war eingefallen, seine großen, braunen Augen glanzlos, um seine Mundwinkel herum hatten sich tiefe Kummerfalten eingegraben, und in seinem bis vor Kurzem noch dichten braunen Haar sprießten spröde graue Strähnen.

»Was machst du denn für ein Gesicht?«, fragte sie, ohne auf Brunos Frage einzugehen.

»Mir geht das alles schon so unbeschreiblich auf die Nerven!«, murrte er und griff nach der Kaffeekanne.

»Mir auch«, gab Anna zurück. »Und genau aus dem Grund hab ich beschlossen, dass wir heute etwas unternehmen sollten! Das Wetter wird laut Vorhersage recht schön werden, wir könnten also raus ins Grüne fahren, ein bisschen durch die Gegend wandern und anschließend endlich wieder einmal in ein Gasthaus einkehren und was Gutes essen.«

»Ja, das wäre nett, aber mit dem Essen wird's wahrscheinlich schwierig werden.«

»Warum?«

»Die Gastronomie hat erst gestern wieder aufsperren dürfen, und ich hab im Fernsehen einen Bericht gesehen, wonach die meisten Restaurants und Wirtshäuser auf Wochen hin ausgebucht sind. Was mich nicht wundert, denn die Lokale waren ja über ein halbes Jahr geschlossen. Und bei dem schönen Wetter sind wir zwei wahrscheinlich nicht die einzigen, die heute einen Ausflug machen und irgendwo einkehren wollen.«

»Wir könnten uns eine Jause mitnehmen.«

»Ach was, verschieben wir den Ausflug einfach und holen wir ihn nach, sobald sich in der Gastronomie der Andrang wieder gelegt hat. Auf ein paar Tage mehr oder weniger kommt's jetzt auch nicht mehr an.«

»Nein!«, erwiderte Anna bestimmt. »Ich brauche frische Luft, ich brauche Sonne und ich brauche Bewegung! Und ich möchte endlich wieder etwas anderes sehen als die tristen, grauen Fassaden der Häuser und die Gesichter der grantigen Wiener!«

»Also gut, wenn du unbedingt willst«, gab Bruno unwillig nach.

Anna setzte eine beleidigte Miene auf, gleich darauf erhellte sich ihr Gesichtsausdruck aber wieder. »Ich hab mir vorhin im Internet ein paar Ausflugsziele angesehen, und zwar«, sie griff nach ihrem Handy, tippte auf Google einen Suchbegriff ein und sagte dann zufrieden: »… ja, das machen wir!«

»Was machen wir?«

»Ein Picknick!«

Bruno zog erstaunt die Augenbrauen hoch. »Und wo?«

»Lass dich überraschen«, gab Anna geheimnisvoll zurück, und so kam es, dass sie zwei Stunden nach ihrem ausgedehnten Frühstück am Wiener Hauptbahnhof in einen Zug nach Neusiedl am See stiegen.

So wie Bruno es richtig vermutet hatte, waren er und Anna nicht die einzigen Ausflügler an diesem Tag. Halb Wien schien unterwegs zu sein, sie fanden nur mit Mühe zwei freie, nebeneinanderliegende Sitzplätze.

»Das ist enorm, was da gebaut wurde«, sagte Anna, während der Zug durch das dicht verbaute Gelände des *Wiener Speckgürtels* fuhr.

»Naja, es ist mindestens fünf Jahre her, dass wir das letzte Mal an den Neusiedler See gefahren sind«, rechnete Bruno nach. »Da hat sich zwischenzeitlich natürlich viel getan und die Bevölkerungszahl von Wien hat sich seit Anfang der Siebzigerjahre mehr als verdoppelt! Irgendwo müssen diese Menschen ja wohnen, also ist die Stadt in die Peripherie hinausgewachsen.«

»Ich hab unlängst einen Artikel darüber gelesen, dass diese Zersiedelung und das Zubetonieren ehemaliger Agrarflächen das Artensterben vieler Tiere begünstigt und auch zu Umweltschäden und zu einer Erhöhung von Treibhausgasemissionen führt. Und deshalb mit schuld ist an der Klimakrise«, antwortete Anna.

»Ja, das ist möglich, aber der Klimawandel hat viele Ursachen! Die Wissenschaftler sind sich darüber uneinig, was letztlich ausschlaggebend ist für die Erderwärmung. Und die Politiker greifen ohnehin jeweils nur jene Aspekte auf, die am besten in ihre Regierungs- oder Wahlprogramme passen. Man könnte stundenlang darüber diskutieren, worauf die Menschheit verzichten sollte, um die Umwelt weniger zu belasten. Aber all das wird nur ein Tropfen auf dem heißen Stein sein. Denn die größte Umweltbelastung ist nämlich das explodierende Bevölkerungswachstum, und das ist unabänderbar! Um das 15. Jahrhundert herum lebten auf der Erde rund fünfhundert Millionen Menschen, heute sind es um die acht Milliarden. Und die Bevölkerung wächst immer weiter! Diese Entwicklung haben weder Kriege, Seuchen, Hungersnöte noch Naturkatastrophen verhindern können!«

Bruno wurde in seinen Ausführungen von einem Zugbegleiter unterbrochen, der ihre Fahrkarten kontrollierte. Als er anschließend aus dem Fenster schaute, stellte er fest, dass der Zug gerade aus der Station Bruck an der Leitha ausgefahren war und sich vor ihnen nun die Pannonische Tiefebene mit unzähligen Windrädern ausbreitete, die sich magisch um ihre Achse drehten. Die Vegetation auf den weitläufigen Feldern war vom Winter und der bis Ende April anhaltenden Kälte noch niedergedrückt, auf den schwarzen Äckern tummelten sich hoppelnde Feldhasen, vereinzelt waren Fasane in ihrem farbenprächtigen Federkleid auszumachen, und hin und wieder auch Reiher. Die Bäume an den Windschutzgürteln waren noch kahl, die Sträucher entlang der Bahntrasse schimmerten in einem ersten zarten Grün.

»Jetzt sind wir im Land der *Heanzen* und *Heidebauern*«, sagte Bruno.

»Was sind *Heanzen*?«, fragte Anna.

Bruno zuckte mit den Achseln. »Das ist eine gute Frage! Ich müsste das in einem meiner Geschichtsbücher nachlesen. Aber soweit ich mich erinnern kann, ist die Herkunft dieser Bezeichnung unklar. Manche Historiker führen sie auf den Vornamen Heinz beziehungsweise auf den Kaiser Heinrich IV. zurück, unter dem im 11. und 12. Jahrhundert bajuwarische Siedler ins heutige Burgenland gekommen sind. Andere wiederum gehen davon aus, dass der Name von der mundartlichen Bezeichnung für Hühner, also *Heana*, abgeleitet ist, und dass die *Heanzen* Hühnerhändler waren, die einst, so wie auch die *Heidebauern*, die hier auf der Parndorfer Platte Getreide anbauten, die Wiener Märkte beliefert haben.«

Als sie in Neusiedl am See ausstiegen, fiel Bruno ein vor dem Bahnhofsgebäude geparkter Polizeiwagen auf, ein uniformierter Polizist unterhielt sich gerade mit einem Mitarbeiter der ÖBB.

»Und jetzt?«, fragte Bruno.

»Jetzt besorgen wir uns die Zutaten für ein schönes Picknick!«, antwortete Anna, startete auf ihrem Handy Google Maps und schlug dann zielsicher den Weg zur Eisenstädter Straße ein. »Ja, hier sind wir richtig«, murmelte sie nach etwa dreihundert Metern, und weil sie, um die eingeschlagene Route zu überprüfen, ihren Blick beständig auf ihr Handy gerichtet hielt, trabte Bruno schweigend hinter ihr her, abwechselnd die Häuser entlang der Straße und die Weingärten auf der gegenüberliegenden Straßenseite betrachtend sowie die hinter den Feldern und dem Schilfgürtel nur ansatzweise erkennbare, grausilbrig glänzende Wasseroberfläche des Neusiedler Sees.

Der schrille Klang eines Folgetonhorns riss ihn jäh aus seinen Gedanken. Er blieb stehen und beobachtete, wie aus einer schmalen Nebengasse, die zu einem Hügel hochführte, ein Polizeiwagen schoss, gefolgt von einem Leichenwagen, und in hohem Tempo zur Hauptstraße fuhr.

»Oje, da muss was passiert sein«, murmelte Anna.

»Vielleicht ein Verkehrsunfall«, mutmaßte Bruno.

»Ich bin froh, dass wir kein Auto haben«, sagte Anna mit der ihr eigenen Logik und setzte ihren Weg fort. Bei einer Kreuzung bog sie in die Obere Hauptstraße ein und blieb ein paar Minuten später vor einem kunstvoll restaurierten mittelalterlichen Bürgerhaus stehen.

»Das ist eine Vinothek! Und regionale Schmankerl gibt's hier auch zu kaufen«, erklärte sie. »Komm, gehen wir rein!«

Brunos Stimmung hob sich merklich, während er Anna durch einen breiten Torbogen in einen schmalen, langgestreckten Innenhof und in einen Verkaufsraum folgte.

An einem langgezogenen Pult stand ein rundlicher Mann mittleren Alters mit einem ebenso rundlichen Gesicht und großen, runden Augen, um die sich zahlreiche kleine Lachfältchen kräuselten. Er schaute Anna und Bruno freundlich entgegen und begrüßte sie mit einem lockeren Hallo.

Anna und Bruno gaben seinen Gruß ebenso locker zurück, und Anna sagte: »Wir möchten bitte eine Flasche Wein und eine Jause zum Mitnehmen kaufen!«

»Gerne! Beim Wein können Sie hier im Erdgeschoß aus rund 800 burgenländischen Weinen von 140 Winzern wählen. Und was die Jause anbelangt, so haben wir im ersten Stock eine Greißlerei mit regionalen Spezialitäten, zum Beispiel eingelegtem Gemüse, Kürbisschmalz, Schafskäse, Pasteten, Wildschinken, Schmankerln vom Mangalitzaschwein und noch vieles mehr.«

»Sehr gut«, freute sich Anna, denn das entsprach exakt den Informationen, die sie frühmorgens aus dem Internet herausgesucht hatte. »Du bist für den Wein zuständig und ich kümmere mich um die Kulinarik!«, sagte sie zu Bruno und stieg über eine hölzerne Treppe zum Obergeschoß.

Der Verkäufer wandte sich daher Bruno zu. »Haben Sie einen bestimmten Wunsch?«, fragte er und zeigte auf die vollen Weinregale.

»Nein …«, antwortete Bruno unschlüssig.

»Soll's ein Weißwein sein oder ein Roter?«

»Ein Weißwein, und nicht zu schwer. Und wenn's geht, sollte er auch gekühlt sein. Meine Frau hat es sich nämlich in den Kopf gesetzt, so eine Art Picknick zu machen.«

»Das ist kein Problem, ich hab einen Chiller[2], damit kann ich die Weine innerhalb von ein paar Minuten auf die richtige Trinktemperatur runterkühlen.«

»Und welchen Wein würden Sie mir empfehlen?«

»Einen Grünen Veltliner vielleicht? Oder einen Welschriesling?

---

2   Schnellkühler

Wir haben da zum Beispiel …«, der Verkäufer holte eine Flasche aus einem Regal, »… einen Welschriesling aus Donnerskirchen, den könnte ich Ihnen gerne empfehlen. Es ist ein trockener, unkomplizierter Wein mit einer knackigen Apfelaromatik und schönen Wiesenkräuternoten, und er hat nur 11,5 Volumenprozent, ist also ein idealer Trinkwein für tagsüber. Und vom Preis her ist er sehr günstig!«

Bruno musterte die Angaben auf dem Etikett. »Ja, den nehm ich. Und es ist gut, dass die Flasche einen Drehverschluss hat, wir haben nämlich keinen Korkenzieher dabei, und, oje, Gläser haben wir auch keine!«

»Ich könnte Ihnen ein paar Pappbecher mitgeben?«

»Ja gerne, danke!«

Während der Verkäufer aus einem Schrank Becher und Servietten hervorholte, fragte er: »Sind Sie aus Wien?«

Bruno stellte insgeheim belustigt fest, dass der Verkäufer den langen i-Laut von Wien Buchstabe für Buchstabe betonte, sodass es wie Wiän klang.

Diese Form der Aussprache war, wie er in der Folge noch des Öfteren feststellen würde, eine liebenswerte Eigenart des burgenländischen Dialekts.

Auf die Frage des Verkäufers zurückkommend, antwortete Bruno: »Ich bin eigentlich ein gebürtiger Steirer, lebe aber schon seit über vierzig Jahren in Wien!«

Der Verkäufer setzte gerade zu einer weiteren Frage an, als ein mittelblonder, sehr schlanker Mann Anfang dreißig die Vinothek betrat.

Der Mann schaute kurz zwischen Bruno und dem Verkäufer hin und her und fragte schließlich: »Herr Stiegelmar?«

Der Verkäufer nickte ihm zu. »Ja?«

»Mein Name ist Schuch, Landeskriminalamt Eisenstadt. Ich müsste Sie kurz sprechen.«

»Naja, ich hab grad einen Kunden …«, wandte der Verkäufer ein.

»Es ist dringend und ich hab nicht viel Zeit!«, sagte der Polizeibeamte in einem Ton, der keine Widerrede zuließ.

»Tun Sie nur, ich schau mich inzwischen noch ein bisschen um«, sagte Bruno und ging, die Weine in den Regalen betrachtend, zum hinteren Teil der Vinothek, um die Unterhaltung der beiden Männer nicht zu stören. Da der Polizeibeamte kein Hehl aus seinem Anliegen machte und seine Stimme nicht dämpfte, ließ es sich jedoch nicht vermeiden, dass Bruno das Gespräch mit anhören konnte.

»Waren Sie gestern Abend zu Hause?«, fragte der Polizeibeamte den Verkäufer.

»Ja, warum?«

»Ist Ihnen auf Ihrem Nachbargrundstück irgendetwas Ungewöhnliches aufgefallen?«

»Bei der Horvath Edith?«

»Ja.«

»Nein. Wieso?«

»Der Neffe der Frau Horvath hat sie heute früh gefunden, gefesselt und geknebelt, sie ist tot!«

»Um Gottes willen!«, stammelte der Verkäufer erschrocken und fasste sich mit der Hand an die Brust. »Was …, wie ist das passiert?«

Der Polizeibeamte setzte eine wichtige Miene auf. »Das kann ich Ihnen nicht sagen, das ist Gegenstand polizeilicher Ermittlungen! Haben Sie gestern Abend oder in der Nacht auf heute laute Stimmen, Hilferufe oder Geräusche aus dem Haus der Edith Horvath gehört?«

»Nein«, antwortete der Verkäufer spontan. »Ich bin wie üblich gegen halb acht nach Hause gekommen, meine Frau hat unser Abendbrot hergerichtet, nach dem Essen haben wir uns im Fernsehen *Universum* und später dann noch die ZIB 2 angeschaut, und gegen halb elf sind wir schlafen gegangen.«

»Sind Ihnen in den letzten Tagen oder Wochen verdächtige Personen aufgefallen, die sich vor dem Grundstück der Frau Horvath aufgehalten haben?«

»Verdächtige Personen?«, fragte der Verkäufer irritiert.

»Ja, zum Beispiel Fußgänger oder Autofahrer, die das Grundstück beobachtet haben«, antwortete der Polizeibeamte ungeduldig.

»Naja, ich bin während der Woche tagsüber ja die ganze Zeit über hier in der Vinothek, da bekomme ich natürlich nicht viel davon mit, was sich bei uns zu Hause so tut. Ich könnte meine Frau fragen.«

»Nein, das ist nicht nötig, ich habe mit Ihrer Frau schon gesprochen. Wann haben Sie die Frau Horvath das letzte Mal gesehen?«

»Puh, das ist schon ziemlich lange her. Die Edith ist gesundheitlich ziemlich angeschlagen und geht nur selten aus dem Haus. Meine Güte, ich mag mir gar nicht vorstellen, was da passiert ist! Die Edith war ein herzensguter Mensch! Hoffentlich hat sie nicht lange leiden müssen!«

Der Polizeibeamte straffte sich und reichte dem Verkäufer eine Visitenkarte. »Na gut, das war's dann für den Augenblick, wenn Ihnen noch was einfällt, dann rufen S' mich bitte an!«

Bruno kehrte nach dem Abgang des Polizeibeamten zurück zum Verkaufspult, und fragte Anna, die gerade die Treppe herunterkam: »Na? Hast du was Gutes gefunden?«

»Oh ja! Ich hab Wurst vom Seewinkler Graurind, Speck vom Mangalitzaschwein, Ziegenkäse, Grammelpogatscherl und Kümmelweckerl!«

»Das klingt sehr verlockend!«, sagte er und fragte, nachdem er ihre Einkäufe bezahlt und sie die Vinothek verlassen hatten: »Und wohin gehen wir jetzt?«

Anna holte wiederum ihr Handy hervor und prüfte die weitere Route auf Google Maps. »Wir gehen zur Seestraße, und dann suchen wir uns am Seeufer ein schönes Platzerl, wo wir picknicken können.«

»Wie weit ist es bis zum Seeufer?«

»So an die zehn Kilometer.«

»Was?« Bruno blieb abrupt stehen. »Das ist jetzt aber nicht dein Ernst?!«

»Doch«, antwortete Anna lächelnd.

»Das ist mir zu weit!«

»Geh, Bruno! Jetzt sind wir seit mehr als dreißig Jahren verheiratet, und du kennst mich noch immer nicht. Das war ein Scherz! Ich schätze, es sind zwei bis maximal drei Kilometer.«

Das ist auch noch weit genug, dachte Bruno, ersparte sich aber jeglichen Kommentar, und so gingen sie eine Weile schweigend nebeneinander her und betrachteten die Fassaden der historischen Bürgerhäuser.

»Villa Sumbotheil«, gab Bruno plötzlich von sich und blieb stehen.

»Wie? Was soll das sein?«, fragte Anna.

»Das ist mir gerade eingefallen«, gab Bruno zurück. »Das ist der ursprüngliche Name von Neusiedl. Ich glaube, es war um das Jahr 1200 herum, als Neusiedl unter diesem Namen erstmals urkundlich erwähnt wurde. Neusiedl wurde in der Folge von den Mongolen zerstört, wieder neu aufgebaut und dann *Niusidel* genannt, wovon sich wahrscheinlich auch die Bezeichnung des Neusiedler Sees ableitet!«

»Interessant«, sagte Anna und weil sie Bruno gut genug kannte, um zu wissen, dass jetzt wahrscheinlich ein historischer Exkurs folgen würde, wechselte sie das Thema und zeigte auf die vor ihnen liegende, vom Schilfgürtel und von Pfahlbauten gesäumte Dammstraße. »Das fasziniert mich«, sagte sie. »Wir sind nur vierzig Bahnminuten von Wien entfernt, aber es kommt mir vor, als wären wir in einer ganz anderen Welt. Hier ist alles so …«, sie suchte nach den richtigen Worten, »… so beschaulich und so friedvoll, und die Luft ist so mild.«

»Und so windig!«, ergänzte Bruno, denn die zunächst laue Brise, die sie durch den Ort begleitet hatte, entwickelte sich zunehmend zu einem recht lebhaften Gegenwind, mit dem die zahlreichen Spaziergänger und vor allem die Radfahrer sichtlich zu kämpfen hatten.

Und so kam es ihm vor, als hätten sie, nachdem sie endlich das Seegelände erreichten, nicht zwei oder drei, sondern tatsächlich zehn Kilometer zurückgelegt.

Dass sie in der Vinothek eine Flasche Wein und in der Greißlerei eine Jause besorgt hatten, erwies sich als kluge Entscheidung, denn auf der Terrasse des Strandrestaurants herrschte reger Betrieb, sämtliche Tische waren besetzt, und vor dem Lokaleingang hatte sich ein Grüppchen von Menschen angesammelt. Lokalgäste ohne Reservierung, wie Anna und Bruno annahmen, die darauf warteten, einen Tisch zugewiesen zu bekommen und dafür offensichtlich auch eine längere Wartezeit in Kauf nahmen.

Also machten sie es sich auf einer Parkbank direkt am Seeufer bequem, und verzehrten, die idyllische Landschaft rund um den See betrachtend und dem sanften Geräusch der auf- und absteigenden Wellen lauschend, genussvoll ihre Jause. Und auch die Flasche Wein war bald geleert.

Seit langer Zeit fühlte Bruno erstmals wieder so etwas wie Lebensfreude in sich aufsteigen. Der Blick auf den See, der breite Schilfgürtel an seiner Seite, die weitgehend unberührte Natur und der endlose Horizont erfüllten ihn mit einem tiefen inneren Frieden.

Und auch Anna war selig und fasste insgeheim einen Plan!

Die Sonne war schon am Untergehen und tauchte den See und die Landschaft in ein magisches rotes Licht, als Anna und Bruno Hand in Hand, wie ein verliebtes junges Pärchen, zur Bahnstation Neusiedl Bad schlenderten und dort den Zug nach Wien bestiegen. Die starke Sonneneinstrahlung, der Wind und nicht zuletzt der Wein hatten Anna müde gemacht, es dauerte nicht lange, bis ihr die Augen zufielen.

Auch Bruno kämpfte gegen die aufkommende Müdigkeit an. Um nicht einzuschlafen nahm er sein Smartphone zur Hand und überflog die ORF-Schlagzeilen. Eine Nachricht erregte sein besonderes Interesse:

Brutale Home Invasion im Burgenland
Nachdem es im September des Jahres 2020 zu einem Raubüberfall auf ein älteres Ehepaar im Bezirk Eisenstadt-Umgebung gekommen war, dürften die Täter nun in Neusiedl am See erneut zugeschlagen haben, und zwar in der Nacht vom 19. auf den 20. Mai. Dabei kam das Opfer, eine 78-jährige Frau, ums Leben.
Bei dem Überfall wurde knapp eine dreiviertel Million Euro in Form von Bargeld und Goldbarren erbeutet. Das Landeskriminalamt Burgenland ersucht um sachdienliche Hinweise unter der Telefonnummer ...

Dass die Home Invasion von Neusiedl Ausgangspunkt für zwei weitere Gewaltverbrechen sein würde, war zu diesem Zeitpunkt nicht absehbar, würde Anna und Bruno aber wenige Wochen später intensiv beschäftigen!

2.

Bruno hatte, kurz nachdem sie aus Neusiedl zurückgekehrt waren, einen Anruf von Martin Nagy erhalten.

»Wie schaut's aus, hast du morgen Abend Zeit und Lust aufs Tarockieren?«, hatte Nagy ihn gefragt.

»Unbedingt!«, hatte Bruno hocherfreut erwidert.

»Wer war das?«, fragte Anna, als Bruno sein Telefon wieder beiseitelegte.

»Der Martin Nagy. Er wollte wissen, ob ich morgen zum Kartenspielen komme. Ich hoffe, du hast nichts dagegen?«

»Nein, nein, ganz im Gegenteil«, antwortete Anna vergnügt.

»Das klingt so, als wärst du froh, wenn du mich für ein paar Stunden los wirst?«, fragte Bruno amüsiert.

»Nein, wo denkst du hin«, gab Anna zurück. Tatsächlich freute sie sich aber darauf, endlich wieder einmal Zeit für sich selbst zu haben, und sie nahm sich vor, am nächsten Abend ein ausgedehntes Bad zu nehmen und dabei Musik zu hören.

Und ein Glas Sekt werde ich auch trinken, beschloss sie.

Als Bruno am nächsten Morgen die Augen aufschlug, vernahm er aus dem Innenhof das zornige Krächzen von Krähen, die sich auf den Ästen der Kastanienbäume niedergelassen hatten und dort ihr Revier verteidigten. Und auch die ihm seit Jahrzehnten wohlvertrauten Geräusche von scheppernden Mülltonnen, klapperndem Geschirr und lauter Musik aus den Radios waren zu hören, ebenso wie die schrille Stimme der Hausbesorgerin des Nachbarhauses, die ihren Mann schalt, weil er am Vorabend zu spät nach Hause gekommen war und zu viel getrunken hatte.

Normalerweise hätte ihr Gezeter Bruno den Tag verdorben, heute aber konnte sie seine gute Stimmung nicht trüben.

Er dehnte und reckte sich wohlig, schließlich schwang er sich flott aus dem Bett, warf seinen Bademantel über und ging ins Esszimmer, wo Anna bereits beim Frühstück saß.

»Guten Morgen«, sagte er vergnügt und drückte ihr einen leichten Kuss auf die Wange, was Anna zu der Feststellung veranlasste: »Du bist heute aber gut aufgelegt!«

»Tja, ich hab gut geschlafen, mir tut nichts weh, die Sonne scheint, der Himmel ist blau, also halte ich es mit Demokrit, der auf die Frage von Sokrates, welches Ziel das menschliche Leben habe, gemeint hat, es komme auf die gute Laune an!«

»Die wahrscheinlich daraus resultiert, dass du am Abend endlich wieder deine alten Spezi[3] siehst«, meinte Anna lächelnd.

»Naja, es sind mittlerweile ja fast sieben Monate, dass wir uns zuletzt getroffen haben!«, rechnete Bruno nach.

Anna war nach dem Frühstück wie üblich zu ihrer täglichen Nordic-Walking-Runde aufgebrochen, anschließend hatte sie mit Bruno die Einkäufe erledigt, Mittagessen gekocht und am Nachmittag die am Rochusmarkt erworbenen Blumen in die Balkonkästen gepflanzt.

Bruno hatte derweil in seinem Bücherregal geschmökert. Der Ausflug nach Neusiedl hatte ihm in Erinnerung

---

3   Wienerisch für gute Freunde, Kumpane

gebracht, dass das Burgenland in diesem Jahr seine einhundertjährige Zugehörigkeit zur Republik Österreich feierte, und es war ihm danach, seine diesbezüglichen Geschichtskenntnisse aufzufrischen. Und auch das Ödenburger Protokoll nachzulesen, also jene Vereinbarung, in der die Siegermächte des Ersten Weltkriegs sich im Jahr 1921 darauf geeinigt hatten, das ehemalige Deutsch-Westungarn, also das heutige Burgenland, der Republik Österreich zuzusprechen.

Gegen halb fünf machte er sich auf den Weg zum Café *Augustin*. Während er gemächlich durch die Gassen der Wiener Innenstadt spazierte, fiel ihm auf, dass etliche Geschäftslokale leer standen und auf Nachmieter oder neue Besitzer warteten. In der Rotenturmstraße bot sich ihm ein ähnlich tristes Bild. Hier hatten sich vor Ausbruch der Pandemie ganze Autobusladungen von Touristen vom Schwedenplatz kommend zum Stephansplatz geschoben. Nun aber herrschte nur wenig Betrieb und Bruno fragte sich, wie lange es noch dauern würde, bis die Menschen ihre Angst vor dem Virus ablegen und wieder sorglos Städte- oder Urlaubsreisen buchen würden.

Als er von der Sonnenfelsgasse aus in die Schönlaterngasse einbog, sah er Anton, den Wirt vom *Augustin*, neben der Eingangstür des Lokals an der Hauswand lehnen, mit der ewigen Zigarette im Mundwinkel. Bruno winkte ihm zu.

»Ah, der Herr Chefinspektor!«, rief Anton mit einem breiten Lächeln und hielt Bruno die Faust zu einem Boxergruß entgegen.

»Wie geht's dir?«

»Ja, eh nicht so schlecht«, antwortete Bruno. »Meine Frau und ich haben uns letzte Woche die zweite Covid-

Impfung geholt, also sollte uns im Fall einer Ansteckung hoffentlich nicht allzu viel passieren. Und wie geht's dir?«

»Frag mich lieber nicht! Seit dem Ausbruch von …«, Anton verzog die Lippen zu einem gequälten Lächeln, »ich mag dieses verdammte C-Wort gar nicht mehr in den Mund nehmen, reden wir von was Erfreulicherem!«

»Du hast recht, wechseln wir das Thema. Ich treff mich um sechs mit dem Martin, dem Andreas und dem Johannes zum Tarockieren. Ist unser Tisch frei?«

»Ja, der Martin hat mir gestern Abend noch Bescheid gegeben, dass ihr kommt. Er ist übrigens schon da.«

»Sehr gut!«, sagte Bruno und folgte Anton ins Lokalinnere. Ein wohliges Gefühl durchströmte ihn, als ihm der vertraute Geruch von Kaffee, Wein und Bier in die Nase stieg, und er ließ seinen Blick langsam über die dunkelbraune Wandvertäfelung und das abgenutzte Mobiliar gleiten. Alles noch beim Alten, dachte er zufrieden, und zeigte Anton seinen elektronischen Impfpass. »Muss ich fürs Contact Tracing ein Formular ausfüllen?«

»Nein, ich kenn dich ja«, antwortete Anton und zapfte ein Bier für Bruno, dessen Blick währenddessen wohlwollend auf Martin Nagy ruhte, der seit ihrem letzten Treffen deutlich an Gewicht zugelegt hatte.

In seinem karierten Flanellhemd und seinen Cordhosen wirkte Martin Nagy kumpelhaft und gutmütig, aber auch etwas unbedarft. Wobei Letzteres täuschte, denn Martin Nagy war ein scharfsinniger Kriminalist, wie Bruno in den langen Jahren ihrer Zusammenarbeit hatte feststellen können.

Er hatte den um zehn Jahre jüngeren Martin Nagy einst im Zuge einer gemeinsamen Ermittlung des Bundeskriminalamts und des Landeskriminalamts Wien kennengelernt und sich mit ihm rasch angefreundet. Denn Martin Nagy, der ein gebürtiger und bodenständiger Burgenländer war, hatte es, ebenso wie Bruno, während dieser gemeinsamen Ermittlungen geschätzt, einen langen Arbeitstag mit einem Glas Bier oder Wein zu beenden. Ihre beruflichen Wege hatten sich seither selten gekreuzt, die Freundschaft aber war geblieben. Und hatte sich, nachdem Martin Nagys Ehe in die Brüche gegangen war, noch vertieft, denn Bruno und Anna hatten ihn nach seiner Scheidung regelmäßig zu sich nach Hause eingeladen, um ihm aus der Depression, in die er damals verfallen war, herauszuhelfen.

Martin Nagy schien zu spüren, dass er beobachtet wurde. Er hob den Kopf, und rief, als er Bruno sah: »Bruno, oites Haus[4]! Guat schaust aus!«

»Du auch«, rief Bruno zurück, und ging auf ihn zu. »Du bist aber heute früh dran!«, sagte er und klopfte Martin Nagy freundschaftlich auf die Schulter.

»Ich war den ganzen Tag über bei einem Termin im LKA Burgenland und bei einem Lokalaugenschein in Neusiedl. Es hätte zeitlich nicht dafürgestanden, noch kurz ins Büro zu gehen, also bin ich direkt hierhergefahren.«

»Die Anna und ich waren gestern auch in Neusiedl. Wir haben einen Ausflug gemacht, dabei hab ich gesprächsweise erfahren, dass dort eine alte Dame getötet wurde. Warst du deswegen dort?«

»Ja, genau. Es handelt sich um einen klassischen Fall einer Home Invasion. Eine alte Dame wurde überfallen, mit einem Klebeband geknebelt, Hände und Füße mit Kabelbindern gefesselt. Laut Totenbeschau ist es zu keiner äußeren Gewalteinwirkung gekommen, es scheint sich also

---

[4] Scherzhaft für ›alter Freund‹

um kein klassisches Tötungsdelikt zu handeln. Als Todesursache wird ein kardiogener Schock vermutet. Entsprechend der Aussage ihres Hausarztes litt die Frau an schweren Herzrhythmusstörungen, der Gerichtsmediziner geht davon aus, dass die Brutalität des Überfalls ursächlich war für ein akutes Herzversagen, ob sich das tatsächlich so verhält, wird uns aber erst nach Vorliegen des Obduktionsberichtes bekannt sein.

»Wie alt war die Frau?«

»Achtundsiebzig.«

»Hat sie allein gelebt?«

»Ja, sie war verwitwet.«

»Wann ist ihr Tod eingetreten?«

»Vorgestern Abend, zwischen 22.00 Uhr und Mitternacht.«

»Sind die Täter gewaltsam eingedrungen?«

Martin Nagy schüttelte den Kopf. »Nein, sie dürfte ihnen die Tür selbst geöffnet haben.«

»Dass eine alleinstehende alte Frau jemandem am späten Abend die Haustür öffnet, ist aber eher ungewöhnlich«, gab Bruno zu bedenken.

»Ja, damit hast du recht. Genau dieser Punkt ist mir auch aufgestoßen, denn üblicherweise dringen die Täter bei derartigen Raubüberfällen durch Fenster oder Hintertüren in die Häuser ein, während ihre Opfer schlafen, und zwingen sie dann unter Gewalteinwirkung zur Herausgabe von Wertsachen oder zur Preisgabe von Safecodes und so weiter. Ich nehme an, dass der oder die Täter im konkreten Fall die alte Dame unter einem bestimmten Vorwand dazu veranlasst haben, ihnen die Tür zu öffnen, indem sie zum Beispiel vorgegeben haben, eine Nachricht von einer ihr bekannten Person zu haben.«

»Das würde bedeuten, dass die Täter über Insiderinformationen verfügten«, merkte Bruno an.

»Ja, davon gehe ich aus. Im Falle einer Home Invasion werden die Lebensumstände und Wohnverhältnisse der Opfer von den Tätern in der Regel im Vorfeld penibel ausgekundschaftet. Die alte Dame war verwitwet und alleinstehend, sie hat sehr zurückgezogen in einer Villa auf einem etwa viertausend Quadratmeter großen Grundstück gelebt. Das Anwesen befindet sich am Ortsrand von Neusiedl, etwas abgelegen, auf einer kleinen Anhöhe, die an drei Seiten von Weingärten umgeben ist. Die Zufahrt ist nur durch eine kleine Gasse möglich, die vor dem Anwesen der alten Dame in einen Güterweg übergeht, der nach Parndorf führt und laut den Anrainern üblicherweise nur von Weinbauern benutzt wird, und von Spaziergängern, die dort gerne ihre Hunde ausführen. Das Grundstück ist von hohen Thujen gesäumt und nicht einsehbar, es hat also einen perfekten Sichtschutz und damit auch ideale Voraussetzungen für eine Home Invasion.«

»Du hast erwähnt, dass die alte Dame gesundheitliche Probleme hatte. Wer hat sie betreut? Hatte sie Kinder?«

»Nein, ihre Ehe war kinderlos, mit Ausnahme eines Neffen und einer Nichte hatte sie keine weiteren Verwandten. Es war übrigens ihr Neffe, der sie am Morgen nach dem Überfall tot aufgefunden hat. Er lebt in Wien, hatte an dem Tag einen Termin in Eisenstadt und hat auf dem Weg dorthin einen kurzen Abstecher zu seiner Tante gemacht.«

»Und wer hat sich um ihren Haushalt gekümmert?«, fragte Bruno weiter.

»Eine slowakische Heimhilfe. Die ist täglich zwischen 9.00 und 14.00 Uhr gekommen, hat die Einkäufe erledigt, gekocht, geputzt, die alte Dame zu Arztterminen begleitet und so weiter. Kleinere Reparaturen im Haus oder Gartenarbeiten haben zwei Ungarn erledigt.«

»Könnten die Insiderinformationen von dieser Heimhilfe oder den beiden Ungarn an die Täter weitergegeben worden sein?«

»Das sind bislang unbescholtene Leute mit einem guten Leumund. Aber wir werden deren Umfeld selbstverständlich noch genau unter die Lupe nehmen, ebenso wie jenes des Neffen und der Nichte.«

»Ich nehme an, dass die alte Dame vermögend war?«

»Ja, das war sie! Die Familie ihres verstorbenen Ehemannes hatte zwischen Neusiedl und Parndorf, also im heutigen Gewerbepark, einst sehr viel Grund besessen, den er geerbt hat. Er hat die Liegenschaften sukzessive veräußert oder verpachtet und damit ein ansehnliches Vermögen erwirtschaftet. Der Mann ist im Jahr 2015 verstorben und hat seiner Frau laut dessen Nachlassverwalter ein geschätztes Gesamtvermögen von damals rund drei Millionen Euro in Form von Aktien, Goldbarren und etlichen Sparbüchern hinterlassen. Diese Sparbücher hat die alte Dame allerdings vor einigen Monaten aufgelöst und das Bargeld seither in einem Wandtresor verwahrt, der hinter einer Holzvertäfelung im ehemaligen Arbeitszimmer ihres verstorbenen Mannes eingebaut ist. Die Tresortür war ohne Gewalteinwirkung geöffnet worden, ich gehe daher davon aus, dass die Täter die Zahlkombination aus der alten Dame noch vor deren Tod herausgepresst haben.«

»War der Zahlencode nur ihr bekannt?« fragte Bruno.

»Nein, ihr Neffe kannte den Code ebenfalls, und er vermutet, dass er auch der Nichte der Edith Horvath bekannt war.«

»Warum hat die alte Dame ihre Bankkonten aufgelöst?«, fragte Bruno stirnrunzelnd.

»Das dürfte mit der kürzlichen Insolvenz der Commerzialbank Mattersburg zusammenhängen. Laut ihrem Neffen hatte seine Tante Angst gehabt, dass es bei ihrer Hausbank zu einem ähnlichen Vorfall kommen könnte und sie dabei ihr Geld verlieren würde.«

»Aber für die Spareinlagen haftet ja ohnehin die Einlagensicherung«, wandte Bruno ein.

»Das ist richtig, allerdings nur bis zu einer Obergrenze von einhunderttausend Euro.«

»Das war mir nicht bekannt, zumal ich wahrscheinlich nie in die Verlegenheit kommen werde, einhunderttausend Euro auf meinem Konto zu haben«, sagte Bruno lächelnd und fragte weiter: »In welche Richtung werdet ihr ermitteln?«

»Wir hatten in den letzten Jahren eine Serie von ähnlichen Raubüberfällen in Oberösterreich und in Niederösterreich, und letzthin auch einen Fall im Burgenland, im Bezirk Eisenstadt-Umgebung. Aufgrund diverser Indizien gehen wir davon aus, dass es sich um eine südosteuropäische Tätergruppe handelt, die von Wien aus agiert und auch schon in Deutschland und in der Schweiz zugeschlagen hat. Bislang ist es aber nicht gelungen, die Mitglieder dieser Bande zu identifizieren, die dürften sehr professionell aufgestellt sein.«

»Wurden im Haus der Edith Horvath Fingerabdrücke oder sonstige Hinweise auf die Identität der Täter gefunden?«

»Die Untersuchungen der Tatortgruppe sind noch im Gange.«

Noch bevor Bruno weiterfragen konnte, gesellte sich Andreas Fuchs, der Brunos Nachfolge im LKA Wien angetreten hatte, zu ihnen, und gleich darauf auch Johannes

Scheucher, der sich mit einem lässigen ›Grüß euch, Burschen‹ auf den Sessel neben Bruno fallen ließ. Scheucher wirkte erschöpft, er hatte sich offensichtlich seit Tagen nicht rasiert, was ihm ein verwegenes Aussehen verlieh, damit aber gut zu jenem Milieu passte, in welchem er sich als Ermittler der Abteilung Sittlichkeitsdelikte üblicherweise bewegte.

»Dann wäre unser Quartett also perfekt«, stellte Bruno fest und bat Anton, ihnen die Tarockkarten zu bringen.

»Und mir bring bitte einen Williamsbrand!«, rief Scheucher Anton nach und murmelte dann übergangslos: »Manchen Männern sollte man die Eier abschneiden!«

Bruno schaute ihn verdutzt an, denn zum einen trank Scheucher üblicherweise nur sehr selten Alkohol, und zum anderen war ihm nicht klar, worauf dieser mit seiner Bemerkung angespielt hatte.

»Was ist los?«, fragte er daher.

»Ich hab heute Nachmittag einen Einsatz in Ottakring gehabt. Eine Sexarbeiterin ist dort in ihrer Wohnung von einem Kunden schwer misshandelt und vergewaltigt worden. Und zu guter Letzt hat ihr der verdammte Arsch auch noch ihre Wertsachen und ihr gesamtes Bargeld abgenommen. Das ist jetzt seit Jahresbeginn der sechzehnte derartige Fall in Folge, und ich fürchte, es wird nicht der Letzte sein. Und schuld daran ist nur diese Scheiß-Pandemie!«

»Was hat die Pandemie damit zu tun?«

»Das Problem ist, dass die Bordelle und Clubs aufgrund der Lockdowns seit Monaten geschlossen sind. Dadurch wurden die Prostituierten von einem Tag auf den anderen erwerbslos und waren gezwungen, in die Illegalität auszuweichen und in privaten Wohnungen oder Apartments zu arbeiten. Dabei ersparen sich die Frauen zwar die Abgaben an Zimmervermieter oder Laufhäuser, sie sind aber in den Wohnungen ungeschützt und damit Freiwild für gewalttätige Kunden und perverse Psychos.« Scheucher hielt kurz inne. »Ach was, lassen wir das, spielen wir eine Runde!«, fuhr er dann fort und zeigte auf die Tarockkarten, die allerdings den ganzen Abend unberührt auf dem Tisch würden liegen bleiben, denn es gab, nachdem sie einander so lange nicht gesehen hatten, viel zu erzählen.

Es war kurz nach halb zehn, als Martin Nagy Anstalten machte aufzubrechen. »Ich muss morgen früh raus«, sagte er bedauernd.
Fuchs und Scheucher hatten ihre Autos in der Parkgarage am Julius-Raab-Platz abgestellt, Martin Nagy hatte seinen Wagen in der Schulerstraße geparkt, also begleitete Bruno ihn ein Stück weit.
Als sie sich dem Lugeck näherten, schlug ihnen aufgeregtes Stimmengewirr entgegen. Sie beschleunigten ihre Schritte und gewahrten, als sie um die Ecke bogen, etliche willkürlich geparkte Polizeieinsatzwägen mit blinkendem Blaulicht sowie ein Rettungsfahrzeug. In einigem Abstand von den Fahrzeugen hatte sich eine kleine Gruppe Neugieriger angesammelt. Vor der Passage, die zur Wollzeile führte, waren zwei uniformierte Polizeibeamte gerade dabei, eine Absperrung zu errichten.
Martin Nagy ging auf die beiden Beamten zu, um sich zu erkundigen, was vorgefallen war.
Bruno blieb hingegen wie angewurzelt stehen, denn die Szenerie erinnerte ihn an ein Ereignis vom Dezember 2018. Am Nachmittag eines nasskalten, trüben Tages war Anna nach dem Mittagessen zu einem Friseurtermin aufgebrochen, er selbst war währenddessen auf der Suche nach einem Weih-

nachtsgeschenk für sie durch die Innenstadt geschlendert. In einem Geschäft in der Marc-Aurel-Straße war er schließlich fündig geworden, und so hatte er beschlossen, durch die Rotenturmstraße in die Bäckerstraße zu gehen, um sich dort in einem Kaffeehaus aufzuwärmen. Am Lugeck hatte sein Vorhaben allerdings ein jähes Ende gefunden, denn vor der Passage zur Wollzeile hatten etliche Einsatzfahrzeuge gestanden, Beamte der WEGA[5] in ihren dunkelblauen Overalls, ihren schwarzen Schutzwesten und Helmen hatten das Areal, mit ihren StG77[6] im Anschlag, gesichert.

Aus den Nachrichten hatte Bruno wenig später erfahren, dass es in der Passage zu einem tödlichen Schussattentat gekommen war und die Einsatzkräfte zunächst von einem Terrorakt ausgegangen waren. Tatsächlich hatte es sich aber, wie die nachfolgenden Ermittlungen ergaben, bei dem Attentat um eine bewaffnete Auseinandersetzung zwischen rivalisierenden osteuropäischen Mafiaclans gehandelt, die ihre schmutzigen Geschäfte von Wien aus abwickelten.

»Was ist geschehen?«, fragte Bruno, als Martin Nagy wieder zu ihm trat.

»Ein Raubüberfall auf einen über achtzigjährigen Mann! Der Mann ist schwer verletzt, der Täter ist flüchtig«, antwortete Martin Nagy mit grimmiger Miene und sagte, scheinbar zusammenhangslos: »Manchmal sehne ich mich nach der Zeit der Lockdowns zurück.«

»Warum?«, fragte Bruno irritiert.

»Weil sich aufgrund der Ausgangsbeschränkungen das ganze Gesindel nicht auf die Straße getraut hat. Jetzt aber ist der Mob wieder unterwegs!«

---

5   Wiener Einsatzgruppe Alarmabteilung, Sondereinheit der Polizei

6   Sturmgewehre

Als Bruno kurz nach zehn zu Hause eintraf, fand er Anna vor dem mit zahlreichen Computerausdrucken übersäten Schreibtisch sitzend vor. Sie starrte auf den Computermonitor und murmelte geistesabwesend: »Da bist du ja endlich.«

»Was machst du da?«, fragte Bruno.

Anna drehte sich zu ihm um. »Unsere Urlaubsplanung.«

»Aha. Und wohin soll's gehen?«

»Ich würde heuer gerne am Neusiedler See Urlaub machen!«

»Also am *Meer der Wiener?*«, fragte Bruno wenig euphorisch, denn er war davon ausgegangen, dass sie, sofern die Entwicklung der Infektionszahlen dies zuließ, ihren Urlaub, so wie in den letzten Jahren vor Ausbruch der Pandemie, wieder in Grado verbringen würden. Stattdessen in einem seichten, trüben Gewässer mit schlammigem Untergrund zu baden, fand er nur wenig reizvoll.

Anna konnte Brunos Skepsis an seiner Miene ablesen. »Das wäre natürlich kein klassischer Badeurlaub, das weiß ich schon. Aber mir hat unser Ausflug an den Neusiedler See wirklich außerordentlich gut gefallen, und ich würde mir gern mehr vom Burgenland anschauen! Deshalb habe ich mir überlegt, ob wir nicht vielleicht eine Radtour unternehmen sollten, und zwar zunächst einmal rund um den Neusiedler See, und dann vielleicht noch ins Mittel- und ins Südburgenland.«

Anna zögerte kurz. »Wäre so ein Urlaub für dich eine Option?«

An einem heißen Sommertag durch die Gegend zu radeln, schien Bruno nur wenig verlockend, andererseits fand er aber die Aussicht darauf, unterwegs in den einen oder anderen Heurigen auf eine Jause oder ein Glas Wein einzukehren, durchaus charmant.

»Ja, warum nicht?«, stimmte er halbherzig zu, nicht ahnend, dass er und Anna ausgerechnet im sonst so idyllischen und ein bisschen verschlafenen Burgenland mit drei überaus raffinierten Verbrechen konfrontiert werden würden.

3.

»Ich hoffe, dass du dir für heute nichts vorgenommen hast?«, fragte Anna am nächsten Morgen und fuhr, ohne Brunos Antwort abzuwarten, fort: »Wir haben nämlich einiges zu besorgen.«

»Und zwar?«

»Wir müssen in eine Buchhandlung gehen, ich möchte mir einen Reiseführer fürs Burgenland besorgen. Außerdem müssen wir Fahrradhelme, Bikepacking-Taschen[7] und Raddressen kaufen.«

»Raddressen?«, fragte Bruno entgeistert und sagte dann entschieden: »Nein, sowas zieh ich nicht an, in so einem ›Schlauchgewand‹ schau ich ja aus wie ein Michelin-Männchen!«

Anna lachte laut auf. »Also dann halt irgendwelche Sporthosen oder Bermudas, da finden wir schon was Geeignetes. Jedenfalls hab ich gestern Abend noch alle Unterlagen für eine einwöchige Fahrradtour zusammengestellt. Und zwar hätte ich mir vorgestellt, dass wir mit dem Zug nach Neusiedl fahren, uns dort am Bahnhof zwei Fahrräder mieten, und dann über Jois, Winden, Breitenbrunn, Purbach, Donnerskirchen und Oggau nach Rust radeln. Die Strecke beträgt zirka 30 Kilometer, das sollten wir in drei bis vier Stunden locker schaffen, ein paar Pausen hab ich dabei schon miteinkalkuliert.

In Rust würden wir uns dann für eine Woche irgendwo einquartieren, und am nächsten Tag könnten wir mit

---

7 Gepäckträgertaschen

dem Rad nach Mörbisch und mit der Radfähre nach Illmitz fahren. Und von dort aus radeln wir nach Pamhagen und über den Grenzübergang nach Fertőd. Dort soll's ein sehr schönes Schloss geben, das könnten wir bei der Gelegenheit besichtigen. Anschließend würden wir über Fertőszéplak, Hegykő und Hidegség nach Nagycenk zum Schloss Széchenyi weiterradeln, das möchte ich mir auch gern anschauen.«

»Ist das nicht ein bisschen viel auf einmal?«, fragte Bruno zweifelnd.

»Nein, ich hab mir das alles genau ausgerechnet«, gab Anna ungeduldig zurück. »Nachdem wir das Schloss in Széchenyi besichtigt haben, radeln wir über Fertőboz, Balf und Fertőrákos nach Mörbisch und dann wieder nach Rust. Wobei ich mir ursprünglich überlegt habe, ob wir bei der Gelegenheit nicht auch einen Abstecher nach Sopron machen sollten. Aber das wäre wahrscheinlich dann doch zu anstrengend für einen Tag. Andererseits, wenn wir schon in der Gegend sind, würde es sich schon anbieten, aber das können wir dann ja an Ort und Stelle noch entscheiden.

Und für den dritten Tag hab ich geplant, dass wir mit dem Rad über St. Margarethen nach Eisenstadt fahren. Das Wohnhaus vom Joseph Haydn würde ich mir gerne anschauen, und die Bergkirche, und das Schloss Esterházy sowieso.

Am vierten Tag würden wir dann mit der Fähre wiederum nach Illmitz fahren und an einer geführten Tour durch den Nationalpark teilnehmen. Und am fünften Tag …«

»Stopp! Das ist zu viel!«, unterbrach Bruno Anna. »Du hast unsere Route so geplant, als würden wir die Tour de France absolvieren, da mach ich nicht mit!«

»Warum?«

»Weil wir in Pension sind! Und weil wir Zeit haben! Und weil wir nicht wissen, ob unsere Kondition für so einen Radmarathon überhaupt ausreicht!«

Anna schwieg beleidigt. »Ich bin gestern noch bis nach Mitternacht vor dem Computer gesessen, um alle Informationen zusammenzusuchen«, sagte sie nach einer Weile enttäuscht.

Bruno strich ihr besänftigend über die Schulter. »Ich bin dir ja dankbar dafür, dass du dir all die Mühe gemacht hast. Aber ich bin der Meinung, dass wir das ganze Programm entschleunigen und unsere Radtour langsam und in Etappen angehen sollten. Und auch mit ausreichend Zeitpuffern, sodass wir nicht nur durch die Landschaft hetzen und auf die Schnelle irgendwelche Schlösser besichtigen. Das wäre für mich kein Urlaub! Den möchte ich nämlich genießen und dabei nicht dauernd auf die Uhr schauen. Außerdem könnte ich mir vorstellen, dass es in der einen oder anderen Ortschaft interessante Sonderausstellungen anlässlich des einhundertjährigen Jubiläums des Burgenlandes gibt, und die sollten wir uns keinesfalls entgehen lassen! Und zwischendurch möchte ich auch, je nach Lust und Laune, einfach nur an einem Steg sitzen und die Füße in den See hängen lassen, und nichts tun und an nichts denken.«

»Ja, irgendwie hast du eh recht«, gab Anna zu.

»Eben! Also planen wir für unsere Radtour anstatt einer ganz einfach zwei Wochen. Bist du damit einverstanden?«

»Ja.«

»Gut!«, sagte Bruno zufrieden. »Und wann soll's losgehen?«

»Sobald wie möglich. Ich mach mich im Internet gleich auf die Suche nach einer passenden Unterkunft.«

Damit, dass in Rust sämtliche in Frage kommenden Hotels und Pensionen, mit Ausnahme einiger weniger Zeitfenster von ein bis zwei Tagen, bis in den September hinein durchgängig ausgebucht waren, hatte Anna allerdings nicht gerechnet.

»Was machen wir jetzt?«, fragte sie enttäuscht.

»Wir könnten uns ja auch zum Beispiel in Purbach oder in Mörbisch einquartieren«, schlug Bruno vor.

»Da schaut's quartiermäßig auch nicht viel besser aus! Außerdem hab ich unsere Radtouren von Rust aus geplant, das war eine Heidenarbeit«, jammerte Anna. »Ich müsste alles wieder umstellen. Könntest du nicht den Martin Nagy fragen, ob er uns weiterhelfen kann? Der stammt doch aus Rust, vielleicht kann er uns ein gutes Privatquartier empfehlen?«

»Ja, das werd ich machen«, willigte Bruno ein. »Ich seh ihn ohnehin bei unserer Kartenrunde nächste Woche, dann sprech ich ihn darauf an.«

»Kannst du ihn nicht jetzt gleich anrufen?«

Jemanden an einem Samstag um acht Uhr früh zu stören, lehnte Bruno aber ab, zumal er wusste, dass Martin Nagy Langschläfer war und in der Regel nicht vor Mitternacht zu Bett ging. Also griff er erst um halb elf zum Telefon, um ihn anzurufen und ihm sein Anliegen zu schildern.

»Ich kümmere mich gleich darum«, versprach Nagy, und es dauerte tatsächlich nur eine knappe Stunde, bis er sich meldete. »Meine Mutter hat mir erzählt, dass es in ihrer Nachbarschaft, in einer ehemaligen Bäckerei, eine Ferienwohnung gibt, die in der Nebensaison vermietet wird. Ich kenne das Anwesen recht gut, es ist ein knapp zweihundert Jahre alter Streckhof, sehr schön renoviert und relativ zentral gelegen. Und die Besitzer, die Elke und der Alfred

Andorfer, sind ausnehmend sympathische und freundliche Menschen! Ich hab grad mit ihnen telefoniert, sie haben mir gesagt, dass das Apartment derzeit gerade ausgemalt wird, aber ab Sonntag, dem 13. Juni, wieder verfügbar ist. Sie vermieten das Apartment allerdings nur wochenweise, der Preis für sieben Nächte beträgt siebenhundertdreiundsechzig Euro.«

»Das sind …«, Bruno rechnete kurz nach, »… einhundertneun Euro pro Nacht, das ist sehr moderat. Haben die Vermieter eine Homepage? Kann man sich im Internet Fotos des Apartments ansehen?«

»Nein, das glaube ich nicht.«

Eine Ferienwohnung sozusagen im Blindflug zu buchen, wäre Bruno normalerweise zu riskant gewesen, er kannte Martin Nagy aber lange und gut genug, um zu wissen, dass ihm dieser nur ein qualitativ einwandfreies Quartier empfehlen würde. Also sagte er: »Naja, dann machen wir das! Wir würden dann gleich ab dem 13. Juni buchen, soll ich das direkt machen, oder …?«

»Ja, das wäre am einfachsten. Ich schick dir die Telefonnummer und die Adresse per WhatsApp, und ich werde der Elke und dem Alfred Andorfer avisieren, dass du dich bei ihnen meldest. Und ruf mich unbedingt an, sobald du in Rust bist, ich würde es mir dann so einrichten, dass ich zumindest für ein oder zwei Tage ebenfalls dort sein kann!«

»Das mach ich sehr gerne! Danke!«

Dass sie ihren Urlaub erst in drei Wochen würden antreten können, irritierte Anna zunächst massiv. Im Nachhinein war sie darüber aber froh, denn zum einen gab ihnen diese Frist ausreichend Zeit, sich mittels des Ergometers, den sie sich bereits vor mehreren Jahren angeschafft hatten, auf ihre Fahrradtour vorzubereiten und ihre Kondition zu verbessern, und zum anderen, weil die Temperaturen in der ersten Juni-Woche von einem auf den anderen Tag auf über dreißig Grad angestiegen, was sowohl nach ihrem eigenen als auch nach Brunos Empfinden für eine Fahrradtour ohnehin viel zu heiß gewesen wäre.

Da sie ihre Koffer mit dem Von-Haus-zu-Haus-Gepäckservice der ÖBB nach Rust vorausgeschickt hatten, machten sich Anna und Bruno in bequemer Sportkleidung und mit ihren Gepäckträgertaschen in den Morgenstunden des 13. Juni voller Vorfreude auf den Weg zum Wiener Hauptbahnhof, um nach Neusiedl zu fahren, wo sie die beim Fahrradverleih telefonisch reservierten Fahrräder abholten und endlich ihre Radtour starteten.

Der Radweg nach Rust führte zunächst an der Bahntrasse entlang, vorbei an zum See hin sich ausbreitenden Äckern, Getreide- und Sojafeldern, und an den sanft ansteigenden Hängen der am Leithagebirge angelegten Weingärten.

»Hier soll es eine der schönsten Kellergassen Österreichs geben«, sagte Anna, als sie am Ortsschild von Purbach vorbeiradelten. »Die würde ich mir gern ansehen.«

»Das sollten wir auf einen separaten Ausflug verschieben«, meinte Bruno. »Denn erstens sperren die Heurigen dort wahrscheinlich erst am Nachtmittag auf, und zweitens haben wir nach Rust noch gute zwanzig Kilometer zurückzulegen.«

Also radelten sie weiter, den Blick nun auf die weithin sichtbare Bergkirche von Donnerskirchen gerichtet. »Kannst du dich erinnern?«, fragte Anna, und so wie das bei langjährigen Eheleuten oft der Fall ist, bedurfte es keiner näheren Erklärung ihrerseits, welches Thema sie mit der Frage angesprochen hatte.

»Ja«, nickte Bruno, denn auch ihm war beim Anblick der Kirche ein Konzert von Toni Stricker wieder in den Sinn gekommen, dem sie dort vor mehr als zwanzig Jahren begeistert gelauscht hatten. Die begnadete Virtuosität des Künstlers und die sehnsuchtsvollen, pannonischen Klänge, die er seiner Geige entlockt hatte, hatten Bruno damals tief beeindruckt und ihm ein Gefühl dafür vermittelt, wie eng die Verbindung des Burgenlandes mit jener Ungarns verknüpft gewesen war, und wie schmerzvoll es für die Menschen gewesen sein musste, dass dieses historische Band durch einen unnötigen Krieg durchschnitten worden war!

Ihre weitere Route führte Anna und Bruno über den Kirschblüten-Radweg nach Schützen und anschließend nach Oggau, wo sie gegen 14.00 Uhr in einem Lokal beim Yachtclub eine Pause einlegten, um sich auf der Terrasse mit einem Kaffee zu stärken. Und auch, um einem dringenden biologischen Bedürfnis nachzukommen.

Anna war gerade dabei, sich im Vorraum der Damentoilette die Hände zu waschen, als eine Frau mit einer langen blonden Haarmähne, in weißen Shorts und einem weißen Poloshirt mit einem darauf aufgestickten übergroßen Logo eines Pferdes, den Raum betrat. Die Frau war Annas Einschätzung nach Mitte dreißig, schlank, aber trotzdem kurvig, und von ihren straffen Oberarmen war zu schließen, dass sie regelmäßig Sport betrieb oder ein Fitnesstraining absolvierte.

Die Frau warf Anna einen abschätzigen Blick zu und stellte auf der Ablagefläche des Waschtisches eine große, blauweiß gestreifte Strandtasche ab, der sie einen Lippenstift sowie eine teuer aussehende Puderdose entnahm. Sie zog sich sorgfältig ihre vollen Lippen nach und fuhr sich anschließend mit einem Puderschwamm übers Gesicht.

Ihre dunkelbraunen Augenbrauen waren, so vermutete Anna, mittels Microblading perfekt in Form gebracht, ihre Wimpern unnatürlich lang und dicht, weshalb Anna vermutete, dass sie aufgeklebt waren.

Anna seufzte innerlich auf, als sie sich wieder ihrem eigenen Spiegelbild zuwandte und ihr farbloses, blasses Gesicht und ihr dunkelblondes, vom Fahrradhelm niedergedrücktes Haar betrachtete.

Ich sollte wieder einmal zum Friseur gehen, ich bräuchte irgendeine pfiffige Frisur, und meine Haarfarbe sollte ich auch ein bisschen aufpeppen, überlegte sie, während sie sich die Hände abtrocknete, und ging dann zurück zu Bruno, der sich nun seinerseits auf den Weg zur Toilette begab. Dabei stieß er an der Eingangstür zum Lokal beinahe mit der Blondine zusammen, die jetzt eine große, dunkle Sonnenbrille trug, so wie es derzeit modern war, und auf einen am Nebentisch sitzenden Mann zusteuerte, der sich bei ihrem Anblick erhob und sie umarmte. Der Mann war knapp zwei Meter groß und sehr athletisch gebaut. Sein schwarzes Haar war militärisch kurz geschnitten, die dunklen Bartstoppeln unterhalb seiner Wangenknochen, an seinem Kinn und am Hals verrieten Anna, dass er sich seit mehreren Tagen, gewollt oder ungewollt, nicht rasiert hatte. Er trug ein ärmelloses weißes Tanktop, das den Blick auf seine breiten Schultern und auf die ausgeprägte Muskulatur seiner Oberarme zog, die mit wilden Ornamenten und Schriftzeichen tätowiert waren. Und auch an seinem Hals hatte er ein auffälliges Tattoo, eine rote Rose, die von einer Skeletthand umklammert wurde.

Noch während Anna überlegte, welche Bedeutung ein derartiges Symbol wohl haben mochte, holte die Blondine, die mittlerweile dem Mann gegenüber Platz genommen hatte, eine großformatige Karte vom Neusiedler See aus ihrer Strandtasche und breitete sie auf dem Tisch aus.

Die beiden sind wahrscheinlich Segler, mutmaßte Anna und wandte sich ihrem Smartphone zu, um ihren Maileingang zu checken.

»Komm, trink deinen Kaffee aus«, forderte Bruno sie auf, als er von der Toilette zurückkam. »Bezahlt hab ich schon.«

Ziemlich geschlaucht und müde, trafen Anna und Bruno gegen 15.00 Uhr endlich in Rust ein und machten sich auf die Suche nach dem Anwesen von Elke und Alfred Andorfer. Mit Hilfe eines Passanten, den sie nach dem Weg gefragt hatten, standen sie schließlich vor zwei mit einem wuchtigen Holztor, über dem sich ein gemauerter Rundbogen spannte, verbundenen eingeschossigen Häusern mit spitzgabeligen roten Satteldächern und frisch gekalkten weißen Fassaden. Ein verwittertes Metallschild mit verschnörkelten Lettern besagte, dass in dem Gebäude zu ihrer Linken ehemals eine Bäckerei untergebracht gewesen war, die metallenen Rollläden des ehemaligen Geschäftsportals und des kleinen Schaufensters waren heruntergelassen.

Beim Gebäude zu ihrer Rechten handelte es sich um das Wohnhaus der Familie Andorfer, denn als Bruno an der Türglocke läutete, beugte sich eine etwa siebzigjährige Frau, mit von einem rosa Perlonhaartuch und Lockenwicklern bedecktem Haar, aus dem Fenster und fragte: »Seid ihr die Spechte?«

»Ja«, antwortete Bruno belustigt und öffnete, als er ein elektrisches Summen vernahm, das Eingangstor, um Anna den Vortritt zu lassen.

Vor ihnen erstreckte sich ein länglicher, etwa sieben Meter breiter, gepflasterter Innenhof mit in Holzkübeln gepflanzten Oleanderbüschen, deren Knospen in einem ersten zarten Hellrosa, Gelb und Dunkelrot schimmerten. An das Wohnhaus war eine Längslaube mit runden Säulen angebaut, in der ein etwa fünf Meter langer Holztisch mit zwei ebenso langen Holzbänken stand, auf denen nach Annas Einschätzung gut und gern an die zwanzig Menschen Platz fanden.

Hier trifft sich in der schönen Jahreszeit wahrscheinlich die Familie mit Verwandten und Freunden zum Feiern, dachte Anna, und ihr wurde beim Gedanken daran bewusst, wie sehr sie das seit Ausbruch der Pandemie kaum mögliche gesellige Beisammensein in ihrem eigenen Familien- und Freundeskreis vermisste.

Ein fröhliches Hallo riss sie aus ihren Gedanken. Sie drehte sich um, vor ihr stand die Frau mit den Lockenwicklern. Sie trug über einer hellblauen, kurzärmeligen Bluse eine geblümte, dunkelblau-gelb gemusterte Kleiderschürze und hatte ein Geschirrtuch in der Hand, mit dem sie sich die Hände abwischte. »Ich bin die Andorfer Elke«, sagte sie und hielt Anna zur Begrüßung ihren Ellbogen entgegen.

»Ich bin die Anna Specht, und das ist mein Mann, der Bruno«, erwiderte Anna ihren Gruß.

»Herzlich willkommen! Wo habt ihr denn eure Fahrradeln?«

»Die haben wir vor dem Eingang abgestellt.«

»Die könnt ihr nachher reinholen, weiter hinten im Hof ist ein Schupfen[8], in dem ihr sie unterstellen könnt.«

»Ah, das ist praktisch«, sagte Bruno und fragte: »Hat das mit unserem Gepäck geklappt?«

»Ja, die Koffer sind gestern abgegeben worden, mein Mann hat sie schon ins Apartment gestellt.«

---

8 Scheune

»Schön haben Sie's hier!«, sagte Bruno anerkennend.

»Ja, jetzt wieder. Gott sei Dank! Wir haben eh fast zwei Monate lang eine Baustelle gehabt. Wir haben nämlich die Fassaden neu anstreichen lassen und im Haus und in der Ferienwohnung eine Klimaanlage eingebaut«, erzählte Elke Andorfer, während sie durch den Innenhof gingen, der zur Rückseite des angrenzenden Nachbarhauses hin von einer kleinen, mit bunten Frühlings- und Sommerblumen übersäten Wiese begrenzt war.

»So, und hier ist euer Reich!«, sagte sie und deutete auf zwei Sonnenliegen und einen Tisch mit vier Sesseln, der unter einem alten Nussbaum stand, sowie auf eine seitliche Tür der ehemaligen Bäckerei. »Hier waren früher die Lagerräume untergebracht«, erklärte sie und öffnete die Tür. »Bitte, tretets ein!«

Anna war von der Einrichtung des Apartments hellauf begeistert. »Das ist aber hübsch!«, sagte sie, während sie den in einem gelungenen Mix aus alten und neuen Möbeln und mit einer roten Couch, einem Essplatz und einer Küchenzeile ausgestatteten Wohnraum betrachtete.

»Wir haben das Apartment vor ein paar Jahren für unsere beiden Söhne und ihre Familien eingerichtet. Die wohnen in Wien und kommen uns in den Sommermonaten oft besuchen. Und in der Nebensaison verdienen wir uns damit ein kleines Zubrot und vermieten es an Urlauber. Eingerichtet hat es unsere Tochter, sie hat ein gutes Gespür für Möbel und fürs Dekorieren«, sagte Elke Andorfer und führte Anna und Bruno anschließend in ein kleines, ebenfalls bunt und fröhlich möbliertes Schlafzimmer. An der Wand über dem Doppelbett hing ein in einen hölzernen Rahmen eingefasster und mit rotem Garn auf Leinen gestickter Spruch:

Der Mensch braucht zum Glück weder Reichtum noch Pracht,
sondern nur ein Stüblein voll Sonne, wo Liebe ihm lacht!

Anna und Bruno schauten sich schmunzelnd an, folgten Elke Andorfer in das mit hellblauen Mosaiksteinchen verflieste Bad und WC, und ließen sich von ihr dann noch die Handhabung der Klimaanlage, der Espressomaschine sowie der übrigen elektrischen Geräte erklären.

»So, Herr Chefinspektor«, sagte Elke Andorfer abschließend, »jetzt müssten Sie mir bitte nur noch das Anmeldeformular ausfüllen und den Zettel für das Contact Tracing, und Ihre Impfpässe müsste ich auch kontrollieren.«

»Selbstverständlich«, antwortete Bruno und fragte: »Woher wissen Sie, dass ich Chefinspektor bin? Vielmehr war, denn ich bin ja schon in Pension.«

»Das hat uns der Martin Nagy erzählt. Er hat vor ein paar Wochen angerufen und uns gesagt, dass Sie sich wegen des Apartments bei uns melden werden.«

Nachdem Anna und Bruno ihr Gepäck verstaut hatten, geduscht und in frische Kleidung geschlüpft waren, flanierten sie gemächlich durch die malerische Altstadt von Rust. Weil Bruno nach einer Weile unbändigen Durst verspürte, ließen sie sich im Schanigarten eines Lokals am Rathausplatz nieder.

»Die sind aber streng hier im Burgenland«, meinte Bruno, während er wiederum ein Formular für das Contact Tracing ausfüllte, denn ihm war, als er in den letzten Wochen hin und wieder in ein Kaffeehaus eingekehrt war, aufgefallen, dass viele Wiener Lokalbesitzer auf diese Vorgabe verzichteten und auch Impfpässe nur sporadisch kontrolliert wurden.

Anna ging auf seine Bemerkung nicht ein, sie war in die Betrachtung der prunkvollen Fassaden der historischen, mit phantasievollen Fenster- und Portalrahmungen, Erkern, Wappen- und Stuckdekorationen verzierten Bürgerhäuser versunken. Auf den gemauerten Kaminen mancher Dächer befanden sich große Horste, auf denen Storchenpärchen ihr Sommerquartier bezogen hatten, um ihren Nachwuchs großzuziehen. Das Gewimmel der Touristen auf dem Rathausplatz schien sie nicht zu stören.

Hin und wieder erhob sich einer der Störche in die Lüfte und kehrte wenig später, nach erfolgreicher Nahrungssuche, unter lautem Geklapper in seinen Horst zurück.

Bruno machte mit der Kamera seines Smartphones ein paar Aufnahmen, um sie Martin Nagy zu schicken.

Es dauerte nur wenige Augenblicke, bis dieser auf Brunos WhatsApp-Nachricht reagierte und antwortete: *Ihr seid also schon in Rust?*

Ja, schrieb Bruno zurück.

Habt ihr am Freitagabend schon was vor?

Nein …?

Das ist gut, ich werde am Wochenende nämlich nach Rust fahren. Ich bin grad in einem Meeting, ich ruf dich später an, dann machen wir was aus.

Passt, schrieb Bruno.

Anna hatte, während Bruno mit seiner WhatsApp-Konversation mit Martin Nagy beschäftigt gewesen war, die Getränkekarte studiert und für ihn ein Bier und für sich selbst einen leichten Sommerspritzer bestellt.

»Ach tut das gut, hier zu sitzen,« sagte sie, als Bruno sein Handy endlich weglegte. »Aber mir tut alles weh, vor allem mein Gesäß. Dir auch?«

»Nein, ich spür es eher in den Oberschenkeln, wahrscheinlich bekomm ich einen Muskelkater.«

»Dann sollten wir's morgen ein bisschen ruhiger angehen und uns die Sehenswürdigkeiten von Rust ansehen oder eine Schiffsrundfahrt machen«, schlug Anna vor.

»Was auch immer wir unternehmen, es sollte nicht allzu anstrengend sein!«, befand Bruno, und fragte, weil am Nebentisch gerade eine Pizza serviert wurde: »Wonach steht dir denn heute kulinarisch der Sinn?«

»Irgendetwas typisch Burgenländisches«, erwiderte Anna.

»Okay«, sagte Bruno und holte sein Handy wieder hervor, denn er hatte die letzten Wochen dazu genutzt, sich über Ausflugsziele, Sehenswürdigkeiten und Ausstellungen im Detail zu informieren und hatte auf seinem Handy einen elektronischen Ordner erstellt, in dem er relevante Informationen abgespeichert hatte, unter anderem auch Restaurant- und Lokalempfehlungen.

»In der Hauptstraße soll's eine Buschenschank mit sehr guten burgenländischen Spezialitäten geben, zum Beispiel Bohnenstrudel, Blunzen[9] mit Senf und Kren, Saure Zunge, Mangalitzaspeck und so weiter«, sagte er, nachdem er seine Notizen überflogen hatte.

Anna schüttelte ablehnend den Kopf. »Nein, mir wäre eher nach Fisch oder so.«

Also konsultierte Bruno erneut seine Notizen.

»Würde dir das gefallen?«, fragte er und startete die Homepage des Seerestaurants, um Anna Fotos des Lokals und der in den See hinausgebauten Terrasse zu zeigen.

»Ja, das schaut gut aus«, befand sie und studierte die auf der Homepage ebenfalls abgebildete Speisekarte. »Dort

---

9   Blutwurst

gibt's eine Ungarische Fischsuppe, das wäre genau das, worauf ich jetzt Lust hätte!«

Also flanierten sie wenig später durch die vom Schilfgürtel und von Seehütten gesäumte Seestraße zum Seeufer.

Dass Bruno im Seerestaurant telefonisch einen Tisch reserviert hatte, erwies sich als goldrichtig, denn die Terrasse des Restaurants war gut besucht und auf den wenigen noch freien Tischen waren *Reserviert*-Schilder angebracht. Ihnen wurde ein Platz direkt am Wasser zugewiesen, und so hatten sie während des Essens den Blick frei auf elegant dahingleitende Segelboote, auf Surfer, Kiter, Stand-Up-Paddler und auf Kinder, die vor Freude johlend im seichten Wasser planschten. Ihr Anblick versetzte Anna in ihre eigene Kindheit zurück und sie erinnerte sich an die schönen Urlaube, die sie und ihr Bruder mit ihren Eltern am Meer oder an Kärntner Seen verbracht hatten.

Und auch Bruno hing ähnlichen Gedanken nach. All der seelische Druck, der seit Ausbruch der Pandemie auf ihm gelastet hatte, schien plötzlich zu weichen, alle Probleme und Sorgen der letzten Monate waren null und nichtig und in weite Ferne gerückt. Er fühlte sich leicht und unbeschwert, und es schien ihm als könne nichts die Harmonie dieses Augenblicks trüben.

Tatsächlich aber trog diese Idylle. Denn nicht weit von der Seeterrasse entfernt wurde gerade ein perfider Mordplan in die Tat umgesetzt ...

4.

Anna und Bruno hatten nach dem Essen eigentlich vorgehabt, es sich in ihrem Apartment gemütlich zu machen, die Abendnachrichten anzuschauen und dann zeitig zu Bett zu gehen.

Aber daraus sollte nichts werden, denn als sie den Innenhof ihres Quartiers betraten, sahen sie Elke Andorfer zusammen mit einem etwa gleichaltrigen Mann in der Laube sitzen.

Sie hatte ihre Kleiderschürze gegen ein leichtes, bunt gemustertes Sommerkleid getauscht, ihre Lockenwickler abgenommen und ihr silbriges Haar zu einer Frisur geformt, die jener der Queen Elizabeth von England ähnelte. Der Mann an ihrer Seite war sehr leger gekleidet und trug auf seinem Kopf eine in die Stirn gezogene Schirmkappe mit dem Logo eines Baumarktes. Er hatte wache, klare Augen, sein wettergegerbtes Gesicht zeugte davon, dass er sich viel im Freien aufhielt.

»Ah, da sind Sie ja!«, rief Elke Andorfer erfreut und stand auf. Der Mann neben ihr tat es ihr gleich, lüftete seine Kappe, unter der eine Halbglatze zum Vorschein kam, und deutete so etwas wie eine kleine Verbeugung an. »Hallo! Ich bin der Andorfer Alfred!«

Elke Andorfer übernahm es, ihm Anna und Bruno vorzustellen.

»Dürfen wir Sie auf ein Glas Wein einladen?«, fragte Alfred Andorfer.

»Ja gern, wenn wir nicht stören?«

»Nein, ganz im Gegenteil! Es wäre uns eine Ehre! Einen Chefinspektor vom Wiener Landeskriminalamt und seine Gattin hat man ja nicht jeden Abend zu Gast!«, antwortete Alfred und bedeutete Anna und Bruno mit einer höflichen Geste, Platz zu nehmen. »Mögen Sie lieber einen Weißwein oder einen Roten?«

»Wir richten uns da ganz nach Ihnen!«

»Gut, dann hol ich uns einen Weißen!«, beschloss Alfred Andorfer und kam wenig später mit einer Bouteille Welschriesling und vier kleinen Fasslbechern[10] aus dem Haus zurück, gefolgt von einem mittelgroßen Hund mit dunklem Fell, der beim Anblick von Anna und Bruno ein lautes Bellen anschlug.

»Ruhig, Karcsi! Geh auf dein Platzerl!«, sagte Alfred Andorfer streng, und an Anna und Bruno gewandt: »Vorm Karcsi müsst ihr keine Angst haben, der macht sich nur wichtig!«

»Das ist ja auch sein Job!«, erwiderte Bruno lächelnd und fuhr, während Alfred Andorfer ihre Gläser vollschenkte, fort: »Übrigens, Chefinspektor bin ich keiner mehr, ich bin nämlich schon seit ein paar Jahren in Pension.«

»Der Alfred war auch bei der Polizei«, warf Elke Andorfer ein.

»Ach, dann sind wir ja quasi Ex-Kollegen«, stellte Bruno erfreut fest.

»Naja, so vermessen wäre ich jetzt nicht, dass ich mich mit einem Chefinspektor auf eine Stufe stelle, ich war Zeit meines Lebens ja nur ein kleiner Revierinspektor!«, antwortete Alfred Andorfer etwas verlegen und reichte Anna und Bruno ihre Weingläser.

---

10   Früher bei Heurigen gängige Weingläser mit Weinrebendekor

»Wo warst du denn vor deiner Pensionierung stationiert?«, fragte Bruno, nachdem sie sich gegenseitig zugeprostet und einander das Du-Wort angeboten hatten.

»In der Polizeiinspektion Rust.«

»Der Alfred hat das Schiffsführerpatent!«, ergänzte Elke Andorfer, sichtlich stolz auf ihren Ehemann. »In den Monaten April bis Oktober war er immer beim Seedienst, also bei der Wasserpolizei.«

»Das klingt spannend!«, meinte Anna beeindruckt. »Ich schau mir im Fernsehen immer *SOKO Donau* an, das ist eine meiner Lieblingsserien.«

»Naja, so spektakulär wie in dieser Krimiserie geht's bei uns am Neusiedler See in der Regel aber nicht zu«, erwiderte Alfred mit einem kleinen Schmunzeln, das die Lachfältchen rund um seine Augen vertiefte. »Und mit Mord und Totschlag hab ich's während meiner Zeit bei der Polizei Gott sei Dank auch nie zu tun bekommen. Wir beim Seedienst sind eher so etwas wie Verkehrspolizisten, halt nicht auf der Straße, sondern am See, und kontrollieren die Einhaltung der See- und Flussverkehrsordnung. Also zum Beispiel die amtliche Zulassung von Booten, Berechtigungen zum Fischen, die 0,5 Promillegrenze, und so weiter. Und daneben liegt unser Schwerpunkt natürlich auf der Rettung und dem Schutz von Personen, denn bei Schlechtwetter kommt's auf dem See leider immer wieder zu gefährlichen Zwischenfällen mit Wassersportlern, die die Sturmwarnungen missachten. Es vergeht kein Jahr, wo es nicht zu zwei oder drei derartigen, tödlichen Unfällen kommt.«

»Wie ist das eigentlich mit der Grenzkontrolle, wenn man mit einem Boot vom österreichischen zum ungarischen Seeufer fährt?«, fragte Anna.

»Das ist genauso geregelt wie auf dem Landweg. Das bedeutet also, dass der Grenzübertritt ohne Deklarierungsmodalitäten möglich ist, im Fall einer Kontrolle muss man aber einen gültigen Reisepass oder Personalausweis vorlegen können.«

»Gibt's eigentlich Ausflugsschiffe, die auch nach Ungarn fahren?«

»Nein, derzeit nicht. Der Hafen in Fertőrákos wird nämlich gerade umgebaut. Aber ihr könntet ja mit dem Fahrrad hinfahren!«

»Ja, das haben wir eh im Sinn. Allerdings erst, wenn wir wieder fit sind. Uns tut heute vom Radfahren nämlich alles Mögliche weh«, antwortete Anna mit gespielt wehleidiger Miene. »Deshalb haben wir beschlossen, morgen so eine Art Ruhetag einzulegen.«

»Ihr könntet morgen eine Bootsrundfahrt mit einem der Ausflugsschiffe machen«, schlug Elke vor.

»Das ist keine gute Idee«, wandte Alfred ein. »Laut Windfinder[11] soll es im Laufe des Vormittags nämlich ziemlich stürmisch werden.«

»Fährst du morgen dann trotzdem raus?«, fragte Elke ihn.

»Klar, du weißt ja: Kommt der Wind aus Osten, wird der Haken rosten, kommt der Wind aus Westen, beißt der Fisch am besten! Und für morgen ist Westwind vorhergesagt!«

»Bist du Angler?«, fragte Bruno interessiert.

»Ja!«

»Angelst du von einem Steg aus?«

»Nein, da ist mir in der Regel zu viel Betrieb, vor allem jetzt in der Hochsaison. Meistens angle ich deshalb in einem der Kanäle und von meinem Boot aus.«

---

11 Handy-App für die Wind-, Wellen- und Wettervorhersage

»Mit welcher Rute?«

»Üblicherweise verwende ich eine Spinnrute.«

»Angelst du mit Lebendködern?«

»Nein, mit Kunstködern, also mit Gummifischen, Blinker, Wobbler oder Twister.«

»Was sind eigentlich die besten Fische im Neusiedler See?«

»Karpfen, Zander, Hechte und Welse. Mir sind die Zander am liebsten! Letztes Jahr hab ich einen mit viereinhalb Kilo rausgeholt.«

»Das ist beachtlich! Wie ist dir das gelungen?«

»Mit Anglerlatein!«, sagte Elke, noch bevor Alfred Brunos Frage beantworten konnte. »Der Alfred hat mich damals, nachdem er den Fisch aus dem Wasser geholt hat, angerufen und mir gesagt, dass ich mich auf einen Rekordfang einstellen soll, und dass der Zander über vier Kilo wiegt und an die sechzig Zentimeter lang ist. Ich hab den Zander dann auf die Waage gelegt, da hat er plötzlich nur noch drei Kilo gewogen, er muss also auf dem Weg hierher geschrumpft sein!«

»Blödsinn!«, murmelte Alfred und fragte Bruno. »Wie kommt's, dass du dich mit dem Angeln so gut auskennst?«

»Naja, ich kenn mich nicht wirklich gut aus«, gestand Bruno. »Als Bub war ich oft mit meinem Vater fischen, dabei habe ich so manches aufgeschnappt, und ich hab mir damals vorgenommen, dass ich mir das Angeln, wenn ich erwachsen bin, als Hobby zulegen werde. Aber, wie das halt so ist, irgendwie hab ich nie richtig Zeit dafür gehabt und das Ganze wieder aus dem Auge verloren. Schade eigentlich.«

»Nachdem du jetzt in Pension bist, könntest du das ja nachholen«, empfahl Alfred.

»Ich weiß, aber in Wien ist das nicht so reizvoll.«

»Willst du morgen früh mit mir rausfahren?«, fragte Alfred.

Bruno schaute Anna fragend an, und da sie keine Einwände zu haben schien, stimmte er zu. »Wann soll's denn losgehen?«

»Üblicherweise starte ich gegen vier Uhr früh, weil, wie sagt man so schön? *Der frühe Vogel fängt den Wurm!*«

In aller Herrgottsfrühe aufzustehen, war zwar nicht gerade das, was Bruno sich für den Urlaub vorgenommen hatte, andererseits aber verband er mit den Stunden, die er mit seinem leider sehr früh verstorbenen Vater beim Angeln verbracht hatte, eine besonders schöne Erinnerung, und den Sonnenaufgang von einem Boot am See aus zu beobachten, hatte sicher auch einen speziellen Reiz. »Passt!«, sagte er daher.

»Soll ich eine Rute für dich mitnehmen?«

»Nein, nein«, wehrte Bruno ab. »Ich würde dir damit nur die Fische verscheuchen.«

Der Klingelton des Weckers, den er auf seinem Smartphone für 3.30 Uhr eingestellt hatte, riss Bruno am nächsten Morgen unsanft aus dem Schlaf. Dass Anna bereits vor ihm aufgestanden war, registrierte er erst, als er im Halbschlaf das Geräusch der Espressomaschine hörte.

»Du bist ein Schatz!«, bedankte er sich bei ihr, als er wenig später aus dem Bad kam und sie ihm eine Tasse Kaffee reichte.

»Ich weiß, aber ich leg mich jetzt nochmal hin«, sagte Anna gähnend und wünschte ihm, bevor sie im Schlafzimmer verschwand: »Petri Heil!«

Alfred und Bruno hatten die Strecke zum Hafen mit Alfreds altem VW-Golf zurückgelegt. Sein Boot, eine hölzerne

Zille mit einem elektrischen Außenbordmotor, war an einer Anlegestelle gegenüber vom Seebad vertäut.

»Wie viele PS hat der Motor?«, fragte Bruno, während sie aus dem Hafengelände ausfuhren.

»Vier Kilowatt!«

»Sind am See eigentlich auch Boote mit Verbrennungsmotoren erlaubt?«

»Ja, allerdings nur für die Einsatzkräfte der Wasserpolizei, Rettung und Feuerwehr. Privatpersonen dürfen, neben den Segelbooten, nur Elektroboote benutzen, wobei eine maximale Geschwindigkeit von 50 km/h nicht überschritten werden darf. Denn bei höheren Geschwindigkeiten werden der Seeboden und der Schlamm aufgewirbelt, das führt zu einer massiven Beeinträchtigung des Ökosystems im See!«

»Diese Seehütten«, sagte Bruno und zeigte auf ein paar Pfahlbauten, die am Rande des Schilfgürtels der Ruster Bucht aus dem Wasser ragten. »Sind die denn nur per Boot erreichbar?«

»Ja!«

»Und wie funktioniert das mit der Strom- und Wasserversorgung in den Hütten?«

»Die meisten von denen haben Solar- oder Photovoltaikanlagen und Wassertanks. Einen Wasseranschluss gibt's zumeist nicht, die Wasserversorgung erfolgt mittels Kanistern beziehungsweise Wassertanks von einer Wasserentnahmestelle im Hafen.«

»Das wäre mir zu mühsam!«

»Naja, das ist Geschmackssache. Die Hütten haben noch was Ursprüngliches, für viele Leuten hat das einen besonderen Reiz. Wenn man's bequemer haben will, dann muss man sich eine der Hütten in der Romantika-Siedlung kaufen oder mieten. Die sind über Stege erreichbar und verfügen über Wasser-, Strom- und Kanalanschluss«, antwortete Alfred und lenkte das Boot nun Richtung Mörbisch.

»Was kostet es, so eine Hütte zu kaufen?«, fragte Bruno.

»Naja, billig ist das nicht, es gibt viele Kaufinteressenten, die Wartelisten sind lang und die Preise sind daher entsprechend hoch! Und neben dem Kaufpreis ist auch noch eine jährliche Miete an den Grundstückseigentümer zu entrichten, denn bei den Seehütten handelt es sich um Superädifikate, man erwirbt zwar das Eigentum an der Hütte, nicht aber am Grundstück!«

»Und was würde es kosten, eine der Hütten für eine oder zwei Urlaubswochen zu mieten?«

»Der Preis hängt von der Lage und der Ausstattung ab. Mein Schwiegersohn besitzt eine Seehütte in der Romantika-Siedlung, und zwar in allerbester Lage in einem nicht einsehbaren Areal. Er vermietet sie wochen- oder monatsweise, der Preis für eine Woche beträgt zweitausendeinhundert Euro.«

»Das ist aber heftig!«, entfuhr es Bruno.

»Ja, das ist richtig, aber die Hütte meines Schwiegersohnes ist um einiges geräumiger und komfortabler als die meisten anderen Hütten. Sie verfügt über eine Klimaanlage, Heizung, Internetanschluss und Satellitenfernsehen, und neben einem großen Wohnbereich mit einer Küchenzeile und einem Schlafzimmer gibt es unter dem Dach noch zwei weitere Schlafplätze, sodass ein Ehepaar mit zwei Kindern bequem Platz findet. Außerdem gibt's eine große Holzterrasse mit einem Sonnendeck, einer Dusche und einem eigenen Bootssteg mit einem Elektroboot, das den Gästen zur freien Verfügung steht, und am Parkplatz beim Seerestaurant ist ein Stellplatz für die Mieter der Seehütte reserviert, die Parkgebühren sind in der Miete inkludiert. Und, was auch nicht ganz unwichtig ist, die Fenster der Hütte sind mit Insektenschutzgittern ausgestattet!«

»Wegen der Gelsen, nehme ich an?«

»So ist es!«, antwortete Alfred, drosselte das Tempo und lenkte die Zille langsam in einen schmalen, landeinwärts führenden Kanal. »Ich kenne da vorne eine bestimmte Stelle, an der es besonders viele Gründlinge, Rotfedern, Rotaugen und andere kleine Fische gibt«, sagte er. »Die schmecken den Raubfischen, also auch den Zandern, besonders gut, weshalb sich die hier ebenfalls gerne aufhalten. Ich hab da schon etliche …«

Alfred hielt in seinen Ausführungen jäh inne und brachte das Boot abrupt zum Stehen.

»Was ist los?«, fragte Bruno.

Alfred wies mit der Hand auf die Umrisse eines Bootes, das etwa zehn Meter vor ihnen lag. »Das hätte ich beinahe gerammt!«, sagte er und griff nach einem Paddel, mit dem er die Zille langsam vorwärtsbewegte.

Beim Näherkommen war zu erkennen, dass es sich um ein kleines, offensichtlich unbemanntes Elektroboot handelte, dessen Bug sich im Schilf verkeilt hatte.

»Hoffentlich ist da nichts passiert!«, murmelte Alfred beunruhigt und versuchte, zunächst mit Hilfe seines Paddels und schließlich mit bloßen Händen, das Boot aus dem Schilf zu ziehen.

»Da muss sich irgendetwas verklemmt haben …«, keuchte er nach ein paar Minuten angestrengt.

»Da vorne, beim Bug, da muss irgendwas sein«, vermutete Bruno und bot all seine Kräfte auf, um Alfred zu unterstützen und das Boot zu bewegen. Und tatsächlich gab das Boot gleich darauf mit einem plötzlichen Ruck nach.

»Na also, es geht ja! Mich würde nur interessieren, warum ...«, fragte sich Bruno und aktivierte auf seinem Handy die Taschenlampenfunktion. Er ließ den Lichtkegel kurz über das Boot gleiten, hielt aber gleich darauf inne und beobachtete gebannt und mit vor Entsetzen geweiteten Augen, wie langsam und wie von Geisterhand bewegt ein menschlicher Leichnam, mit dem Gesicht nach unten, neben dem Boot auf der Wasseroberfläche auftauchte.

»Um Gottes willen«, murmelte Alfred betroffen und griff nach ein paar Schrecksekunden zu seinem Mobiltelefon, um den Seedienst über den grausigen Fund zu informieren.

Währenddessen betrachtete Bruno den Toten im Schein der Taschenlampe näher. Es handelte sich um einen dunkelhaarigen, mit einer hellen Leinenhose, einem ebenfalls hellen Hemd und einem dunklen Blazer bekleideten Mann.

»Was meinst du, wie lange ist der schon tot?«, fragte Alfred, als er sich Bruno wieder zuwandte.

»Aus dem Stadium der Aufdunsung an seinen Händen zu schließen, nicht allzu lange«, antwortete Bruno.

»Ich frage mich, was ihn dazu veranlasst hat, in den Kanal zu fahren«, überlegte Alfred. »Nach seiner Kleidung zu schließen, war er hier sicher nicht angeln ...«

»Vielleicht war er ortsfremd und hat sich verirrt? Oder vielleicht hat der Elektromotor seines Bootes gestreikt?«

»Dann hätte er sicher den Seedienst informiert, damit ihn die abschleppen.«

»Vielleicht hatte er kein Handy dabei?«

»Das würde mich wundern, wer geht denn heutzutage ohne Handy aus dem Haus?«, wandte Alfred ein. »Und selbst wenn es so gewesen wäre, das Ufer ist von hier aus keine fünfzig Meter entfernt, es wäre auch für einen Nichtschwimmer leicht erreichbar, denn der Wasserstand beträgt hier maximal ein Meter dreißig!«

»Naja, wir wissen ja nicht, um welche Uhrzeit er ums Leben gekommen ist. Wenn's schon dunkel war, so hätte er das Ufer von hier aus nicht erkennen können«, gab Bruno zu bedenken.

Die Sonne war bereits aufgegangen, als ein großes Motorboot der Wasserpolizei, ein Feuerwehrboot und ein Rettungsboot an der Einmündung zum Kanal auftauchten und dort ankerten. Ein weiteres, kleines Polizeiboot fuhr in den Kanal ein.

Alfred hob grüßend die Hand, wies mit dem Kopf zum Schilf und informierte die beiden Polizeibeamten über die Auffindesituation des Leichnams. »Der Tote dürfte unter dem Boot eingeklemmt gewesen sein. Als wir versucht haben, das Boot aus dem Schilf zu ziehen, ist sein Leichnam, wahrscheinlich aufgrund der Erschütterung des Bootes, aufgetaucht.

Anna hatte, nachdem Bruno mit Alfred zum Angeln aufgebrochen war, vergeblich versucht, noch ein paar Stunden Schlaf zu finden. Schließlich stand sie auf und öffnete die Fenster, um die frische Morgenluft einzulassen. Die ungewohnte Stille und der Umstand, dass sie ihrer üblichen hausfraulichen Pflichten entbunden war, brachte sie aus ihrem gewohnten Rhythmus und sie überlegte, wie sie die Zeit bis zu Brunos Rückkehr mit einer sinnvollen Beschäftigung füllen könnte.

»Ich besorg mir eine Zeitung und geh frühstücken«, beschloss sie, als sie die Glocken einer nahen Kirche sieben Mal läuten hörte.

Als sie gegen 8.30 Uhr zurückkehrte, traf sie im Innenhof auf Elke Andorfer, die gerade mit zwei mit Eiern, Butter, Milch, Staubzucker, Walnüssen und anderen Backzutaten gefüllten Weidekörben auf eine in die ehemalige Bäckerei führende Tür zusteuerte. Hinter ihr trottete Karcsi her, der Anna nur mit einem müden Blick streifte und sich dann in seine Hundehütte zurückzog.

»Guten Morgen«, rief Elke Anna gutgelaunt zu. »Warst du schon unterwegs?«

»Ja, ich hab eine kleine Morgenrunde gemacht«, gab Anna zurück. »Was meinst du, wann in etwa werden unsere Männer vom Angeln zurückkommen?«

»Das kommt beim Alfred immer ganz darauf an, ob die Fische beißen oder nicht. Wenn er was geangelt hat, dann kommt er damit gleich nach Hause. Wenn nicht, dann geht er meistens noch auf einen Kaffee, und wenn er dabei einen Freund oder Bekannten trifft, dann kann's auch länger dauern. Was mir heute übrigens eh ganz recht wäre, ich muss nämlich schnell eine Partie Burgenländer Kipferl[12] backen«, antwortete Elke und stellte einen der beiden Weidekörbe ab, um die Tür zur Bäckerei zu öffnen.

»Warte, ich helf dir!«, erbot sich Anna, nahm den Korb auf und folgte Elke in das vormalige Verkaufslokal der Bäckerei und weiter in die Backstube.

»Hier ist mein ehemaliges Reich!«, erklärte Elke und wies mit einer Geste auf den großen länglichen Arbeitstisch, der in der Mitte der Backstube stand, und auf die elektrischen Bäckereiöfen, Rühr-, Teigknet- und sonstigen Maschinen. »Hier habe ich vor fünfundfünfzig Jahren meine Bäckerlehre gemacht. Damals hat es hier allerdings noch ganz anders

---

12   Süßes Kleingebäck

ausgesehen. Wir haben nur einen einzigen Holzbackofen gehabt, den wir mit Eichen- oder Buchenholz geheizt haben. Die Brotteige habe ich mit der Hand kneten müssen, das war für mich als junges Mädel eine wirklich schwere Arbeit, an manchen Tagen hätte ich am liebsten alles hingeschmissen!«

»Das glaub ich dir!«, erwiderte Anna verständnisvoll. »Aus dem Grund war das Bäckerhandwerk früher ja zu Recht auch eine männliche Domäne.«

»So ist es! Und wenn's nach mir gegangen wäre, dann hätte ich lieber eine höhere Schule besucht und wäre Volksschullehrerin geworden. Aber das hat halt nicht sein sollen. Ich war nämlich ein Einzelkind, es war mir also sozusagen in die Wiege gelegt, dass ich eines Tages die Bäckerei meiner Eltern werde übernehmen müssen.«

»Beim Bruno hat es sich ähnlich verhalten«, sagte Anna nachdenklich. »Er wollte Geschichtswissenschaftler werden und hat in Wien ein paar Semester studiert, weil sein Vater aber unerwartet verstorben ist und seine Mutter das Studium nicht hat weiterfinanzieren können, war er gezwungen, das Studium abzubrechen und einen Brotberuf zu ergreifen. Und auf die Art ist er bei der Polizei gelandet! Er hat das rückblickend aber nie bereut, wie er oft sagt. Es hat zwar eine Zeitlang gedauert, bis er sich in seinen Beruf eingefügt und eingelebt hat, aber dann war er mit Leib und Seele dabei!«

»Ich auch! Ich hab nämlich ab dem Zeitpunkt, an dem ich von meinen Eltern die Bäckerei übernommen habe, den Großteil der Einnahmen in moderne Öfen und Maschinen investiert, das hat mir meine Arbeit enorm erleichtert. Und heute bin ich froh, dass sich alles so entwickelt hat, weil erstens habe ich Zeit meines Lebens finanziell unabhängig sein können, und zweitens hätte ich den Alfred nicht kennengelernt, wenn ich irgendwo eine pädagogische Ausbildung gemacht hätte. Und ohne ihn an meiner Seite hätte ich das alles nicht geschafft!«

»Wie lange seid ihr schon verheiratet?«

»Siebenundvierzig Jahre.«

»Dann habt ihr also nur noch ein paar Jahre bis zu eurer Goldenen Hochzeit! Das ist schön! Du hast erzählt, dass ihr eine Tochter und zwei Söhne habt. Wohnen die auch hier in Rust?«

»Ja, unsere Tochter schon. Sie ist mit einem Notar verheiratet und hat zwei erwachsene Töchter, und zwar Zwillinge. Unsere Söhne wohnen in Wien. Der Ältere hat Medizin studiert, er ist Oberarzt auf der Kardiologie im Wiener Allgemeinen Krankenhaus, und der Jüngere hat an der Technischen Universität studiert und leitet jetzt die IT-Abteilung einer Privatbank!«

»Also wollte keines eurer Kinder die Bäckerei übernehmen?«

»Nein. Und für den Alfred und für mich war von Anfang an klar, dass wir das auch keinem von ihnen aufzwingen werden. Es ist trotz all der modernen Geräte ein mühsames Handwerk! Und gesund ist es auch nicht, um zwei Uhr früh aufzustehen und zehn Stunden oder länger in der heißen Backstube zu arbeiten und den Staub vom Mehl einzuatmen. Ich hab im Alter von einundsechzig Jahren einen Kehlkopfkrebs bekommen, Gott sei Dank hab ich den überlebt. Aber daraufhin habe ich das Gewerbe zurückgelegt und das Geschäft zugesperrt. Zu verdienen war damit ja schon vorher nicht mehr viel, weil die Supermärkte damit begonnen haben, von Großbäckereien vorproduziertes, tiefgekühltes Brot und Gebäck in den Märkten aufzubacken, und damit habe ich preismäßig natürlich nicht mithalten können. Und ich wollte auch nicht mehr. Ich hab in meinem Leben genug gearbeitet und Steuern gezahlt und drei Kinder in die Welt gesetzt, die alle tüchtig sind. Jetzt back ich nur noch zu meinem eigenen Vergnügen und wenn's in der Familie größere Feierlichkeiten gibt, oder für wohltätige Zwecke. Also zum Beispiel für die monatliche Pensionistenjause im Pfarrheim, die heute stattfindet oder für die Benefizveranstaltung vom Storchenverein am Freitag.«

»Es tut gut, wenn man in unserem Alter noch was Sinnvolles tun kann«, sagte Anna. »Ich hab mich nach meiner Pensionierung eine Zeitlang dreimal wöchentlich ehrenamtlich in einem Seniorenheim betätigt, hab mit den alten Leuten Karten gespielt, mit ihnen gebastelt, ihnen was vorgelesen oder bin mit ihnen spazieren gegangen. Nach dem Ausbruch der Corona-Pandemie war das aber leider nicht mehr möglich. Ich hoffe, dass sich bald wieder alles normalisiert und ich damit weitermachen kann. Den ganzen Tag über zu Hause zu hocken und nichts Sinnvolles zu tun, macht einen, solange man gesund ist, auf die Dauer ja depressiv. Außerdem: *Wer rastet, der rostet!* hat meine Mutter immer gesagt, und die ist mittlerweile im dreiundneunzigsten Lebensjahr und immer noch recht vital, geht jeden Tag mit ihrem Rollator eine Stunde spazieren, löst Kreuzworträtsel, schnipselt ein bisschen an den Blumen im Garten oder im Haus herum, stopft ihre Wäsche und so weiter!«

»Aktiv sein hält jung!«, pflichtete Elke Anna bei. »Wir haben im Burgenland auch einen Spruch dazu: *A sitzanda Kraun reskiert sei Leben!*«, pflichtete Elke Anna bei und begann mit raschen, geübten Handgriffen ein Dampfl[13] zuzubereiten.

---

13 Vorteig für Germteig

5.

Die mittels eines Hebekrans durchgeführten Bergungsarbeiten hatten sich aufgrund der Enge des Kanals kompliziert und zeitaufwändig gestaltet. Den Gesprächen der Taucher und der Polizeibeamten hatte Bruno entnehmen können, dass sich im Sakko des Toten eine Brieftasche mit knapp eintausend Euro, Kreditkarten, ein Führerschein und ein Personalausweis im Scheckkartenformat befunden hatten, jedoch kein Handy und auch kein Schlüsselbund, weshalb die Taucher noch mehrmals unter Wasser gegangen waren, um im schlammigen Untergrund danach zu suchen. Erfolglos, wie sich herausgestellt hatte, und so war der Einsatz nach einer weiteren halben Stunde beendet worden.

Es war schon kurz nach neun, als die Boote der Einsatzkräfte den Kanal verließen, mit dem Toten an Bord und dessen Elektroboot im Schlepptau. Da die Ausfahrt zum offenen See nunmehr wieder frei war, konnte auch Alfred seine Zille wenden und sie zurück nach Rust steuern. Der Wind hatte mittlerweile stark zugelegt, daher gestaltete sich die Rückfahrt recht stürmisch. Bruno war erleichtert, als sie endlich den Hafen erreichten.

»Das war heftig«, sagte er, nachdem Alfred sein Boot festgemacht hatte.

Alfred schien der Sturm nicht übermäßig beeindruckt zu haben. Er wies auf das blinkende Licht der Sturmwarnanlage. »Die Frequenz beträgt vierzig Blitze pro Minute, es ist also erst die Vorwarnstufe aktiviert.«

»Was bedeutet das?«

»Dass Schiffe nicht mehr aus dem Hafen auslaufen sollten und dass jene Schiffe, die noch auf dem See unterwegs sind, auf Starkwind getrimmt werden müssen. Sollte der Sturm zulegen, so wird die Frequenz der Anlage auf neunzig erhöht, also auf Sturmwarnung, dann muss jedes Schiff sofort den nächsten Hafen aufsuchen, oder, wenn der nicht schnell genug erreichbar ist, im Schilfgürtel Schutz suchen.«

»Und die Mannschaft der Wasserpolizei, respektive des Seedienstes, fährt bei einer Sturmwarnung trotzdem auf den See raus?«

»Ja natürlich, dafür ist sie ja da! Sobald ein Notruf eingeht, müssen je nach Gefahrensituation ein oder mehrere Boote losfahren!«

»Das wär nichts für mich, mir hat's ja jetzt bei der Vorwarnstufe schon fast den Magen umgedreht! Ich schätze, ich wäre keine Bereicherung für euch gewesen«, sagte Bruno selbstironisch.

Alfred klopfte ihm freundschaftlich auf die Schulter. »Naja, dafür, dass du am Neusiedler See das erste Mal auf einer kleinen Zille unterwegs warst und uns der Wind ein bisschen um die Ohren gepfiffen hat, hast du dich eh ganz gut gehalten! Also hättest du durchaus bei der Wasserpolizei anheuern können, zumal die Polizeiboote deutlich stabiler und mit wesentlich mehr PS ausgestattet sind als meine kleine Zille und man den Wellengang daher auch nicht so extrem spürt. Abgesehen davon ist der Umgang mit Wasser und Wind natürlich eine Frage der Gewohnheit und der Erfahrung! Ich bin am See aufgewachsen, und die meisten meiner ehemaligen Kollegen ebenfalls. Uns sind alle möglichen Gefahrenquellen bekannt, aufgrund der Windrichtung und der Windstärke können wir das Gefahrenpotenzial recht gut abschätzen. Angst habe ich bei meinen

Einsätzen auch unter extremen Bedingungen eigentlich nie gehabt, aber natürlich einen großen Respekt vor den Naturgewalten, und das macht einen automatisch auch vorsichtig, was wichtig ist!«

»Ja, das kenne ich«, sagte Bruno. »Allerdings nicht im Zusammenhang mit Naturgewalten, sondern mit Menschen, die sich in einer akuten Bedrohungssituation wähnen und ein nicht mehr beherrschbares Aggressionspotenzial entwickeln. Das bedeutet dann Alarmstufe Rot und erfordert extreme Aufmerksamkeit!«

»Was war eigentlich dein schlimmstes Erlebnis als Mordermittler?«, fragte Alfred und holte, da sie mittlerweile am Parkplatz vor seinem Wagen angelangt waren, seinen Autoschlüssel hervor.

Es brauchte einige Zeit, bis Bruno auf Alfreds Frage reagierte, und es war ihm anzusehen, dass er seine Antwort gut abwog.

»Das war kurz vor meiner Pensionierung. Ein Fall einer inszenierten Übertötung, also ein Overkill! Ein sechsundvierzigjähriger Mann hat seine um zwei Jahre jüngere Ehefrau auf eine Art und Weise getötet, die an Brutalität nicht zu überbieten war. Er hatte sie zunächst durch Schläge und Tritte gegen den Oberkörper und den Unterleib schwer verletzt, und ihren Kopf mehrmals gegen eine Glasvitrine gestoßen, wovon sie schwere Verletzungen am Kopf und im Gesicht davongetragen und ein Auge verloren hat. Anschließend hat er sich auf ihre Brust gekniet, sie bewusstlos gewürgt und ihr zu guter Letzt mit einem Küchenmesser einunddreißig Messerstiche versetzt. Nach der Tat hat er sich selbst mit dem Küchenmesser mehrere Stiche in den Bauch beigefügt, die allerdings nicht tödlich waren, woraufhin er Rettung und Polizei verständigt hat!«

»Was geht in so einem Menschen nur vor sich?«, fragte Alfred erschüttert.

»Solche Delikte sind bei Männern oft auf verletzten Stolz oder Angst vor dem Verlust ihrer Dominanz zurückzuführen. Das spiegelt sich leider auch in der hohen Anzahl der Femizide der vergangenen Monate wider!«, antwortete Bruno. »Männer morden, um zu behalten, Frauen morden, um loszuwerden! Bei Letzteren handelt es sich oft um einen Befreiungsschlag gegen einen Partner, der sie seelisch oder körperlich jahrelang misshandelt hat. Aber auch Habgier stellt bei Frauen ein häufiges Tatmotiv dar, oder der Wunsch, sich an einen neuen Partner zu binden. Sie planen ihre Tat penibel, durchlaufen oft einen langen Entscheidungsprozess und wägen das Für und Wider ihrer Tat und die sich daraus ableitenden Konsequenzen sorgfältig ab, bevor sie morden. Dabei agieren sie wesentlich kreativer als Männer. Ich hab vor etlichen Jahren von einem Fall gelesen, bei dem eine Frau ihren untreuen Partner mit einer Kapsel Zyankali getötet hat, die sie ihm bei einem Zungenkuss in seinen Mund verabreicht hat!«

Bruno machte eine kurze Pause. »Man sollte sich mit seiner Ehefrau daher immer gutstellen«, beendete er die ernste Thematik dann leichthin.

»Das kann sowieso nie schaden«, meinte Alfred, parkte seinen Wagen vor der Bäckerei und schloss das Haustor auf, hinter dem Karcsi schon auf ihn gewartet zu haben schien.

»Ja mein Guter, ich bin ja eh schon wieder da«, murmelte Alfred, klopfte Karcsi sanft auf den Rücken und winkte dann Elke zu, die mit Anna und einer sehr hübschen, jüngeren Frau mit kurzem rotblondem Haar in der Laube saß.

»Da seid ihr ja endlich!«, rief Elke ihm entgegen und sagte nach einem Blick auf Alfreds leere Hände liebevoll-ironisch: »Na, sehr erfolgreich scheinst du heute aber nicht gewesen zu sein!«

»Ich bin gar nicht erst zum Angeln gekommen!«, erwiderte Alfred und tätschelte die Frau mit dem rotblonden Haar liebevoll an der Schulter. »Servus Kathi!«

»Servus Papa«, antwortete diese und hielt Bruno zum Gruß ihre zu einer Boxerfaust geballte Hand entgegen. »Sie sind wahrscheinlich der Herr Specht, oder? Ich bin die Katharina Iby.«

»Freut mich«, antwortete Bruno höflich, nickte Elke lächelnd zu und nahm dann neben Anna Platz.

»Warum bist du nicht zum Angeln gekommen?«, kam Elke auf Alfreds Bemerkung zurück.

»Weil ...«, begann Alfred und schilderte in knappen Worten die Umstände des Leichenfundes sowie die nachfolgende Bergungsarbeiten.

»Meine Güte!«, seufzte Elke betroffen. »Das ist heuer schon der zweite Todesfall am See, dabei hat die Saison noch gar nicht richtig angefangen! Dass die Leute auch immer so leichtsinnig sind und bei jedem Wetter rausfahren!«

»Naja, in den letzten Tagen war eigentlich kein schlechtes Wetter«, stellte Alfred fest.

»Hat der Tote denn schon länger im Wasser gelegen?«, fragte Katharina Iby.

»Nein, das kann noch nicht allzu lange her sein.«

»Und wie ...«, setzte Katharina Iby zu einer weiteren Frage an, wurde aber vom Läuten ihres Telefons unterbrochen. »Ja, Schatz, was gibt's?«, fragte sie, lauschte kurz und beendete das Telefonat dann mit den Worten: »Ja, mach ich! Sag ihr, dass ich in zirka zwanzig Minuten bei ihr bin.«

»Musst du denn schon wieder weg?«, fragte Alfred enttäuscht.

»Ja leider. Die Frau vom Lang, das ist der Mann, der unsere Seehütte gemietet hat, hat den Ludwig gerade in der Kanzlei angerufen. Sie wollte wissen, ob wir Reserveschlüssel für den Eingang der Romantika-Siedlung und für die Seehütte haben. Sie kann ihren Mann seit gestern Abend telefonisch nicht erreichen und ist deshalb heute Früh nach Rust gefahren, um nach ihm zu sehen.«

»Hoffentlich ist ihm nichts passiert!«, sagte Elke besorgt.

»Naja, vielleicht hat der Lang die Nacht ja auch einfach nur woanders verbracht«, meinte Katharina etwas kryptisch. »Egal! Ich fahr schnell nach Hause, hol die Reserveschlüssel und bring sie zur Seehütte!«

»Und ich stell mich jetzt unter die Dusche!«, beschloss Bruno, gegen seine aufkommende Müdigkeit ankämpfend.

»Soll ich mitgehen?«, fragte Anna.

»Um mit mir zu duschen?«, fragte Bruno scherzhaft.

»Nein!«

»Dann warte bitte hier auf mich! Ich bin in einer Viertelstunde wieder da, und dann möchte ich eine Kleinigkeit essen gehen, ich hab nämlich außer Kaffee noch nichts im Magen! Wie schaut's mit dir aus? Hast du schon was gegessen?«

»Ja! Ich hab mir in einem Café ein ausgiebiges Frühstück gegönnt!«, antwortete Anna.

»Nachdem jetzt alle vom Essen reden, bekomme ich auch Hunger«, stellte Alfred fest.

»Ich mach dir schnell einen Toast, oder willst du lieber eine Eierspeis?«, fragte Elke ihn.

»Nein, mir genügt ein Butterbrot«, winkte Alfred ab und verschwand im Haus.

Elke machte ebenfalls Anstalten aufzustehen, besann sich dann aber anders, vielleicht weil es ihr unhöflich erschien, Anna in der Laube alleine sitzen zu lassen. »Was habt ihr denn heute noch vor?«, fragte sie.

»Ich weiß nicht, ich muss das erst mit dem Bruno beraten«, antwortete Anna unschlüssig und setzte, einer plötzlichen Eingebung folgend, nach: »Wenn's nach mir ginge, dann würde ich am liebsten zum Friseur gehen und mir einen flotten Haarschnitt verpassen lassen. Siehst eh, wie ich ausschau! Ich mag mich schon gar nicht mehr im Spiegel sehen!«

»Naja, so arg ist das jetzt aber auch nicht mit deiner Frisur!«, meinte Elke beschwichtigend. »Aber wenn du unbedingt zum Friseur gehen willst, dann würde ich dir den Salon Andreas in der Hauptstraße empfehlen. Die Kathi geht auch immer dorthin, und zwar zur Frau Monika.«

»Sie hat eine sehr schöne Haarfarbe, ist das eine Koloration?«, fragte Anna.

»Ja, das ist eine spezielle Färbetechnik, die nennt sich *Balayage* oder so ähnlich. Dabei werden dünne Strähnchen ins Haar eingefärbt, aber nicht so wie bei den herkömmlichen Mèches, die ja ziemlich dicht und vom Ansatz eingefärbt werden, sondern unwillkürlich, so als wären sie von der Sonne getönt. Deshalb wirkt die Farbe auch so natürlich. Aber es ist eine ziemliche Prozedur, hat mir die Kathi erzählt, und dauert zwei bis zweieinhalb Stunden. Und ganz billig ist es auch nicht!«

»Das wäre mir egal«, sagte Anna, denn sie war im abgelaufenen Jahr aufgrund der Lockdowns nur zweimal beim Friseur gewesen, hatte sich also einiges an Geld erspart. Während sie noch überlegte, wann sie den von Elke empfohlenen Friseursalon aufsuchen könnte, rief diese plötzlich aus: »Ach herrje! Mit der Tratscherei hab ich jetzt völlig auf mein Dampfl vergessen! Ich muss schnell in die Backstube!«

»Und ich schau nach dem Bruno«, beschloss Anna. »Anscheinend ist er unter der Dusche eingeschlafen!«

Tatsächlich war Bruno aber gerade in Begriff, die Eingangstür des Apartments hinter sich abzuschließen. Die Dusche schien seine Lebensgeister aber nicht wirklich geweckt zu haben. Er wirkte müde und angespannt. Daher sagte Anna: »Leg dich noch eine Stunde hin, ich geh in der Zwischenzeit einkaufen!«

»Nein, das erledigen wir gemeinsam!«, widersprach Bruno. »Was brauchen wir denn?«

»Alles!«, antwortete Anna. »Brot, Gebäck, Butter, Käse, Schinken, Mineralwasser, Obst und so weiter. Und Kaffeekapseln sollten wir auch besorgen. Die Kapseln, die uns die Elke zur Espressomaschine gelegt hat, sind mir für meinen Frühstückskaffee nämlich zu stark, ich möchte mir koffeinfreie besorgen.«

»Okay! Und was willst du anschließend machen?«

»Du hast gesagt, dass du irgendwo eine Kleinigkeit essen willst …?«

»Richtig!«

»Gut, dann geh ich jetzt noch schnell zur Toilette. Vielleicht könntest du in der Zwischenzeit die Elke fragen, ob's die Espressokapseln auch im Supermarkt gibt. Sie ist gerade in der Backstube …«

»Mach ich«, sagte Bruno, vergaß sein Vorhaben aber, denn Alfred Andorfer kam ihm im Innenhof entgegen und sagte aufgeregt: »Die Katharina hat mich grad angerufen. Sie war mit der Ehefrau vom Lang in der Seehütte, die beiden haben ihn dort nicht angetroffen, und das Elektroboot war auch nicht da!«

Es dauerte ein paar Augenblicke, bis Bruno die Bedeutung von Alfreds Worten erfasst hatte. »Du glaubst, dass es sich bei dem Toten, den wir im Schilf gefunden haben, um diesen Lang handeln könnte?«

»Das glaube ich nicht nur, das weiß ich mittlerweile auch!«, gab Alfred zurück. »Ich habe nach meinem Telefonat mit der Katharina nämlich den Fritz Markowitsch angerufen, das ist der Kollege, der den heutigen Einsatz der Wasserpolizei geleitet hat, und ihm gemeldet, dass die Frau Lang ihren Ehemann vermisst. Daraufhin hat mir der Markowitsch gesagt, dass der Name auf dem Personalausweis des Toten auf Walter Lang lautet!«

»Das könnte auch eine zufällige Namensgleichheit sein, Lang ist ja ein recht häufiger Nachname«, gab Bruno zu bedenken, obwohl er innerlich Zweifel an seinen eigenen Worten hegte.

Da Anna gerade zu ihnen stieß, unterbrachen sie ihr Gespräch.

Nachdem Anna und Bruno ihre Einkäufe erledigt und ins Apartment gebracht hatten, suchten sie erneut den Schanigarten jenes Lokals auf, von dem aus sie am Vortag die Storchennester betrachtet hatten.

»Ich habe in einem Prospekt gelesen, dass manche Storchenpaare ein Leben lang zusammenbleiben und einander treu sind«, sagte Anna, während Bruno eine Portion Ham and Eggs verzehrte. »Im August oder September fliegen sie nach Afrika, um dort zu überwintern. Manchmal werden sie dabei getrennt, finden im Frühling aber den Weg in ihre angestammten Nester zurück, um sich dort erneut zu paaren, zu brüten und ihre Jungen aufzuziehen. Ist das nicht romantisch?«

»Naja, das mag vielleicht auf manche Paare zutreffen, aber nicht auf alle!«, gab Bruno mit halbvollem Mund zurück. »Ich habe nämlich im Fernsehen einmal eine Dokumentation über Störche gesehen, in der sich der Konrad Lorenz[14] dahingehend geäußert hat, dass das Paarungsverhalten der Störche nur bedingt etwas mit Liebe oder Treue zu tun hat, sondern darin begründet ist, dass die Männchen im Frühjahr zwar in ihre Nester zurückkehren und dort auf ein Weibchen warten, und wenn der Zufall es will, dann ist es jenes Weibchen, das sie bereits einige Male begattet hatten, es kann sich dabei aber ebenso gut auch um ein anderes Weibchen handeln. Je nachdem, welche der Damen das Männchen zuerst erhört.«

Anna wischte Brunos nüchterne Erklärung mit einer ungeduldigen Geste beiseite. »Die Elke hat mir erzählt, dass es in Rust einen Verein gibt, der sich um Störche kümmert, die sich verletzt haben oder hier überwintern und gefüttert werden müssen«, fuhr sie fort. »Der Verein hat am Seeufer eine Wiese gepachtet, dort gibt's ausreichend Nahrung für die Störche, also Mäuse, Frösche, Würmer und so weiter.«

»Dir ist schon klar, dass ich gerade beim Essen bin!«, beschwerte sich Bruno.

»Entschuldige!«, sagte Anna und wechselte das Thema. »Wusstest du, dass die Freistadt Rust mit knapp 2.000 Einwohnern der kleinste Verwaltungsbezirk Österreichs ist und im Jahr 1317 als einfaches Fischerdorf unter dem Namen *Ceel* erstmals urkundlich erwähnt wurde?«

»Ja, das wusste ich!«

---

14 Österreichischer Verhaltensforscher (* 7. November 1903, † 27. Februar 1989)

»Und dass Rust eineinhalb Jahrhunderte später das Marktrecht erhalten hat und sich so im Laufe der Jahrhunderte zu einer wohlhabenden Kleinstadt entwickeln konnte? Und dass die Ruster Weinbauern Anfang des sechzehnten Jahrhunderts das Recht verliehen bekommen haben, in ihre Weinfässer ein gekröntes ›R‹ einzubrennen, was heute noch als Gütezeichen für die Weine und vor allem für den *Ruster Ausbruch*[15] steht? Der war nämlich schon damals ein begehrtes Luxusprodukt und wurde auch in die österreichischen Kronländer exportiert!«

»Nein, das war mir bislang nicht bekannt. Woher weißt du das?«, wunderte sich Bruno.

»Ich hab das heute früh in unseren Reiseunterlagen gelesen«, antwortete Anna. »Und auch, dass die Ruster Bürger sich von ihrer Herrschaftsuntertänigkeit Ende des 17. Jahrhunderts mit 60.000 Goldgulden und 600 Eimern Wein freigekauft haben, das entsprich zirka 30.000 Litern! Die osmanischen Truppen haben dem Wohlstand von Rust ein paar Jahre später aber ein Ende bereitet und fast den ganzen Ort in Schutt und Asche gelegt. Quasi über Nacht, weil zu der Zeit ja noch alle Gebäude aus Holz gebaut und mit Schilf gedeckt waren und deshalb natürlich sofort abgebrannt sind. Nach dem Rückzug der Türken ist Rust wieder aufgebaut worden, und zwar mit steinernen Häusern, und die Altstadt ist mit einer Stadtmauer gesichert worden. Ein Teil davon ist noch erhalten, den möchte ich mir gern ansehen.«

»Vergiss nicht, zwischendurch Luft zu holen«, hänselte Bruno sie.

»Sehr witzig!«, erwiderte Anna unbeeindruckt und fuhr fort: »Und die Fischerkirche müssen wir unbedingt auch

---

15 Süßwein

besichtigen, das ist nämlich die älteste Kirche vom Burgenland. Sie ist von einer Wehrmauer und einem aufgelassenen Friedhof umgeben und stammt, wenn ich's richtig im Kopf habe, aus dem 12. Jahrhundert! Laut einer Legende leitet sich der Name der Kirche davon ab, dass die Königin Maria von Ungarn bei einer Bootsfahrt auf dem Neusiedler See aufgrund eines Sturms in Seenot geraten ist, und dass Fischer aus Rust sie gerettet haben, und zum Dank dafür hat die Königin an die Kirche eine Kapelle und ein Benefizium anbauen lassen!«

Weil ein Kellner an ihren Tisch trat, um Brunos leeren Teller abzuräumen, wurde Anna in ihrem Exkurs kurz gebremst, setzte diesen aber anschließend unbeirrt fort. »Es gibt in Rust übrigens noch zwei weitere Kirchen, die wir uns anschauen sollten. Und in einem der alten Bürgerhäuser, dem Kremayrhaus, ist ein Stadtmuseum untergebracht, das wäre sicher auch sehr interessant. Den Pulverturm und das alte Torwächterhaus möchte ich mir auch ansehen, und am Abend könnten wir dann noch an einer *Nachtwächterführung* teilnehmen. Laut Elke bekommt man dabei interessante Geschichten und Anekdoten über Rust zu hören, die man in keinem Reiseführer findet. Ah ja, zum Seehof sollten wir übrigens auch gehen, der hat nämlich eine sehr wechselvolle Geschichte. Das Gebäude stammt aus dem 17. Jahrhundert, damals war dort das Rathaus untergebracht, danach eine Kaserne, später eine Schule, und vor zirka dreißig Jahren wurde dort eine Weinakademie eingerichtet!«

Bruno hatte den Ausführungen von Anna interessiert, zunehmend aber auch belustigt gelauscht. Dass sie sich für geschichtliche Ereignisse interessierte, war ihm neu, und er konnte sich des Verdachts nicht erwehren, dass sie ihn mit ihrem Vortrag davon ablenken wollte, dass er wenige Stunden zuvor der dramatischen Bergung eines Toten hatte beiwohnen müssen.

Und mit dieser Vermutung sollte er recht behalten, denn Anna versorgte ihn im Zuge ihrer Besichtigungstour unter anderem auch mit Informationen über die wichtigsten Weinsorten der Region rund um den Neusiedler See und erklärte ihm auch, dass das im Neusiedler See verdunstende Wasser wesentlich zur Ausbildung des *Botrytis Cinerea Pilzes* beitrug und die Edelfäule der Trauben begünstigte. Somit war es also der See, der ursächlich war für die berühmten Süßweine der Region, unter anderem auch für den *Ruster Ausbruch*. »Den möchte ich unbedingt einmal kosten«, schloss Anna ihre Ausführungen.

»Ja, das lässt sich sicher machen«, stimmte Bruno zu, und da sie gerade an einer Buschenschank vorbeikamen, schlug er vor: »Aber zunächst einmal möchte ich gern einen Weißen Spritzer trinken, und Hunger hätte ich eigentlich auch, immerhin ist es schon fast halb sechs, also kehren wir hier ein!«

Anna kümmerte sich, so wie es bei Heurigenbesuchen zwischen ihr und Bruno langjähriger Brauch war, um die Kulinarik und holte vom Buffet einen Bohnenstrudel für Bruno und für sich selbst eine Scheibe Kümmelbraten sowie Brot und hausgemachte Aufstriche.

Bruno bestellte derweil eine große Flasche Mineralwasser und zwei Achtel Weißwein. Weil sie ihre Weingläser rasch geleert hatten, erkundigte sich der Kellner nach weiteren Getränkewünschen.

»Nein, wir trinken das Mineralwasser aus und möchten dann gern zahlen!«, bedankte sich Bruno. »Aber wir würden uns gern eine kleine Flasche *Ruster Ausbruch* mitnehmen, wenn möglich gekühlt!«

Auf dem Rückweg zu ihrem Quartier kamen ihnen Elke und Alfred Andorfer mit Karcsi an der Leine entgegen.

»Und? Habt ihr alle Sehenswürdigkeiten besichtigt?«, fragte Elke.

»Ja, haben wir«, antwortete Anna und berichtete Elke kurz von ihren Unternehmungen.

Derweil informierte Alfred Bruno darüber, dass der Tote aus dem See von seiner Ehefrau mittlerweile als Walter Lang identifiziert worden war, also als jener Mann, der die Seehütte seines Schwiegersohnes gemietet hatte. Und dass dessen Leichnam, da sich bei der Leichenbeschau kein offenkundiger Hinweis auf die Todesursache ergeben hatte, zur Obduktion in das Gerichtsmedizinische Institut nach Wien gebracht worden war.

Anna und Bruno hatten, da es erst kurz nach sieben war, eigentlich vorgehabt, sich noch eine Weile unter den Nussbaum vor ihrem Apartment zu setzen und ein kleines Glas des *Ruster Ausbruch* zu verkosten. Da sie aber müde waren, beschlossen sie, ihr Vorhaben zu verschieben und schalteten stattdessen den Fernseher ein, um die Abendnachrichten zu sehen. Die Moderatorin kündigte gerade die Headline des nächsten Beitrages an: *Heute Morgen wurde in Eisenstadt ein Mann erschossen aufgefunden. Wir schalten zu unserem Reporter nach Eisenstadt.*

Gleich darauf wurde in einem Livebericht ein Mann mit einem Mikrophon in der Hand eingeblendet: *Ja, meine Damen und Herren, ich melde mich heute aus dem Burgenland bei Ihnen, und zwar aus Eisenstadt! Sie sehen hinter mir einen Parkplatz im Bereich einer Fachhochschule, auf dem heute Morgen der Leichnam eines 38-jährigen Österreichers aufgefunden worden ist. Der Mann dürfte ersten Informationen zufolge im Laufe des gestrigen Abends aus nächster Nähe erschossen worden sein. Hinsichtlich der genaueren Umstände hält sich die Polizei aus ermittlungstechnischen Gründen aktuell noch bedeckt, ersucht aber um sachdienliche Hinweise an den Journaldienst des Landeskriminalamts Burgenland unter der eingeblendeten Telefonnummer oder an jede Polizeidienststelle.*

6.

Ausgeruht und beflügelt von leichtem Rückenwind starteten Anna und Bruno am nächsten Morgen ihre erste große Radtour, die sie nach Ungarn führen sollte. Sie radelten daher zunächst durch die Ruster Weingärten nach Mörbisch, wo sie den Grenzübergang passierten. Nur wenige Kilometer später fühlten sie sich in eine andere, gestrige Welt versetzt. Viele der Dörfer hatten sich ihre pannonische Ursprünglichkeit bewahrt, die *Tanyas*[16] und Dorfhäuser waren in ihrer traditionellen Bauweise mit den schilfgedeckten Dächern zum Großteil erhalten geblieben, manche waren liebevoll restauriert worden, andere hingegen warteten dringend auf einen neuen Verputz oder neue Fensterstöcke oder Türen.

Nachdem sie eine Zeitlang an einer Landstraße entlanggeradelt waren, weitete sich in Fertőboz die Landschaft, der Radweg verlief nun inmitten wogender Felder, Weingärten und Mohnwiesen, bald darauf breitete sich vor ihnen die ungarische Tiefebene aus.

In Fertőhomok legten sie an einem einsamen Rastplatz eine Pause ein, um ihre Muskeln aufzulockern und ihren Durst zu stillen.

»Schön ist es hier!«, sagte Anna und ließ ihren Blick über die farbenprächtige und besänftigende Landschaft gleiten, in der Himmel und Erde miteinander zu verschmelzen schienen. Die sie umgebende Stille wurde nur hin und wieder vom Rattern eines Traktors unterbrochen.

---

16   Ungarische Bauernhäuser

Eine lärmende Gruppe von Radfahrern bereitete dieser Idylle aber ein jähes Ende, also setzten sie ihre Fahrradhelme wieder auf und fuhren dem ersten Ziel ihrer Etappe entgegen, dem Schloss Esterháza in Fertőd, welches laut ihrem Reiseführer zu den größten und schönsten Rokokoschlössern Ungarns zählte und Teil des Weltkulturerbes war.

In einer geführten Besichtigungstour durch den Haupttrakt des Schlosses war zu erfahren, dass das Schloss ursprünglich als kleines Jagdschloss im 18. Jahrhundert erbaut, sukzessive aber, angelehnt an die Architektur des Schlosses Versailles und auch versehen mit Elementen des Schlosses Schönbrunn, ausgebaut und vergrößert worden war. Das Schloss hatte im Laufe der Jahrhunderte eine wechselvolle Geschichte erlebt. Geldprobleme hatten die Familie Esterházy heimgesucht, das Schloss war verpfändet worden, lag eine Zeitlang brach, wurde einhundert Jahre später aber wieder renoviert und erstrahlte für wenige Jahrzehnte in neuem Glanz, bevor es mit den Weltkriegen an Bedeutung verlor und im Jahr 1959 verstaatlicht wurde.

»Über die Geschichte der Fürsten Esterházy würde ich gerne mehr erfahren«, sagte Anna am Ende der Besichtigung.

Dass sie sein Interesse für Geschichte nun zunehmend zu teilen schien, erstaunte Bruno. »Genau dasselbe habe ich mir auch gerade überlegt«, erwiderte er erfreut. »Soweit ich weiß, entstammen die Esterházys einem kleinen ungarischen Adelsgeschlecht, aufgrund ihrer Loyalität zum Kaiserhaus haben sie sich aber rasch zu einem der führenden Adelsgeschlechter Ungarns und in der Folge der k.u.k.-Monarchie entwickelt. In meinen Geschichtsbüchern finden sich zwar viele Querverweise auf die Fürsten Esterházy, eine chronologische Gesamtdarstellung ihrer Familiengeschichte ist mir aber nicht bekannt. Ich werde, wenn wir wieder in Rust sind, danach googeln.«

Weil es schon auf Mittag zuging, beschlossen Anna und Bruno in einer nahegelegenen Csárda einzukehren und bestellten ein *Gulyás* in der Erwartung, dass es sich dabei um das im deutschsprachigen Raum als *Gulasch* bekannte Gericht handelte. Dass selbiges in Ungarn jedoch als *Pörkölt* bezeichnet wurde, ein *Gulyás* hingegen eine scharfe, mit Pfefferoni und Paprika gewürzte Suppe war, stellten sie erst fest, als der ausnehmend höfliche und freundliche Kellner die Suppe servierte und ihnen, auf das Missverständnis angesprochen, in gebrochenem Deutsch den Unterschied erklärte. »Möchten Sie bitteschön entschuldigen«, sagte er und bot ihnen auf Kosten des Hauses einen Barackpálinka[17] an, was sie jedoch dankend ablehnten. Denn immerhin hatten sie noch ein gutes Stück Weges zurückzulegen und das Radeln würde sich, wie sie in der Folge feststellten, als äußerst kräfteraubend erweisen, da sie nunmehr in die entgegengesetzte Richtung, also nach Norden fuhren und ihnen starker Gegenwind entgegenblies.

»Gut, dass wir vor unserem Urlaub auf dem Ergometer trainiert haben, sonst hätte ich die Tour wahrscheinlich nicht geschafft«, sagte Anna erschöpft, als sie nach Passieren der Grenze zu Österreich in Pamhagen eine kurze Rast einlegten.

»Wie weit ist es noch bis Illmitz?«, fragte Bruno.

»Zirka zehn Kilometer.«

Brunos Erleichterung stand ihm deutlich ins Gesicht geschrieben. »Das ist übersichtlich. In welchem Intervall verkehrt die Radfähre zwischen Illmitz und Mörbisch?«

---

17 Marillenschnaps

»Zu jeder halben und ganzen Stunde.«

»Gut! Es ist jetzt halb vier, dann sollten wir die Fähre um vier also noch locker erreichen können.«

»Warum hast du es denn plötzlich so eilig?«, fragte Anna.

»Ich möchte nach der Überfahrt gerne noch ein bisschen durch Mörbisch spazieren. Ich war dort zuletzt als Kind mit meinen Eltern und mit meinem Bruder, das hat mir extrem gut gefallen! Die engen Gassen im alten Ortskern sind wunderschön, und ich kann mich daran erinnern, dass wir damals in ein Gasthaus eingekehrt sind und ich dort ein Backhendl gegessen habe, das habe ich in allerbester Erinnerung!«

»Wenn's das Gasthaus dort noch gibt, so könnten wir ja in Mörbisch zu Abend essen und anschließend gemütlich nach Rust zurückradeln!«, schlug Anna vor.

»Ja, genau so hätte ich mir das vorgestellt!«

Die Open-Air-Bühne der Mörbischer Seefestspiele war, wie sie während der Überfahrt feststellten, bereits aufgebaut, die Kulisse wurde von einer imposanten Freiheitsstatue überragt. Im Näherkommen konnten sie erkennen, dass auf der Bühne gerade eine Tanzprobe im Gange war.

»Würde es dich reizen, dir die *West Side Story* anzusehen?«, fragte Anna.

»Ja, warum nicht?«, gab Bruno zurück und suchte auf seinem Smartphone nach der Homepage der Seefestspiele. »Die Premiere findet aber erst am 8. Juli statt, das wird sich also nicht ausgehen, da wir ja nur bis zum 27. Juni in Rust sind!«

»Schade, das wäre sicher nett gewesen«, sagte Anna bedauernd und schlug vor, im Juli neuerlich für ein paar Tage ins Burgenland zu fahren. »Im Steinbruch von St. Margarethen wird heuer nämlich *Turandot* aufgeführt, das ist eine meiner Lieblingsopern, die würde ich mir auch gerne anschauen!«

Weil Bruno es mit dem Genre der Oper aber nicht so sehr hatte, ging er auf Annas Vorschlag gar nicht ein.

»Hier muss das Gasthaus irgendwo sein«, sagte er, als sie wenig später in Mörbisch anlegten und ihre Fahrräder durch die engen Hofgassen mit ihren liebevoll gehegten und gepflegten bunten Oleanderbüschen schoben, vorbei an Streckhöfen und alten, schmalen Häusern mit säulengeschmückten Vorhallen, kleinen Fenstern, an denen Blumenkästen mit roten Pelargonien angebracht waren, und Stiegenaufgängen, an denen getrocknete Maiskolben aufgehängt waren.

»Bist du sicher, dass sich das Gasthaus hier im Zentrum befindet?«, fragte Anna, nachdem sie alle Gassen durchkämmt hatten.

»Ja, nein, ich weiß es nicht …«, gestand Bruno enttäuscht. »Aber möglicherweise existiert das Gasthaus ja auch gar nicht mehr, immerhin ist es schon mehr als fünfzig Jahre her, dass ich mit meinen Eltern hier war!«

»Oder vielleicht täuscht dich deine Erinnerung und das Gasthaus befindet sich etwas außerhalb oder am Seeufer?«, überlegte Anna. »Sollen wir vielleicht jemanden danach fragen?«

»Nein, lass gut sein, fahren wir nach Rust und gehen wir dort abendessen, vielleicht gibt's dort ja auch irgendwo ein Backhendl«, winkte Bruno ab, denn es war ihm zwischenzeitlich in den Sinn gekommen, dass sie von Mörbisch aus noch zirka sieben Kilometer nach Rust zu radeln hatten, was mit vollem Magen und bei Gegenwind sicher mühsam wäre!

»Entlang des Schilfgürtels soll's ebenfalls einen Radweg nach Rust geben«, fiel es Anna ein. »Weil, die Strecke durch die Weinberge oben kennen wir eh schon.«

»Wenn das kein allzu großer Umweg ist, soll es mir recht sein«, stimmte Bruno zu.

Nach ihrer Rückkehr nach Rust suchten Anna und Bruno, nachdem sie geduscht und sich umgekleidet hatten, einer Empfehlung aus ihrem Reiseführer folgend, ein Restaurant am Rathausplatz auf, um dort ein frühes Abendessen zu sich zu nehmen.

Zu Brunos Bedauern allerdings leider kein Backhendl, denn ein solches wurde auf der Speisekarte des Lokals nicht angeboten, also bestellten sie Carpaccio vom Jungrind sowie gegrillten Zander auf saisonalem Gemüse und begnügten sich, da die Preise recht stattlich waren und sich im oberen Preissegment bewegten, getränkemäßig mit Mineralwasser.

Die Speisen waren zwar von ausgezeichneter Qualität gewesen und hatten ihnen hervorragend geschmeckt, jedoch waren die Portionen recht klein gewesen, sie hatten daher das Gefühl, noch immer hungrig zu sein, als sie nach dem Restaurantbesuch in ihr nur ein paar Minuten entferntes Quartier zurückgingen.

Als sie den Innenhof betraten, umfing sie der verführerische Duft einer frisch gebackenen Mehlspeise. Elke und Alfred saßen an ihren angestammten Plätzen in der Laube, ihnen gegenüber ihre Tochter Katharina sowie ein Mann mit dunklem, an den Schläfen ergrautem Haar und einer randlosen Brille.

Anna und Bruno nickten ihnen nur kurz zu, um sie nicht zu stören.

»Grüß euch«, sagte Alfred. »Wir haben gerade über dich geredet, Bruno!«

»Ach so?«

»Ja, mein Schwiegersohn …«, Alfred deutete auf den Mann mit der Brille, »… ach so, ihr kennt euch ja noch gar nicht, darf ich vorstellen? Das sind der Herr Chefinspektor Specht und seine Gattin, die Anna. Und das hier ist mein Schwiegersohn, der Herr Mag. Ludwig Iby!«

»Geh Alfred! Was bist denn gar so förmlich?«, fragte Elke kopfschüttelnd.

Ludwig Iby war während Alfreds Vorstellung aufgestanden und streckte Anna und Bruno zur Begrüßung seinen Ellbogen entgegen. »Grüß euch!«

Und weil es im Burgenland scheinbar üblich war, sich in trauter Runde ohne große Formalitäten zu duzen, erwiderte Bruno gutgelaunt: »Servus! Ich bin der Bruno, aber ich bin meines Amtes schon enthoben, weil, ich bin nämlich schon in Pension!«

»Und ich bin der Ludwig, bin aber leider noch nicht in Pension!«, antwortete Ludwig Iby lächelnd.

»Dürfen wir euch kurz in Beschlag nehmen?«, fragte Alfred an Bruno gewandt.

»Ja …?«

»Der Ludwig und die Katharina hätten nämlich ein paar Fragen an dich!«

»Geh Alfred, jetzt lass die Anna und den Bruno erst einmal in Ruhe sich hinsetzen. Hol lieber zwei Weingläser und bring noch eine Flasche von dem …«, Elke schaute Anna und Bruno fragend an. »Wir trinken gerade einen *Heideboden*[18] aus Frauenkirchen, wäre euch der recht?«

---

18   Rotweincuvée

»Oh ja, das ist ein besonders edler Tropfen«, erwiderte Bruno beeindruckt.

»Möchtet ihr vielleicht ein Stück Marillenkuchen?«, fragte Elke weiter und zeigte auf den großen Mehlspeiseteller, der in der Mitte des Tisches stand. »Er ist ganz frisch, bitte greift's zu!«

»Sehr gern! Wir sind beim Abendessen ohnehin nicht so richtig satt geworden«, antwortete Bruno und kam Elkes Aufforderung ohne Umschweife nach, was Anna ein bisschen peinlich war.

»Also«, sagte Bruno, nachdem sie einander zugeprostet hatten. »Womit kann ich euch helfen?«

»Es geht um unsere Seehütte«, begann Ludwig. »Wir haben sie per 1. Juni auf die Dauer von drei Monaten an einen Schauspieler namens Walter Lang vermietet, also an jenen Mann, der …, den ihr heute im Kanal gefunden habt.« Ludwig Iby machte eine kurze Pause und räusperte sich. »Ich habe heute, nachdem bekannt geworden war, dass er tot ist, den Dienststellenleiter unserer Polizeiinspektion angerufen und ihn gefragt, wie wir als Vermieter mit dieser Situation umgehen sollen, und ob wir unsere Seehütte derzeit überhaupt betreten dürfen. Er hat mir gesagt, dass wir das Ergebnis der Obduktion abwarten sollen und er uns dann entsprechend informieren wird. Vor einer Stunde hat er mich dann zurückgerufen und mir mitgeteilt, dass die Seehütte kriminaltechnisch untersucht und amtlich versiegelt werden wird. Meine Frage, wann das Siegel wieder entfernt wird, konnte er nicht beantworten. Das ist für die Katharina und für mich jetzt natürlich eine extrem ungute Situation, weil, am See kommts immer wieder zu Einbrüchen in unbewohnte Seehütten. Und wenn eine Seehütte amtlich versiegelt ist, dann ist das für einen Einbrecher ja geradezu eine

Einladung, dort einzubrechen, denn er kann davon ausgehen, dass er von niemandem gestört wird! Also müssten die Katharina oder ich wahrscheinlich ein- oder zweimal täglich kontrollieren, ob in der Hütte alles in Ordnung ist.«

Ludwig holte kurz Luft und fuhr dann fort. »Du hast ja sicher Erfahrung mit solchen Fällen, und deshalb wollte ich dich fragen, wie lange so eine amtliche Versiegelung dauern kann.«

»Naja, diese Frage lässt sich nicht so einfach beantworten, da hat euer Dienststellenleiter schon recht. Und sollten zwecks Klärung der Todesursache zusätzlich zur Obduktion weitere Untersuchungen erforderlich werden, etwa ein forensisch-toxikologisches Gutachten, so kann sich das schon ziemlich in die Länge ziehen.«

»Was ist ein forensisch-toxikologisches Gutachten?«, fragte Katharina. »Was wird dabei untersucht?«

»Wenn aufgrund der Obduktion eines Verstorbenen der Verdacht besteht, dass Alkohol, Drogen oder Medikamente ursächlich sind für dessen Tod, aber nicht klar ist, um welche Substanz es sich dabei konkret handelt, wird eine Analyse von Körperflüssigkeiten und Gewebeproben durchgeführt. Sollten dabei auf Anhieb bestimmte Wirkstoffkonzentrationen nachgewiesen werden, die zum Tod geführt haben, sind die Untersuchungen damit abgeschlossen. Sollte dies aber nicht der Fall sein, so müssen die Proben auf tausende verschiedene Substanzen überprüft werden. Dieser Vorgang ist mit der Suche nach der berühmten Nadel im Heuhaufen vergleichbar und kann sich über viele Wochen hinziehen.«

»Ach du meine Güte!«, seufzte Katharina. »Dann steht uns vielleicht ja wirklich eine längere Wartezeit ins Haus! Ich hoffe nur, dass der Herr Lang im Kühlschrank keine leicht verderblichen Lebensmittel gelagert hat!« Katharina runzelte kurz die Stirn. »Mir fällt gerade ein, dass, wie ich gestern der Frau Lang die Seehütte aufgesperrt habe, auf dem Esstisch ein Teller mit Äpfeln und Bananen gestanden hat und eine halbvolle Champagnerflasche. Wenn das Obst anfängt zu faulen und zu schimmeln, ergibt das zusammen mit dem Geruch vom Alkohol wahrscheinlich einen furchtbaren Gestank! Was sollen wir da bloß unternehmen?«

»Am besten ruft ihr den Dienststellenleiter eurer Polizeiinspektion morgen nochmals an und weist ihn auf das Problem hin, damit er die Leute von der Spurensicherung entsprechend informiert. Und vielleicht können ihm die bei der Gelegenheit ja auch schon einen Hinweis darauf geben, wie lange die kriminaltechnischen Untersuchungen andauern werden.«

»Ja, das machen wir!«, sagte Katharina etwas erleichtert und wandte sich an Ludwig Iby. »Wir müssen die Frau Lang noch darüber informieren, dass die Seehütte bis auf weiteres nicht betreten werden kann. Sie hat ja noch unsere Reserveschlüssel.«

»Warum hat sie unsere Reserveschlüssel?«, fragte er verständnislos.

»Weil sie mich darum gebeten hat. Sie möchte im Laufe der Woche die Sachen ihres Mannes abholen. Das konnte ich ihr unter diesen Umständen ja nur schwer abschlagen, immerhin hat der Herr Lang die Miete für die drei Monate ja im Voraus bezahlt.« Katharina hielt kurz inne. »Apropos, wie sollen wir das übrigens mit der Miete handhaben? Der Herr Lang hat die Seehütte ja nur zwei Wochen lang bewohnt, sollen wir seiner Ehefrau das Geld für die restlichen zweieinhalb Monate rückerstatten?«

»Hm, daran habe ich noch gar nicht gedacht«, gestand Ludwig Iby nachdenklich. »Und ich weiß auch gar nicht, wie wir das buchhalterisch abwickeln sollen, denn der Herr

Lang hat die Miete ja in bar bezahlt. Ich werde das morgen mit unserem Steuerberater besprechen.«

»Ist das üblich, dass die Miete im Voraus bezahlt wird?«, fragte Bruno.

»Nein, wir verlangen in der Regel eine Anzahlung, deren Höhe von der Dauer der Vermietung abhängt.«

»Darf ich fragen, wie hoch die Miete für die drei Monate war?«, erkundigte sich Bruno und griff dabei nach einem weiteren Kuchenstück.

»Fünfundzwanzigtausend Euro.«

»Und die hat der Walter Lang einfach so in bar hingeblättert?«

»Ja.«

»Das ist viel Geld für einen Schauspieler«, sagte Bruno stirnrunzelnd.

»Ja, genau das habe ich mir auch gedacht. Ich habe daher im Internet nach ihm gegoogelt, über Umwege bin ich dann schließlich auf seiner Homepage gelandet, die allerdings recht dürftig ist. Einer meiner Klienten arbeitet in der Kulturabteilung des ORF, bei dem habe ich mich auch nach ihm erkundigt, der konnte mit dem Namen Walter Lang allerdings nichts anfangen. Ich habe daher angenommen, dass der Herr Lang aus vermögenden Verhältnissen stammt und die Schauspielerei mehr als Hobby denn als Broterwerb betreibt«, resümierte Ludwig Iby.

»Könntest du mir den Link zu seiner Homepage per WhatsApp aufs Handy schicken?«, bat Bruno ihn und fragte, nachdem sie ihre Mobilnummern ausgetauscht hatte: »Hat der Walter Lang seinen Urlaub in eurer Seehütte eigentlich alleine verbracht?«

»Ja. Er hat uns, als er die Seehütte besichtigt hat, erzählt, dass seine Frau berufstätig ist und ihn nur an den Wochenenden besuchen wird, was ihm, so war mein Eindruck, nicht unrecht war, denn er wollte sich auf eine Rolle in einem Tatort-Krimi vorbereiten. Die Dreharbeiten dazu sollen, wenn ich mich recht erinnere, im September starten.«

»Also wollte er hier in Rust einfach nur seine Ruhe haben«, stellte Bruno fest.

Katharina schien anderer Meinung zu sein. »Naja, nicht nur! Er scheint, nach allem was man hier in Rust so über ihn hört, auch recht gern ausgegangen zu sein, und zwar nicht allein, sondern mit der …«

»Aufs Hörensagen gebe ich nicht viel«, unterbrach Ludwig sie etwas ungehalten, denn er wollte sich zu Gerüchten rund um Walter Lang offensichtlich nicht äußern und schien das auch von seiner Ehefrau zu erwarten. Vielleicht aus Gründen der Pietät, vielleicht fühlte er sich aber auch dem Credo verpflichtet, das Privatleben seiner Gäste bedeckt zu halten und diskret zu sein. Wofür Bruno Verständnis hatte, denn auch er würde keine Freude damit haben, wenn ein Hotelier oder Gastgeber Details über seine oder Annas persönliche Angewohnheiten oder Eigenheiten preisgab, auch wenn diese noch so harmlos waren.

Anderseits hatte Katharina Iby aber erst tags zuvor, wenn auch im Zustand verständlicher Aufregung, geäußert: »Naja, vielleicht hat der Lang die Nacht auch einfach nur woanders verbracht!«

Was hatte sie damit gemeint?, fragte sich Bruno. Hatte der Walter Lang in Rust vielleicht eine geheime Liebschaft gehabt?

Und was hatte es mit der halbvollen Champagnerflasche in der Seehütte auf sich? Hatte er Grund gehabt, etwas zu feiern?

Was mochte seine Ehefrau beim Anblick dieser Champagnerflasche empfunden haben?

Weil Anna Brunos Geistesabwesenheit auffiel, stupste sie ihn mit ihrem Ellbogen leicht am Arm und bedeutete ihm mit einer kaum merklichen Kopfbewegung, seine Aufmerksamkeit Elke und Katharina zuzuwenden, die zwischenzeitlich auf ein anderes Thema zu sprechen gekommen waren, nämlich auf die für kommenden Freitag angesetzte Benefizveranstaltung des Storchenvereins und die noch zu erledigenden Einkäufe und Vorbereitungsarbeiten.

»Ich würde vorschlagen, dass wir Agnesschnitten, Esterházyschnitten und Burgenländerkipferl backen. Und auch ein paar Apfel- und Topfenstrudel«, sagte Elke.

»Das ist zu viel, das schaffen wir nie!«, wandte Katharina ein.

»Doch! Die Daniela Varga hat mir nämlich angeboten, dass sie mir helfen wird. Sie ist ja ebenfalls Mitglied im Storchenverein.«

»Die Daniela Varga versteht was vom Backen?«, fragte Katharina zweifelnd.

»Ja, sie ist recht geschickt. Sie hat mir letztes Jahr auch schon geholfen, und zwar bei den Mehlspeisen fürs Feuerwehrfest. Zu der Zeit warst du mit dem Ludwig ja grad auf Urlaub.«

»Okay«, sagte Katharina, aber aus irgendeinem Grund hatte Anna den Eindruck, dass sie damit keine rechte Freude hatte.

»Wenn ihr eine helfende Hand braucht, dann würde ich mich gerne zur Verfügung stellen«, schlug Anna spontan vor, sehr zu Brunos Erstaunen. Denn sie war zwar eine sehr gute Köchin und ihre Fleischlaberl mit Erdäpfelpüree oder ihr Schweinsbraten waren seiner Ansicht nach unübertroffen, das Torten- oder Kuchenbacken hatte aber nie zu ihrer Königsdisziplin gehört. Ganz im Gegenteil, denn wenn es darum ging, dass Anna aufgrund eines speziellen Anlasses einen Gugelhupf oder eine Torte backen musste, dann war es für sie jedes Mal eine Zitterpartie, ob die Mehlspeise im Backrohr tatsächlich aufging, was selten der Fall war ...

Daher verwunderte es Bruno auch nicht, dass Anna im Nachgang zu ihrem Angebot, Elke zu helfen, eingestand: »Ich hab, was das Backen anbelangt, zwar kein großes Talent, aber fürs Äpfel schälen oder sonstige Hilfsarbeiten würde es schon reichen.«

»Ja, also wenn du nichts Besseres vorhast, komme ich gern darauf zurück«, bedankte sich Elke.

7.

Ludwig Iby hatte, wie er Anna und Bruno erzählte, am nächsten Tag zeitig in der Früh einen Klientermin in Parndorf, daher verabschiedeten er und Katharina sich bereits gegen halb acht. Anna und Bruno blieben noch eine Weile bei Elke und Alfred sitzen und leerten ihre Gläser, zogen sich dann aber ebenfalls zurück, in der Absicht, früh schlafen zu gehen. Während sie im Fernsehen die Wettervorhersage für den kommenden Tag verfolgten, läutete Brunos Telefon.

Martin Nagy war am Apparat. »Wie geht's euch?«, fragte er.

»Gut, wenn man davon absieht, dass ich gestern zeitig in der Früh mehr oder weniger über eine Leiche gestolpert bin«, antwortete Bruno.

»Wie …?«, fragte Martin Nagy verständnislos.

»Naja, *stolpern* ist der falsche Ausdruck«, stellte Bruno klar. »Der Alfred Andorfer hat mich zum Angeln mitgenommen, dabei haben wir in einem Kanal im Schilfgürtel ein Elektroboot und einen männlichen Leichnam entdeckt.«

»Ach herrje! So hast du dir deinen Urlaub wahrscheinlich nicht vorgestellt«, sagte Martin Nagy bedauernd und fragte: »Ist die Identität des Toten bekannt? Weiß man schon, wie der Mann ums Leben gekommen ist?«

»Es handelt sich um einen gewissen Walter Lang, er ist Schauspieler. Bei der Leichenbeschau konnte nicht festgestellt werden, ob er eines natürlichen oder eines gewaltsamen Todes gestorben war, sein Leichnam wurde daher zwecks einer gerichtsmedizinischen Untersuchung nach Wien überstellt«, antwortete Bruno.

Daraufhin war es in der Leitung für ein paar Augenblicke still.

»Hallo?«, rief Bruno ins Telefon, um festzustellen, ob Martin Nagy noch am Apparat war.

»Jaja, ich bin noch da«, gab Martin Nagy zurück und fragte: »Erinnerst du dich an die Home Invasion in Neusiedl, von der ich dir unlängst erzählt habe?«

»Ja natürlich.«

»Der Name der alten Dame, die dabei ums Leben gekommen ist, war Edith Horvath. Habe ich dir damals auch gesagt, dass es ihr Neffe war, der sie am nächsten Morgen tot aufgefunden hat?«

»Ja, hast du.«

»Der ist Schauspieler, und sein Name ist Walter Lang!«

»Ach …«, sagte Bruno verdattert, und nun war er es, der für ein paar Augenblicke schwieg.

»Wie ist der aktuelle Ermittlungsstand im Fall der Home Invasion?«, fragte er schließlich.

»Unverändert. Europol ist in die Ermittlungen involviert, es gibt zwar von den Home-Invasion-Fällen in Oberösterreich, Niederösterreich und dem Fall aus Eisenstadt-Umgebung vage Täterbeschreibungen, nachdem im Neusiedler Fall das Opfer aber verstorben ist und es keine Zeugen dafür gibt, ist ein Abgleich mit den anderen Fällen nicht möglich.«

»Könnte der Tod von Walter Lang in einem Zusammenhang mit dieser Home Invasion stehen?«, fragte Bruno.

»Wie kommst du denn darauf?«, fragte Martin Nagy verblüfft.

»Wurde im Zuge der Ermittlungen auch seine finanzielle Situation überprüft?«, fragte Bruno weiter, ohne auf Martin Nagys Frage einzugehen.

»Ja.«

»Und?«

»Naja, mit großen Reichtümern war er nicht gesegnet. Seine jährlichen Gagen haben, vor Steuern, im Schnitt zwischen 120.000 und 80.000 Euro geschwankt. Sein Kontostand wies, als seine Bankverbindung überprüft wurde, ein leichtes Minus auf. Er hat das mit ausstehenden Honoraren begründet.«

»Wie hoch waren diese Außenstände?«, fragte Bruno.

»So an die zehntausend Euro.«

»Damit hätte er die Mietvorauszahlung für die Seehütte nicht leisten können!«, stellte Bruno fest.

»Welche Mietvorauszahlung, welche Seehütte …?«, fragte Martin Nagy überrascht.

»Der Lang hat, beginnend mit 1. Juni, für die Dauer von drei Monaten eine Seehütte in Rust gemietet, weil er sich hier auf eine Filmrolle vorbereiten wollte. Die Miete hat er, wie ich zufällig erfahren habe, im Voraus und in bar bezahlt, und zwar fünfundzwanzigtausend Euro!«

»Wow!«

»Glaubst du an Zufälle?«, fragte Bruno.

»Nein …«

»Ich auch nicht! Du hast, als du mir letzthin über die Home Invasion in Neusiedl erzählt hast, gesagt, dass ihr davon ausgeht, dass jemand die Edith Horvath mit Insiderinformationen versorgt hat. Vielleicht war diese Person der Walter Lang? Denn woher sonst könnte sein plötzlicher Geldsegen stammen?«

»Der Lang hat bei seiner Befragung angegeben, dass ihm seine Tante gelegentlich finanziell unter die Arme gegriffen hat«, sagte Martin Nagy nachdenklich. »Aber dass sie ihm fünfundzwanzigtausend Euro als Urlaubsgeld zugesteckt hat, erscheint mit eher unwahrscheinlich, denn laut Aussage ihrer Heimhilfe war sie sehr sparsam! Ich werden morgen nochmals die finanzielle Situation des Walter Lang unter die Lupe nehmen und auch mit seiner Ehefrau sprechen, vielleicht war sie es ja, die ihm das Geld für die Miete gegeben hat«, beschloss Martin Nagy. »Und wegen Freitag telefonieren wir uns noch zusammen, ich kann aktuell nämlich noch nicht sagen, wie lange ich im Büro sein werde.«

Bruno blieb nach dem Anruf von Martin Nagy noch eine Weile unschlüssig auf der Couch sitzen. Plötzlich fiel ihm ein, dass Ludwig Iby ihm einen Link zur Homepage von Walter Lang hatte schicken wollen. Er nahm erneut sein Mobiltelefon zur Hand und überprüfte die WhatsAppnachrichten. Ah ja, da ist er schon, stellte er zufrieden fest und klickte den Link an.
Auf der Startseite der Homepage prangte ein großes Foto, auf dem ein attraktiver Mann mit dunkelbraunem gestylten und gegelten Haar abgebildet war.
So also hat der Lang ausgesehen, als er noch am Leben war, dachte Bruno und überflog die auf der Homepage hinterlegten Informationen.
Walter Lang war am 17. August 1979 in Wien geboren worden. Er war also zum Zeitpunkt seines Todes einundvierzig Jahre alt gewesen. Nach seinem Maturaabschluss hatte er eine Schauspielausbildung absolviert. Im Jahr 2009 hatte er in einer ersten Rolle in einer Fernsehserie mitgewirkt, der weitere Rollen in Serienproduktionen gefolgt waren. Zwischendurch war er auch in etlichen österreichischen Filmproduktionen besetzt worden, aller-

dings nur in Nebenrollen. Im Jahr 2019 schien es zu einem Knick in seiner Karriere gekommen zu sein, zumindest waren auf seiner Homepage keine weiteren Engagements aufgeführt, sondern lediglich eine Ankündigung, dass er im nächsten *Österreich-Tatort* mitwirken würde.

Was hat er seither gemacht? Wovon hat er gelebt? Woraus hätten die von ihm genannten Honoraraußenstände resultieren sollen, wenn er keine Engagements gehabt hat, fragte sich Bruno.

Erst beim Zubettgehen fiel ihm ein, dass Walter Lang, so wie die meisten darstellenden Künstler, von den Corona-bedingten Lockdowns betroffen gewesen war. Opern-, Theater-, Musical- und sonstige Bühnenaufführungen hatten mit Ausnahme weniger kurzer Zeitfenster seit März 2020 de facto ja so gut wie gar nicht stattfinden können, und auch Film- und Fernsehproduktionen waren seither in wahrscheinlich nur stark reduziertem Ausmaß möglich gewesen.

Weil sich im Geäst des Nussbaums vor dem weit geöffneten Schlafzimmerfenster ihres Apartments Dutzende Schwalben versammelt hatten, wurde Anna am nächsten Morgen von lautem Zwitschern und Trillern geweckt.

Bruno schien das lärmende Vogelgezwitscher nicht zu stören, er lag entspannt auf dem Rücken, atmete tief und gleichmäßig, hin und wieder gab er unaufgeregte Schnarchlaute von sich.

Um ihn nicht zu stören, setzte sich Anna mit einer Tasse Tee an den Gartentisch unter dem Nussbaum und beobachtete eine Zeitlang ein Schwalbenpärchen, das im Minutentakt zu seinem Nest unter dem Dachvorsprung flog, um den piepsenden Nachwuchs mit Würmern und Insekten zu versorgen.

Nach einer Weile beschloss sie, mangels einer anderen Beschäftigung, eine Tageszeitung zu besorgen und vom Supermarkt in der Hauptstraße frisches Gebäck zu holen. Gegenüber vom Supermarkt befand sich ein Friseursalon, der, obwohl es erst halb acht war, schon geöffnet hatte.

Das muss der Salon Andreas sein, von dem die Elke mir erzählt hat, erinnerte sich Anna, und einer spontanen Eingebung folgend betrat sie den Salon, in dem eine junge Frau mit einem Nasenpiercing und kurzem metallicgrauem Haar, das sie zu einer Punkfrisur gestylt hatte, gerade dabei war, einem betagten weißhaarigen Mann das Haar zu schneiden.

»Guten Morgen!«, sagte Anna höflich.

»Hallo!«, erwiderte die junge Frau, hielt in ihrer Arbeit kurz inne und schaute Anna fragend an.

»Ich bräuchte einen Termin bei der Frau …, oje, jetzt hab ich den Namen vergessen«, sagte Anna beschämt.

»Was möchten Sie denn machen lassen?«

»Schneiden und eine Koloration, und zwar eine *Baylage*«, antwortete Anna.

»Sie meinen *Balayage*?«, korrigierte die Friseurin sie lächelnd.

»Ja genau, und zwar in der Art, wie die Katharina Iby sie hat.«

»Ah, die Kathi! Ja, die kommt eh immer zu mir. Wollen Sie kurz Platz nehmen? Ich mach nur schnell den Herrn fertig und dann schau ich wegen eines Termins nach.«

»Ja, danke«, antwortete Anna und betrachtete die an den Wänden angebrachten Poster mit den neuesten Frisurentrends. Das ist alles nichts für mich, dachte sie gerade, als sie die Friseurin zu dem alten Mann sagen hörte: »So, Andi, für heut bist du fertig!«, woraufhin der Mann sich ächzend aus seinem Stuhl erhob und mit langsamen und kleinen Schritten aus dem Salon schlurfte.

»Dann schauen wir mal«, wandte sich die Friseurin an Anna und öffnete ein dickes schwarzes Terminbuch. »Sie wollen also einen Haarschnitt und eine *Balayage*«, murmelte sie, während sie darin blätterte.

»Genau.«

»Ich könnte Ihnen heute, 9.30 Uhr, anbieten, da hat mir nämlich grad vorhin eine Kundin abgesagt, ansonsten ginge es dann erst wieder am nächsten Mittwoch.«

»Nein, nein«, unterbrach Anna sie. »Heute 9.30 Uhr passt mir gut!«

»Dann trag ich Sie gleich ein. Wie ist ihr Name?«

»Specht!«

»Jö, das ist ein lieber Name! Haben Sie gewusst, dass es weltweit an die zweihundert Spechtarten gibt?«

»Nein«, sagte Anna überrascht. »Woher wissen Sie das?«

»Mein Freund studiert Zoologie mit Schwerpunkt Ornithologie und arbeitet nebenher im Nationalpark Seewinkel. Er hat mir einmal erklärt, warum die Spechte klopfen!«

»Nämlich?«

»Es geht dabei entweder um die Suche nach Futter oder das Anlocken von Weibchen oder die Abgrenzung des Reviers!«

Auf den Bruno würde Ersteres zutreffen, dachte Anna erheitert.

»Sind Sie auf Urlaub hier?«, fragte die Friseurin, während sie Annas Namen im Terminbuch eintrug.

»Ja.«

»Sie sollten unbedingt eine Tour durch den Nationalpark machen, da gibt's viel zu sehen und zu erfahren!«, schwärmte die Friseurin und sagte: »Ich bin übrigens die Monika!«

»Danke, und bis später!«

So, und wie bringe ich dem Bruno jetzt bei, dass ich den ganzen Vormittag über beim Friseur hocken werde, überlegte Anna, fand aber keine rechte Begründung.

Bruno lag, als Anna mit ihren Einkäufen zurückkam, noch immer im Bett, zwar wach, aber sichtlich nicht bereit für größere Unternehmungen. Als sie ihm von ihrem Vorhaben berichtete, setzte er eine gespielt ernste Miene auf. »Willst du damit sagen, dass wir am Montag fast eine Stunde mit dem Zug von Wien nach Neusiedl gefahren und von dort aus dreißig Kilometer nach Rust geradelt sind, damit du heute hier zum Friseur gehen kannst?«

»Nein, natürlich nicht! Aber es ist …«, begann Anna ihre Verteidigungsrede, die Bruno aber sofort mit einem verschmitzten Lächeln stoppte: »Das war ein Scherz, Anna! Wir sind hier auf Urlaub, wir müssen nicht jeden Tag vierundzwanzig Stunden lang aufeinander picken! Und wenn du Lust hast, zum Friseur zu gehen, dann mach das bitte! Ich meinerseits bin glücklich und froh, wenn ich heute einmal ein paar Stunden einfach nur hier unter dem Nussbaum im Liegestuhl entspannen kann und an nichts denken muss! Hast du übrigens eine Tageszeitung mitgebracht?«

»Ja, hab ich«, erwiderte Anna, reichte ihm die Zeitung, und machte sich dann daran, das Frühstück vorzubereiten und den Gartentisch unter dem Nussbaum zu decken.

»Schau!«, sagte Bruno, als er eine halbe Stunde später, frisch rasiert und in Bermudas und einem bunten T-Shirt, das Anna schon eine gefühlte Ewigkeit lang nicht mehr an ihm gesehen hatte, in den Garten kam und die Zeitung auf den Tisch legte. »Da ist ein Artikel über den Lang!«

»Aha …«, antwortete Anna und warf einen Blick auf die Titelseite, auf der ein Foto mit Palmen, einem Sandstrand, strohgedeckten Sonnenschirmen und einem tiefblauen Himmel abgebildet war. *Licht am Ende des Tunnels,* lautete die in großen, fetten Lettern gedruckte Schlagzeile. Darunter stand, in kleinerer Schrift: *Weiterhin stark rückläufige Infektionszahlen! Wir dürfen uns auf einen Sommer wie damals freuen!*

Im unteren Teil des Titelblattes wurde ein Beitrag im Chronikteil der Ausgabe angekündigt: *War es Mord? Leichenfund im Schilfgürtel vom Neusiedler See gibt der Polizei Rätsel auf!*

Anna blätterte zu der angegebenen Seite und las dann halblaut vor: *Wie bereits in unserer gestrigen Ausgabe kurz berichtet, wurde im Schilfgürtel der Ruster Bucht von zwei Schilfschneidern in den frühen Morgenstunden des 14. Juni eine männliche Leiche entdeckt. Dabei handelt es sich, wie wir zwischenzeitlich erfahren haben, um einen aus zahlreichen Film- und Fernsehrollen bekannten Wiener Schauspieler.*

Die genauen Umstände, die zu seinem Tod führten, sind derzeit noch Gegenstand polizeilicher Ermittlungen. Um die Todesursache klären zu können, wurde eine Obduktion in der Gerichtsmedizin Wien angeordnet.

Fremdverschulden könne aufgrund der bisher gewonnenen Erkenntnisse, so der Polizeisprecher Markus S., nicht ausgeschlossen werden, Gewissheit gäbe es allerdings erst nach Vorliegen des Endberichtes der Obduktion. »*Wir ermitteln in alle Richtungen*«, *teilte Markus S. uns abschließend mit.*

»Wieso schreiben die ›von zwei Schilfschneidern‹?«, fragte Anna irritiert und ließ die Zeitung auf ihren Schoss sinken. »Es waren doch der Alfred und du, die den Leichnam vom Walter Lang gefunden haben.«

»Ja, klar. Schilfschneider passt halt besser zum Lokalkolorit, und manche Medien nehmen es mit den Fakten bekanntermaßen nicht allzu genau! Und dass der Walter Lang ein bekannter Schauspieler war, ist so natürlich auch nicht richtig. Ich habe mir gestern Abend noch seine Homepage angesehen, den großen Durchbruch als Schauspieler scheint er nicht geschafft zu haben!«

»Und wie kommt es dann, dass er hier eine Seehütte um fünfundzwanzigtausend Euro mieten konnte?«, fragte Anna.

»Genau das habe ich mich auch gefragt«, erwiderte Bruno und berichtete ihr von seinem Telefonat mit Martin Nagy.

»Den Martin treffen wir übrigens Freitagabend!«, erinnerte er sie.

»Ja, ich weiß. Um welche Uhrzeit? Und wo?«

»Das müssen wir erst fixieren.«

»Gut, ich geh jetzt zum Friseur«, beschloss Anna nach einem Blick auf ihre Armbanduhr.

»Werde ich dich nachher wiedererkennen?«, fragte Bruno sarkastisch.

»Hoffentlich nicht!«, gab Anna im gleichen Tonfall zurück. Insgeheim überkamen sie auf dem Weg zum Friseursalon aber Zweifel hinsichtlich ihres Vorhabens. Ein neuer Haarschnitt, ein *Bob*, ob mir der überhaupt steht?, fragte sie sich. Und die Farbe? Ich weiß nicht, ich glaub, die roten Strähnchen sollte ich weglassen, beschloss sie und begab sich wenige Minuten später erwartungsvoll in die Hände von Frau Monika. Da diese, nachdem Anna Platz genommen und ihr ihre Vorstellungen bezüglich des Haarschnitts und der Haarfarbe erläutert hatte, eine lilafarbene, moussartige Koloration zusammenmixte, dachte Anna und verkrampfte dabei ihre Hände ineinander: Um Gottes willen, hoffentlich geh ich da nicht mit lila Haaren raus!

Im Vertrauen auf Elkes Empfehlung ließ sie die beinahe einstündige Prozedur des Einpinselns aber über sich ergehen und wandte sich währenddessen einer Illustrierten zu, um ihre Gedanken abzulenken und nachzulesen, was sich in der Welt der Schönen und Reichen abspielte.

Viel würde sie aus der Illustrierten allerdings nicht erfahren, denn kaum, dass sie die Zeitschrift aufgeschlagen hatte, betrat eine etwa fünfzigjährige Frau mit mittellangem blondiertem Haar den Friseursalon. Anna erkannte in ihr die Angestellte der Trafik wieder, in der sie am Morgen die Zeitung geholte hatte.

»Servus Grete!«, begrüßte Monika die Frau und fragte: »Waschen, Schneiden, Föhnen?«

»Ja, aber ich hab nicht viel Zeit, weil ich muss um elf wieder in der Trafik sein und den Chef ablösen! Schneid mir heute daher bitte nur die Spitzen, und gib mir nach dem Waschen einen Conditioner auf die Haare, damit mir der Wind die Frisur nicht verbläst! Ich geh mit dem Karli am Abend nämlich zur Weinverkostung am Kirchplatz«, antwortete die Frau und folgte Monika zu einem der beiden Waschplätze.

»Hast du das vom Walter Lang schon gehört?«, fragte sie Monika, nachdem diese ihr das Haar gewaschen und mit einem Handtuch abgetrocknet hatte.

»Ja, der soll ertrunken sein.«

»Genau! Aber in der Zeitung steht, dass Fremdverschulden nicht ausgeschlossen werden kann! Die arme Andrea.«

»Welche Andrea?«, fragte Monika.

»Die Kolaritsch Andrea vom Imbissstand unten am Hafen.«

»Ah ja«, erwiderte Monika. »Und was ist mit der?«

»Sie hat ein Verhältnis mit dem Lang gehabt, hast du das nicht gewusst?«

»Nein!«

»Angeblich wollte sich der Lang ihretwegen sogar scheiden lassen!«

»Aha«, antwortete Monika sichtlich desinteressiert, woraus Anna schloss, dass sie für Tratsch nicht viel übrig hatte, was ihre Kundin aber ignorierte, denn sie fuhr unbeirrt fort: »Und angeblich wollte der Lang die alte Csárda kaufen, du weißt schon, die zwischen Rust und Mörbisch. Das hat ihm wahrscheinlich die Andrea eingeredet! Sie wollte ja schon immer ein eigenes Restaurant haben!«

Noch bevor Monika sich zu dieser Feststellung äußern konnte, betrat eine weitere Kundin mit schönem kastanienbraunem Haar, das ihr in weichen Locken auf die Schultern fiel, den Salon, nickte der Kundin kurz zu und begrüßte die Friseurin mit »Servus Monika!«

»Servus Daniela! Was kann ich für dich tun?«

»Ich bräuchte wieder einmal eine Koloration«, erwiderte die Frau.

»Schauen wir gleich«, antwortete Monika und schlug ihr Terminbuch auf. »Da muss ich dich leider auf nächste Woche vertrösten!«, sagte sie bedauernd.

»Und wann?«

»Am Mittwoch um neun. Oder wär's dir am Nachmittag lieber?«

»Warte, ich schau schnell nach«, antwortete die Frau, holte ihr Smartphone aus der Handtasche und überprüfte die Termine in ihrem elektronischen Kalender. »Neun Uhr passt!«, sagte sie schließlich, tippte den Termin ein und verließ den Salon mit raschen Schritten.

»Hast du gewusst, dass die Daniela die Cousine vom Lang ist?«, nahm die Trafikangestellte ihr Gespräch mit Monika wieder auf.

»Nein, das habe ich nicht gewusst.«

»Ich auch nicht! Die Auer Susi hat's mir heute früh erzählt.«

»Wenn ich das gewusst hätte, hätte ich der Daniela kondoliert!«

»Naja, ich glaub, das wäre der Daniela vielleicht gar nicht so recht gewesen, weil, die Auer Susi hat mir gesagt, dass der Lang und die Daniela zerstritten waren, angeblich hat er sie um ihr Erbe geprellt!«

Bruno hatte es sich, während Anna beim Friseur war, in einem der beiden Liegestühle unter dem Nussbaum bequem gemacht, die Beine weit von sich gestreckt, und blätterte in einem der drei Geschichtsbücher, die er in den Urlaub mitgenommen hatte. Darin wurde ausführlich das mit Ausschreitungen und Unruhen verbundene Ringen um die Einverleibung von Teilen Westungarns durch Österreich beschrieben.

Es ging schon auf Mittag zu, als ihn das Läuten seines Telefons aus seiner Lektüre riss. »Ja?«

»Ich hab gerade mit dem Gerichtsmediziner telefoniert«, sagte Martin Nagy ohne Einleitung. »Er hat mir das vorläufige Ergebnis des Obduktionsberichtes durchgegeben. Ich hab mir gedacht, dass dich das vielleicht interessieren wird.«

»Oh ja!«

»Also, der Tod des Walter Lang ist am Sonntag, dem 13. Juni zwischen 15.00 und 17.00 Uhr eingetreten. Als Todesursache wurde eine vergiftungsbedingte Atemlähmung und eine dadurch verursachte Sauerstoffunterversorgung des Gehirns diagnostiziert. An seinem Leichnam fanden sich zwar keinerlei Kampfspuren oder Abwehrverletzungen, jedoch kleine Hämatome an den Schultern und vor allem an den Oberarminnenseiten sowie eine postmortale Verletzung, besser gesagt Beschädigung, am Hinterkopf, die wahrscheinlich im Zuge der Bergungsarbeiten entstanden ist.

Es kam weder zu einer Ansammlung von Schaum in den Atemwegen, noch zu einer Überblähung und Vergrößerung der Lunge, und auch zu keinen Paltauf'schen Hämolyseflecken oder zu einer Ablagerung von Kieselalgen in den äußeren Lungenabschnitten. Der Tod des Walter Lang ist also außerhalb des Wassers eingetreten.«

»Moment, das war jetzt ein bisschen viel an Information auf einmal!«, sagte Bruno und fragte: »Bedeutet das, dass der Walter Lang nicht ertrunken ist, sondern bereits tot war und sein Leichnam quasi versenkt wurde?«

»Ja genau!«

»Und er ist an einer Vergiftung gestorben? Um welche Substanz hat es sich dabei gehandelt?«

»Um GHB, also Gamma-Hydroxybuttersäure.«

»Was ist das?«

»Das ist an und für sich ein körpereigener chemischer Botenstoff, der aber auch synthetisch hergestellt wird und als Missbrauchsdroge Anwendung findet, weshalb die Substanz unter das Suchtmittelgesetz fällt, hat mir der Gerichtsmediziner erklärt. Die Vorläufersubstanz von GHB ist GBL[19], welches in der chemischen Industrie als Lösungs- und Reinigungsmittel eingesetzt wird, aber auch zum Beispiel als Felgenreiniger oder als azetonfreier Nagellackent-

---

19 Gamma-Butyrolacton

ferner. Das GBL ist also am Markt legal verfügbar. Da es im menschlichen Körper sehr rasch in GHB umgewandelt wird, wird es als *Liquid Ecstasy* im Drogenmilieu angeboten!«

»Also war es ein Drogenunfall?«

»Das wäre möglich. Allerdings hat die Obduktion keinen Hinweis darauf ergeben, dass der Lang regelmäßig Drogen konsumiert hätte. Aber, ja, vielleicht hat er das *Liquid Ecstasy* erstmalig ausprobiert, und es ist schiefgegangen! Laut Gerichtsmediziner kann aber auch ein Suizid nicht ausgeschlossen werden. Das wäre angesichts der beruflich zuletzt scheinbar recht misslichen Lage des Walter Lang zwar plausibel, da aber die Edith Horvath, also seine Tante, ihn testamentarisch als ihren Alleinerben eingesetzt hatte, würde ich einen Suizid ausschließen!«

»Ja, das sehe ich genauso!«, sagte Bruno und fuhr fort: »In den Medien ist angeklungen, dass Fremdverschulden nicht ausgeschlossen werden kann! Vielleicht wurde ihm das *Liquid Ecstasy* in einem Drink verabreicht, und es handelt sich um einen heimtückischen Mord, der als Unfall durchgehen sollte? Und was hat es mit diesen Hämatomen auf sich, die du erwähnt hast? Wurden ihm die ebenfalls im Zuge der Bergungsarbeiten zugefügt?«

»Das habe ich beim Gerichtsmediziner auch hinterfragt«, antwortete Martin Nagy. »Er hat das klar verneint und mir erklärt, dass mit dem Kreislaufstillstand die Blutzirkulation stoppt, weshalb es bei postmortalen Beschädigungen zu keinem Blutaustritt und damit keinen Hämatomen kommen kann. Wird eine Leiche allerdings direkt bei oder kurz nach Todeseintritt geschlagen oder hart angefasst, so platzen die Blutgefäße unter der Haut, es können sich zu dem Zeitpunkt also noch kleinere Hämatome ausbilden, die sich jedoch anders verhalten, als jene bei Personen mit vitalen Körperfunktionen.«

»Und was bedeutet das im Klartext?«, fragte Bruno.

»Aufgrund der Art der Hämatome geht der Gerichtsmediziner davon aus, dass sich diese spätestens kurz nach dem Tod vom Lang ausgebildet haben. Sie können entweder daraus resultieren, dass der Lang direkt nach seinem Tod unter dem Boot eingeklemmt wurde. Ebenso wäre es aber auch vorstellbar, dass jemand den Lang nach Todeseintritt intensiver angefasst hat, um zum Beispiel dessen Leichnam zu beseitigen. Aus der Anordnung der Hämatome schließt der Gerichtsmediziner auf Letzteres und hat mir inoffiziell zu verstehen gegeben, dass es sich seiner Meinung nach zu neunundneunzig Prozent um ein Tötungsdelikt handelt. Er möchte dazu aber, um sicherzugehen, noch eine Expertise von einem Kollegen einholen!«

»Wer übernimmt die diesbezüglichen Ermittlungen?«

»Der Chefinspektor Adametz und der Chefinspektor Hofer, die sind beide vom LKA Burgenland.«

»Zwei Chefermittler für einen Fall?«, wunderte sich Bruno.

»Ja, der Chefinspektor Adametz leitet nämlich die Ermittlungen im Fall der Home Invasion von Neusiedl. Und da auch er nicht ausschließt, dass es zwischen der Home Invasion und dem Tod vom Lang eine Verbindung geben könnte, wird er die Fälle gemeinsam mit dem Chefinspektor Hofer von der Abteilung EB01, also Leib/Leben, bearbeiten! Ich habe mit den beiden für Freitagvormittag einen Besprechungstermin vereinbart, um unseren gegenseitigen Informationsstand abzugleichen.«

8.

Anna verließ den Friseursalon kurz vor zwölf, und sie war vom Resultat ihrer Unternehmung hellauf begeistert! Sowohl die Koloration als auch der Schnitt entsprachen exakt ihren Vorstellungen, und sie fühlte sich um Jahre verjüngt.

»Und, erkennst du mich noch?«, fragte sie Bruno, der, vermeintlich in sein Geschichtsbuch vertieft, noch immer sinnierend unter dem Nussbaum saß.

»Kaum«, sagte Bruno scherzhaft und stand auf, um ihr einen leichten Kuss auf die Wange zu geben. »Was habe ich doch für eine wunderschöne Frau!«

»Geh Bruno, du machst dich über mich lustig.«

»Nein, ich mein das ernst! Die neue Frisur und die Farbe stehen dir ausnehmend gut!«

»Danke! Und es war gar nicht teuer, ich hätte mit wesentlich mehr gerechnet«, freute sich Anna. »Und daher lade ich dich heute zum Essen ein!«

»Wohin willst du mich denn ausführen?«

»Keine Ahnung, das hängt davon ab, was wir heute noch unternehmen.«

»Tja, es ist jetzt viertel eins, eine große Tour wird sich also nicht mehr ausgehen.«

»Nein, da hast du recht! Aber ich hab mir, während ich beim Friseur war, was überlegt.«

»Und zwar?«

»Wir könnten mit der Radfähre nach Podersdorf übersetzen und von dort aus auf dem Kulturradweg nach Mönchhof, Halbturn und Frauenkirchen und dann wieder retour nach Podersdorf radeln. Die Strecke beträgt nur sechsundzwanzig Kilometer und es gibt so gut wie keine Steigungen, es wäre also eine recht entspannte Tour!«

Frauenkirchen klingt gut, dort gibt es hervorragende Weine, überlegte Bruno, und fragte: »Und wo krieg ich was zu essen?«

»Wir haben noch Semmeln, Schinken und Käse, die nehmen wir uns als Jause für unterwegs mit.«

»Und auf diese Jause willst du mich einladen?«

»Nein, natürlich nicht! Wir gehen, wenn wir wieder in Rust retour sind, abendessen. Beim Alten Stadttor soll's ein Gasthaus mit gutbürgerlicher Küche und einem schönen Innenhof geben. Wir könnten am Weg zur Fähre dort vorbeischauen und für den Abend einen Tisch reservieren. Und ich hab gehört, dass es heute Abend am Kirchplatz eine Weinverkostung gibt, dort könnten wir nach dem Abendessen auch noch vorbeischauen! Wär dir das so recht, oder möchtest du was anderes unternehmen?«

»Nein, das klingt gut! Wann legt die nächste Fähre nach Podersdorf ab?«

»Um 13.30 Uhr.«

»Das weißt du auswendig?«, wunderte sich Bruno.

»Nein, das hat mir die Monika gesagt.«

»Wer ist die Monika?«

»Die Friseurin, bei der ich war«, antwortete Anna. »Wobei, ich glaub, Friseurin sagt man heutzutage gar nicht mehr, sondern Hairstylistin.«

Bruno ließ sich von dieser Wortspielerei nicht ablenken. »Also hast du über unser Nachmittagsprogramm, bevor du mich gefragt hast, was ich unternehmen möchte, ohnehin schon im Vorhinein alles entschieden gehabt?«, fragte er.

»Nein! Und selbst wenn es so wäre, so kannst du davon ausgehen, dass ich dabei immer nur dein Wohl im Auge habe! Denn nachdem du den ganzen Vormittag über hier herumgesessen hast, würde dir etwas Bewegung sicher guttun.«

»Das nenne ich ein typisch weibliches, hinterlistiges Manöver!«, sagte Bruno mit zwar strenger Miene, insgeheim aber amüsiert.

»Ist dir eigentlich bekannt, dass es in den siebziger Jahren ein Vorhaben gab, über dem Neusiedler See eine Brücke zu errichten, und zwar zwischen Mörbisch und Illmitz, um die verkehrsmäßige Anbindung vom Seewinkel zu verbessern und eine direkte Straßenverbindung nach Eisenstadt und zum Mittelburgenland zu schaffen?«, fragte Bruno während der Überfahrt nach Podersdorf.

»Nein, das wusste ich nicht. Aber, so wie's aussieht, ist dieses Projekt ja nie realisiert worden.«

»Ja, denn dagegen gab's massiven Widerstand von Ökologen und Umweltschützern. Ihrer Einschätzung nach hätten die Bauarbeiten Fauna und Flora im Naturschutzgebiet und im Schilfgürtel wahrscheinlich zerstört, oder zumindest massiv verändert! Und vielleicht auch dazu geführt, dass der See wieder austrocknet!«

»War der Neusiedler See denn schon jemals ausgetrocknet?«

»Ja, leider. Und wenn's in den nächsten zwei, drei Wochen weiterhin so heiß bleibt und kein Regen kommt, dann steuert der See wiederum auf einen historischen Tiefstand zu! Es wird ja auch schon seit einiger Zeit an zusätzlichen Wasserzuleitungen getüftelt, und auch eine Zuleitung aus der Donau wird geprüft. Das dürfte aber nicht ganz unproblematisch sein, weil die biologische Zusammensetzung vom Donauwasser und vom Neusiedler See nämlich grundverschieden ist und der geringere Salzgehalt des Donauzuflusses das Wachstum vom Schilfgürtel beschleunigen würde. Ich versteh nichts davon, aber ich denke mir, ohne Wasser, das in der Atmosphäre verdunstet, wird es auch keinen Regen geben, es ist ein Teufelskreis!«

»Wem gehört eigentlich der Neusiedler See?«, fragte Anna,

»Ich glaub, größtenteils der Familie Esterházy.«

Anna zeigte spontan auf den markanten Leuchtturm von Podersdorf. »Schau! Den Leuchtturm sieht man immer im Wetterpanorama! Hast du übrigens gewusst, dass es in Podersdorf den einzigen direkten Naturstrand am Neusiedler See und die einzige heute noch vollständig erhaltene Windmühle gibt? Die ist an die einhundertsechzig Jahre alt! Und dass von Podersdorf ausgehend recht interessante Ausflüge und Wanderungen in den Nationalpark angeboten werden? Ich hab mir dazu ein Prospekt besorgt, das sollten wir uns morgen in Ruhe ansehen! Was werden wir morgen übrigens unternehmen?«

»Du hast der Elke angeboten, dass du ihr beim Backen hilfst.«

»Ah ja«, erinnerte sich Anna. »Und was wirst du in der Zeit machen?«

»Vielleicht unternehme ich eine kleine Erkundungstour!«

Weil der Schiffskapitän in einer Durchsage gerade ankündigte, dass sie in wenigen Augenblicken in Podersdorf anlegen würden, kam Bruno erst später wieder auf seine geplante Erkundungstour zu sprechen.

Der von Anna vorgeschlagene Kulturradweg führte sie zunächst durch die Landschaft des *Hoadnbodens*[20], also jenen Teil des nördlichen Seewinkels, in dem einstmals Bauern dem kargen Boden ihre Existenz hatten abtrotzen müssen, und weiter nach Mönchhof, wo sie das Bahnhofsmuseum besichtigten. Dabei war zu erfahren, dass die 1897 eröffnete Neusiedler Seebahn, die eine Teilstrecke der Raaber Bahn war, einst die wirtschaftliche Schlagader des Seewinkels gewesen war. Die Ausstattung der Waggons und der Sitzplätze war damals spartanisch und eine mehrstündige Fahrt sicher alles andere als bequem gewesen.

In einem Freiluftmuseum waren zum Teil noch erhaltene, aber auch nachgebaute Gebäude aus der Ära zwischen 1890 und 1960 zu besichtigen. Sie zeugten davon, wie entbehrungsreich das Leben der einfachen Menschen früher gewesen war und wie hart sie sich durch den Alltag hatten kämpfen müssen, ohne all die Annehmlichkeiten der heutigen Zeit, also ohne Waschmaschinen, Geschirrspüler, fließendes Warmwasser, Zentralheizung und so weiter.

Dankbar dafür, dass sie und Bruno in einer Zeit und in einem Land leben durften, in dem sie sozial und finanziell abgesichert waren, radelten Anna und Bruno weiter nach Halbturn, wo sich das Auseinanderklaffen zwischen Arm und Reich in Form des prachtvollen, während der Regentschaft von Kaiser Karl VI von Lucas von Hildebrandt erbauten Barockschlosses manifestiert hatte. Das Schloss hatte dem Kaiserhaus einst als Jagd- und Sommerresidenz gedient, wie sie ihrem Reiseführer entnehmen konnten. Kaiserin Maria Theresia hatte nach dem Tod ihres Vaters am Schloss umfangreiche Umbauarbeiten vornehmen las-

---

20 Heideboden

sen. Ihr Gemahl, Kaiser Franz I. Stephan von Lothringen, hatte ein Jahr vor seinem Tod mit seinem privaten Vermögen das Schloss aus dem Besitz der ungarischen Krone erworben. Im darauffolgenden Jahrhundert war das Schloss von verschiedenen Erzherzögen der Dynastie bewohnt worden, und auch heute noch lebten in einem Teil des Schlosses, dem sogenannten *Roten Hof*, deren Nachfahren.

Der weitaus größere Bereich des Schlosses wurde aber für Ausstellungen, Konzerte und sonstige kulturelle oder gesellschaftliche Veranstaltungen genutzt.

»Ich hab den Eindruck, dass sich die Geschichte wiederholt«, sagte Anna, während sie im nicht minder schönen, üppigen Schlosspark ihre Jause verzehrten. »Ich meine, es ist heute ja nicht viel anders als damals! Es gibt einige wenige sehr reiche Menschen, die über ein Milliardenvermögen verfügen, die Mehrzahl der Menschen lebt aber unter der Armutsgrenze! Und der Mittelstand in der westlichen Welt verarmt aufgrund der hohen steuerlichen und sonstigen Belastungen, der hohen Preise für Eigenheime und Mieten und so weiter, auch zunehmend.«

Bruno war zwar Annas Ansicht, das Thema war seiner Meinung nach aber zu ernst und zu umfassend, um es während einer Jause in einem Schlosspark zu diskutieren, daher sagte er: »Lass uns weiterfahren!«

Und so bestiegen sie wiederum ihre Fahrräder und radelten nach Frauenkirchen, um die barocke Wallfahrtskirche *Maria auf der Heide* zu besichtigen, und auch den Gedenkpark *Garten der Erinnerung* zu besuchen. Und weil sie anschließend an einer Gebietsvinothek vorbeikamen, erwarb Bruno noch drei Flaschen Rotwein. »Die werden wir anlässlich einer besonderen Gelegenheit trinken!«, beschloss er.

Es war schon kurz vor fünf, als sie Podersdorf die letzte Fähre nach Rust erreichten, wo sie sich umgehend in ihr Quartier begaben, duschten, frische Kleidung überzogen und schließlich pünktlich um 18.30 Uhr an dem für sie im Garten des Gasthauses *Am Alten Stadttor* reservierten Tisch Platz nahmen.

»Schau, hier gibt's auch Backhendl«, sagte Anna, während sie die Speisekarte studierten. »Das nehme ich.«

»Ich auch«, schloss sich Bruno ihrer Bestellung an.

Während sie auf das Essen warteten, erhielt Bruno einen Anruf von Martin Nagy. »Ich habe gerade eine wichtige Meldung reinbekommen«, sagte er.

»Und zwar?«, fragte Bruno.

»Am Morgen des 14. Juni wurde ein gewisser Mirko Prantl erschossen auf dem Gelände einer Eisenstädter Schule aufgefunden.«

»Ich weiß, ich hab in den Nachrichten einen Bericht darüber gesehen.«

»Der Chefinspektor Adametz vom LKA Burgenland hat mich vorhin angerufen«, fuhr Martin Nagy fort. »Sein Kollege, der Chefinspektor Hofer, leitet auch die Ermittlungen im Mordfall Prantl und hat ihn darüber informiert, dass es sich bei der Tatwaffe um eine Pistole Kaliber 22 handelt. Bei der Auswertung der Handydaten des Mirko Prantl wurde festgestellt, dass dieser am 19. und 21. Mai sowie am 13. Juni einen Anruf von Walter Langs Handy erhalten hatte! Der Mirko Prantl war vorbestraft, sodass sich die Frage stellt, welcher Art die Verbindung war, die zwischen ihm und dem Lang bestand.«

»Wäre es denkbar, dass dieser Prantl Teil jener Bande war, die für den Überfall auf die Edith Horvath verantwortlich zeichnet?«

»Das ist nicht auszuschließen«, erwiderte Nagy. »Der Chefinspektor Adametz hat daher einen Antrag für einen DNA-Abgleich mit dem im Haus der Edith Horvath asservierten Tatortspuren gestellt!«

»Bleibt's dabei, dass wir uns am Freitag sehen?«, fragte Bruno in der Hoffnung, von Nagy dann detailliertere Informationen zu erhalten.

»Ja! Ich werde direkt nach meinem Termin mit dem Adametz von Eisenstadt aus nach Rust fahren. Wär's euch so gegen 16.00 Uhr recht?«

»Ja, das passt gut. Wo sollen wir uns treffen?«

»Ich hol euch ab!«

Aus Brunos Kommentaren hatte Anna geschlossen, dass es sich beim Anrufer um Martin Nagy gehandelt hatte. »Weshalb hat er dich angerufen?«, fragte sie.

»Es geht um den Fall einer Home Invasion in Neusiedl, aber auch um den Tod vom Walter Lang, und …«, begann Bruno, wurde aber vom Kellner unterbrochen, der ihnen ihr Backhendl servierte. »Ich erklär's dir nach dem Essen«, sagte er daher, und so kam Anna, als sie nach dem Abendessen zum Kirchplatz und zu der dort stattfindenden Weinverkostung spazierten, auf ihre Frage zurück.

»Erinnerst du dich an unseren Ausflug nach Neusiedl am 20. Mai?«, begann Bruno und erläuterte ihr in der Folge alle ihm bisher bekannten Fakten zur Home Invasion, zum Tod des Walter Lang und zum Mord an Mirko Prantl sowie seine Vermutung, dass zwischen diesen drei Fällen eine Verbindung bestand.

»Aber warum hätte der Lang dieser Bande Insiderinformationen geben sollen?«, fragte Anna skeptisch. »Er hätte die alte Dame ja ohnehin beerbt!«

»Vielleicht weil er sich zu diesem Zeitpunkt in einer akuten finanziellen Notlage befand. Ich habe mir gestern seine Homepage angesehen, er scheint seit eineinhalb Jahren keine Engagements mehr gehabt zu haben, sodass sich die Frage stellt, woher er die fünfundzwanzigtausend Euro hatte, die er in bar und im Voraus für die Miete der Seehütte bezahlt hatte. Seine Tante scheint ihm laut Martin Nagy finanziell zwar immer wieder ausgeholfen zu haben, aber es ist unwahrscheinlich, dass sie ihm fünfundzwanzigtausend Euro quasi als ›Urlaubsgeld‹ zugesteckt hat.«

»Du meinst, dass er für diese Insiderinformationen Geld bekommen hat?«

»Das denk ich schon, denn ohne Gegenleistung wird er's wohl nicht gemacht haben.«

»Und du glaubst, dass er weder eines natürlichen Todes, noch durch einen Unfall oder Suizid starb, sondern dass er vorsätzlich vergiftet wurde?«

»Ja, darauf weisen auch die Hämatome hin, die an seinem Körper gefunden wurden.«

»Hmm …« Anna setzte eine nachdenkliche Miene auf, und fragte dann: »Diese synthetische Droge, an der er starb, was war das? Speed oder LSD?«

»Nein. Die Substanz nennt sich GHB, also Gamma-Hydroxybuttersäure.«

»Das sagt mir gar nix!«

»Ja, woher auch! Aber vielleicht kannst du mit dem Begriff *Liquid Ecstasy* etwas anfangen?«

»Natürlich, ich bin ja nicht von gestern! Das ist so eine Modedroge.«

»Stimmt!«

»Und wie wird die eingenommen? Oral? Oder wird die in die Venen gespritzt?«

»Oral, und zwar, wie der Name schon besagt, in flüssiger Form.«

»Ist *Liquid Ecstasy* geschmacklos?«

»Was du alles wissen willst!«, stellte Bruno erstaunt fest.

»Naja, im Falle eines Tötungsdeliktes wäre das ja wichtig, oder?«, fragte Anna. »Weil Arsen zum Beispiel schmeckt, glaube ich, ziemlich bitter …!«

»Schön langsam wirst du mir unheimlich!«, sagte Bruno und wunderte sich. »Woher weißt du das?«

»Das habe ich in einem Krimi gelesen«, antwortete Anna und bohrte nach: »Also wie verhält es sich jetzt mit diesem *Liquid Ecstasy*?«

»Die Substanz ist nicht völlig geschmacksneutral, daher wird sie auch, wie das etwa bei K.-o.-Tropfen der Fall ist, mit einem alkoholischen Getränk oder mit Limonade vermischt.«

»Demnach waren's wahrscheinlich also K.-o.-Tropfen, die dem Lang verabreicht wurden!«, war Anna überzeugt. »Die wirken aber doch eher aufputschend oder enthemmend? Können die auch tödlich sein?«

»In entsprechender hoher Konzentration beziehungsweise ausreichender Dosierung durchaus!«

»Ich hab einmal gelesen, dass K.-o.-Tropfen im Körper nur innerhalb eines sehr kurzen Zeitfensters nachweisbar sind«, erinnerte sich Anna. »Vielleicht wurde der Lang also damit getötet, um einen Unfall vorzutäuschen? Das wäre dann ja sozusagen ein perfekter Mord!«

»Nein, ganz so einfach ist das nicht!«, entgegnete Bruno. »Ich weiß mittlerweile, dass das Nachweisfenster eines erhöhten Gamma-Hydroxybuttersäure-Wertes tatsächlich sehr kurz ist und im Blut nicht mehr als sechs und im Urin nicht mehr als zwölf Stunden beträgt. Und zwar unter der

Voraussetzung, dass das Opfer zum Zeitpunkt der Probenahme über Vitalfunktionen verfügt, der Stoffwechsel also intakt ist! Sollte der Tod jedoch unmittelbar oder kurz nach der Aufnahme einer erhöhten Dosis von GHB eintreten, so kann die Substanz auch noch Tage später nachgewiesen werden, da sie ja nicht mehr verstoffwechselt wird! Und genau diesem Umstand ist es zu verdanken, dass ein Nachweis im Zuge der Obduktion des Walter Lang möglich war«, schloss Bruno, in der Annahme, dass das Thema für Anna damit erledigt war.

Doch dem war nicht so, denn Anna fragte weiter: »Wenn dem Lang das *Liquid Ecstasy* also in einem Drink verabreicht worden wäre, glaubst du, dass im Boot jemand bei ihm war?«

»Das wäre denkbar«, antwortete Bruno, veressterte sich aber nach einer kurzen Nachdenkpause: »Aber nein, ich halte das für eher unwahrscheinlich!«

»Warum?«

»Weil der Täter damit riskiert hätte, zusammen mit dem Lang gesehen zu werden! Dessen Tod ist am Sonntag zwischen 15.00 und 17.00 Uhr eingetreten. Wir beide sind am Sonntag, relativ zeitgleich, im Seerestaurant gesessen, bei strahlendem Sonnenschein, und am See war Hochbetrieb, wie du dich sicher erinnerst. Die Wahrscheinlichkeit, dass ein Surfer, ein Segler oder wer auch immer den Lang und seinen Beifahrer im Boot gesehen hätte, wäre also relativ groß gewesen. Der Lang war als Schauspieler zwar nicht so prominent, dass jedermann ihn auf Anhieb erkannt hätte, aber es wäre auch nicht auszuschließen gewesen! Dieses Risiko wollte sein Mörder sicher nicht eingehen, daher nehme ich an, dass der Fundort der Leiche nicht ident ist mit dem Tatort, und …«

Bruno hielt abrupt inne. »Dir ist schon klar, dass es sich bei allem, was ich zu dem Thema äußere, lediglich um eine Hypothese handelt?«

»Ja, das ist mir klar! Aber bitte red weiter!«

»Also: Ich glaube, dass der Lang bereits tot war, als sein Mörder ihn zum Kanal gebracht hat!«

»Und wo könnte er deiner Meinung nach getötet worden sein?«

»Das müsste ein Ort sein, von dem aus der Täter den Leichnam zu dessen Boot hatte bringen können! Also unbeobachtet und über eine nicht allzu große Distanz. Von daher würde sich nur die Seehütte anbieten!«

»Und was hätte der Täter anschließend gemacht?«, fragte Anna.

»Wie meinst du das?«

»Na, wie wäre er, nachdem er den Leichnam und das Boot im Schilf versenkt hat, zurück ans Ufer gekommen? Schwimmend?«

Bruno hob unentschlossen seine Schultern. »Warum nicht? Das Wetter war schön und heiß, der See hat, nehme ich an, schon recht angenehme Temperaturen, es wäre also absolut unauffällig gewesen, wenn jemand in einer Badehose zum Ufer schwimmt, welches übrigens laut Alfred von der Stelle, an der wir den Leichnam gefunden haben, nur fünfzig Meter entfernt ist.«

»Was hätte der Täter dort gemacht, nur mit einer Badehose bekleidet?«, fragte Anna zweifelnd. »Das wäre doch ziemlich auffällig, oder?«

»Ja also, das mit der Badehose war jetzt nur exemplarisch gemeint«, gab Bruno zu. »Der Täter hätte natürlich ebenso gut Sportbekleidung tragen können, Shorts und ein T-Shirt oder so! Der Walter Lang war ja auch mit Hose, einem

Hemd und einem Sakko bekleidet, als wir seinen Leichnam gefunden haben.«

»Wenn der Täter mit völlig durchnässter Kleidung ans Ufer gekommen wäre, dann wäre das ja noch viel auffälliger gewesen als in einer Badehose!«, gab Anna zu bedenken.

»Vielleicht hatte der Täter einen Komplizen, der am Ufer mit trockener Kleidung auf ihn gewartet hat?«

»Der Kanal, an dem du mit dem Alfred zum Angeln warst, wo befindet sich der eigentlich?« erkundigte sich Anna

»Südlich von Rust, zirka fünfhundert Meter vom Seerestaurant entfernt.«

»Und ist die Uferstelle, an der der Kanal endet oder mündet oder irgendwo unterirdisch verschwindet, zu Fuß oder mit dem Auto erreichbar?«

Bruno schaute Anna verdattert an. »Respekt, Frau Specht! Das ist ein wichtiger Punkt, der mir auch schon durch den Kopf gegangen ist. Und deshalb hab ich vor, mir den Bereich morgen, während du deine Backkünste unter Beweis stellst, anzusehen!«

»Kannst du mir bitte den Link zur Homepage vom Lang schicken?«, fragte Anna. »Ich würde gerne mehr über ihn wissen.«

9.

»Und jetzt machen wir Schluss mit all diesen Spekulationen, und wenden wir uns dem eigentlichen Zweck unseres Hierseins zu! Nämlich unserem Urlaubsvergnügen und indem wir ein gutes Glas Wein trinken!«, sagte Bruno, als sie zum Kirchplatz kamen und wies mit dem Kopf auf die zum Zwecke der Weinverkostung aufgebauten Marktstände und auf die auf dem Vorplatz der Kirche aufgestellten Stehtische und Heurigengarnituren.

An den Ständen herrschte reger Betrieb, irgendwo im Hintergrund war aus einer Stereoanlage ländliche Blasmusik zu hören, die Menschen waren fröhlich und ausgelassen, es war ihnen anzusehen, wie sehr sie es genossen, wieder unbeschwert und ohne Masken einer Veranstaltung beizuwohnen und unter die Leute zu gehen.

»Hier ist mir zu viel los!«, beschwerte sich Anna, Bruno hingegen fand Gefallen an der volksfesthaften Stimmung vor der Kulisse der barocken Bürgerhäuser. »Warte kurz hier!«, sagte er daher. »Ich hol uns einen Wein und dann machen wir einen kleinen Rundgang und schauen, ob wir irgendwo ein ruhiges Platzerl zum Hinsetzen finden.«

»Okay«, gab Anna nach.

Als Bruno wenig später mit zwei Weingläsern zurückkam, war von ihr aber weit und breit nichts zu sehen.

Wo kann sie nur sein?, überlegte er, und da er sie in der Menge nirgendwo ausmachen konnte, beschloss er, sie anzurufen. Dabei waren ihm allerdings die beiden Weingläser, die er in Händen hielt, hinderlich, also ging er zum

Kirchenportal, stellte die Gläser auf einer Stufe ab und griff zum Telefon, um Anna anzurufen.

Es läutete und läutete, niemand hob ab.

Das kann's jetzt aber nicht sein, dachte er verärgert.

»Hallo Bruno!«, hörte er hinter sich plötzlich die vertraute Stimme von Alfred sagen.

»Ah, servus Alfred! Ich bin gerade auf der Suche nach der Anna, irgendwie haben wir uns in dem Getümmel aus den Augen verloren.«

»Die sitzt bei uns«, sagte Alfred und wies zu einem der Heurigentische.

»Na Gott sei Dank«, sagte Bruno erleichtert, und fragte, weil Alfred Karcsi an der Leine hielt: »Gehst du denn schon nach Hause?«

»Nein, ich muss mit ihm nur äußerln gehen.«

»Ist es dir recht, wenn ich dich begleite? Ich würde dich nämlich gerne was fragen!«

»Nur zu!«

»Ich bring der Anna nur schnell den Wein.«

Anna war mit Elke und Katharina in ein angeregtes Gespräch vertieft, Bruno sagte daher nur kurz Hallo, stellte die Weingläser ab und verabschiedete sich sogleich wieder mit den Worten: »Ich geh mit dem Alfred und dem Karcsi Gassi.«

»So, das wäre erledigt«, sagte Bruno, als er zu Alfred zurückkam.

»Gut, dann gehen wir zur Seezeile runter!«, schlug Alfred vor. »Dort hat der Karcsi mehr Auslauf als hier im Zentrum, und ruhiger ist es dort auch, weil, unter den vielen Leuten fühlt er sich eh nicht wirklich wohl. Er ist halt auch schon ein alter Herr!«

»Wie alt ist er denn?«, fragte Bruno, während sie durch die Hauptstraße Richtung See spazierten.

»Vierzehn!«

»Das bedeutet, umgerechnet in Menschenjahren …?«

»Dass er achtundneunzig Jahre alt ist!«

»Das ist ein wahrhaft würdiges Alter!«

»Ja, er ist ein tapferer alter Veteran. Wir haben ihn vor dreizehn Jahren beim Seekanal gefunden. Er war nicht gechipt und hatte auch keine Hundemarke, wir haben daher überall kleine Plakate angebracht, sein Besitzer hat sich bei uns aber nicht gemeldet, also haben wir beschlossen, ihn zu behalten!« Alfred beugte sich hinunter, um Karcsi am Kopf zu tätscheln, der ihm die Geste mit einem dankbaren und innigen Blick aus seinen großen, schwarzen Augen vergalt.

»Ich hoffe, dass er's noch ein paar Jahre derpackt«, sagte Alfred, als er sich wieder aufrichtete. »Die Elke hängt an ihm, als wäre er ihr eigenes Kind, und ich fürchte mich heute schon vor dem Tag, an dem wir ihn vielleicht einschläfern lassen müssen!«

»Old soldiers never die, they just fade away«, sagte Bruno, und weil er an Alfreds fragendem Gesichtsausdruck ablesen konnte, dass dieser die Bedeutung der Redewendung nicht kannte, übersetzte er: »Alte Soldaten sterben nie, sie welken nur dahin!«

»Das muss ich mir merken und der Elke erzählen!«

»Karcsi …«, sagte Bruno, um die etwas sentimentale Stimmung aufzulockern. »Wie schreibt sich das?«

Alfred buchstabierte den Namen. »Das ist der ungarische Kosename für Károly, also Karl.«

»Ah ja.«

»Du wolltest mich was fragen?«, fiel es Alfred ein.

»Ja genau. Der Martin Nagy hat mir heute am Telefon erzählt, dass das vorläufige Obduktionsergebnis des Walter Lang mittlerweile vorliegt, Fremdverschulden kann nicht ausgeschlossen werden, von daher bitte ich dich, die Angelegenheit vertraulich zu behandeln!«

»Selbstverständlich.«

»Ich vermute, dass der Walter Lang in der Seehütte getötet wurde«, sagte Bruno, nachdem er Alfred in knappen Sätzen über den Status der Untersuchungen informiert hatte. »Der springende Punkt ist nun: Wie konnte der Täter, nachdem er den Leichnam und das Boot zum Kanal und ins Schilf gebracht hatte, zurück ans Festland gelangen?«

»Das ist eine berechtigte Frage«, erwiderte Alfred nachdenklich.

»Eine Möglichkeit wäre, dass der Täter zum Ufer geschwommen ist und ein Komplize dort mit einem Auto auf ihn gewartet hat«, fuhr Bruno fort. »Bevor ich mir darüber aber weiterhin den Kopf zerbreche, wollte ich mir das zunächst an Ort und Stelle ansehen.«

»Ich verstehe.«

»Daher wollte ich dich nach den örtlichen Gegebenheiten im Uferbereich des Kanals fragen, gibt's dort eine Straße oder einen Gehweg?«

»Naja, es gibt die B52, die nach Mörbisch führt, und nachdem sich zwischen dem Schilfgürtel und der Ruster Straße hauptsächlich Äcker und Getreidefelder befinden, gibt's dort auch zahlreiche Güterwege für die Bauern und auch Zufahrtswege für die Schilfschneider.«

»Kannst du mir einen Anhaltspunkt geben, welcher dieser Güterwege zum Schilfgürtel oder zum Kanal führt?«

»Das ist schwierig! Ich kenne den bewussten Kanal nur von der Seeseite her. Und da es zwischen Rust und Mörbisch etliche solcher Kanäle gibt, kann ich deine Frage nicht wirklich beantworten.«

»Ich habe mir die Gegend dort schon auf der Karte angesehen«, sagte Bruno, holte sein Handy hervor und startete Google Earth. »Kannst du mir zeigen, wo sich der Kanal in etwa befindet?«

»Oje, ohne Brille kann ich da rein gar nichts erkennen«, erwiderte Alfred, nachdem er eine Weile mit zusammengekniffenen Augen auf das Display gestarrt hatte.

Bruno vergrößerte die Ansicht. »Geht's so besser?«

»Nein, tut mir leid! Aber wenn du willst, können wir morgen dorthin fahren und uns die Stelle in natura anschauen?«

»Ja gern, wenn dir das keine Umstände macht?«

»Nein, ganz im Gegenteil! Ich bin in Pension und hab alle Zeit der Welt! Und außerdem würd's mich selber auch interessieren. Um welche Uhrzeit willst du losfahren?«

»So gegen zehn?«

»Passt!«

»Ah ja, und eine andere Frage hätte ich auch noch«, fiel es Bruno ein. »Du hast mir neulich gesagt, dass in der Miete der Seehütte auch ein Parkplatz beim Seerestaurant inkludiert ist. Hat der Walter Lang ein Auto gehabt, ist es dort noch abgestellt?«

»Das weiß ich nicht, danach müssten wir die Kathi fragen.«

»Und noch was fällt mir gerade ein: Ist der Hafenbereich videokameraüberwacht?«

»Es gibt eine Webcam im Bereich vom Seebad, ob der Hafen von der Kamera ebenfalls erfasst wird, müsste ich nachfragen.«

»Und wie sieht's mit Videokameras im Bereich des Parkplatzes vor dem Seerestaurant aus?«

»Keine Ahnung, aber ich hab einen entfernten Verwandten, der arbeitet bei der Stadtverwaltung, den könnte ich darauf ansprechen«

»Wie weit ist es eigentlich vom Parkplatz zur Seehütte deines Schwiegersohns?«

»So an die dreihundert Meter.«

»Und der Zugang erfolgt über die Seestraße und dann über Steganlagen?«

»Ja.«

»Dort gibt es wahrscheinlich auch keine Videokameras, oder?«

Alfred schüttelte zweifelnd den Kopf. »Nein, das kann ich mir beim besten Willen nicht vorstellen, und wenn doch, dann wären die Kameras widerrechtlich angebracht, denn das wäre ein Eingriff in die Privatsphäre der Eigentümer oder der Gäste.«

»Mir ist, als ich mit der Anna ins Seerestaurant gegangen bin, aufgefallen, dass der Zugang zu den Stegen im Bereich der Seestraße mit Holzgittertüren und Schlössern gesichert ist, die Anlage kann also nicht jeder x-Beliebige betreten?«

»So ist es! Die Zugänge sind stets geschlossen zu halten, eine automatische Schließung gibt's nicht.«

»Handelt es sich dabei um normale Zylinderschlösser oder um elektronische Schlösser, die mittels PIN-Eingabe geöffnet werden können?

»Um normale Schlösser. Allerdings gibt's bei jedem Tor einen Schlüsselsafe, der per Zahlencode geöffnet werden kann. Darin befindet sich jeweils ein Zugangsschlüssel, der für Notfälle oder für Blaulichtorganisationen vorgesehen ist«, antwortete Alfred und fragte: »Warum interessierst du dich für all diese Details?«

»Das ist eine Berufskrankheit, ich geh den Dingen gern auf den Grund!«

»Warst du eigentlich jemals mit einem ›perfekten Mord‹ konfrontiert?«

Bruno presste kurz die Lippen zusammen, denn Alfred hatte mit seiner Frage einen wunden Punkt berührt. »Ja, es gab da vor etwa dreißig Jahren einmal einen Mordfall, den ich zu den Akten legen musste. Und zwar nicht deshalb, weil es nicht gelungen war, den Täter auszuforschen, sondern weil die Indizien für eine Verurteilung nicht ausgereicht haben. Der Mann ist äußerst raffiniert vorgegangen, er hatte seine Tat von langer Hand geplant und bei der Ausführung keinen einzigen Fehler begangen. Zwei Jahre nach der Tat ist er an einer Krebserkrankung verstorben. Leider! Denn mit den uns heute zur Verfügung stehenden Möglichkeiten hätten wir den Fall neu aufrollen können, und wahrscheinlich wäre es ein Kinderspiel gewesen, ihn der Tat zweifelsfrei und mittels ausreichender Beweise zu überführen.«

»Du meinst mittels DNA-Spuren oder so?«

»Genau. Getrocknete DNA-Spuren können nämlich jahrzehntelang konserviert werden. Und auch was die technologischen Möglichkeiten anbelangt, so hat sich seit der Erfindung der Smartphones die Beweisführung immens verbessert. Denn mit einem Smartphone ist es de facto ja nicht mehr möglich, einen Schritt außer Haus zu tun, ohne dass der Vorgang im Hintergrund registriert wird! Die Standortdaten der Benutzer werden von den Handybetreibern vierundzwanzig Stunden am Tag ununterbrochen aufgezeichnet, der jeweilige Aufenthaltsort kann in der Regel bis auf wenige Meter genau bestimmt werden, und Bewegungsprofile lassen sich rückwirkend auf beliebige Zeiträume nachverfolgen. Die Verbindungsdaten und Bewegungsmuster sind präziser als jeder Fingerabdruck. Smartphones sind so etwas wie eine elektronische Fußfessel, was die Verbrechensbekämpfung natürlich enorm erleichtert!«

»Wir Menschen sind also mittlerweile tatsächlich *gläsern* geworden«, stellte Alfred fest.

»Ja, irgendwie schon.«

Alfred griff sich stirnrunzelnd ans Kinn. »Es stört mich nicht, wenn jemand weiß, was ich den ganzen Tag über so mache, weil, das ist ja eh völlig harmlos! Aber irgendwie ist das alles schon ein bisschen unheimlich.«

Bruno fiel ein altes Sprichwort ein. »*Merke es beizeiten, alles und jedes Ding hat zwei Seiten!* Und mit unseren digitalen Errungenschaften verhält es sich so wie mit dem Besen aus Goethes *Zauberlehrling*«, sagte er und zitierte: »*In die Ecke, Besen, Besen! ... Stock, der du gewesen, steh doch wieder still ...!* Der technologische Fortschritt lässt sich nicht rückgängig machen!«

»Ich bin froh, dass ich schon so alt bin, wer weiß, was auf die Menschheit noch alles zukommt«, erwiderte Alfred, holte aus seiner Hosentasche ein paar Hundeleckerlis und reichte sie Karcsi. »So, und jetzt gehen wir zu deinem Frauerl zurück«, sagte er zu ihm, und zu Bruno: »Und wir zwei werden ein Glasel Wein trinken! Egal ob das von irgendjemandem registriert wird oder nicht!«

Tatsächlich wurden es aber noch mehrere Gläser Wein, die Alfred und Bruno im Laufe des Abends zusammen leerten, während Anna, Elke und Katharina auf Mineralwasser und Traubensaft umgestiegen waren. Als Katharina kurz nach neun aufbrach, machten auch sie sich auf den Nachhauseweg. Dabei kam ihnen eine etwa vierzigjährige Frau mit kastanienbraunem Haar entgegen.

»Hallo Daniela!«, begrüßte Elke sie. »Bleibt's dabei, dass du morgen kommst?«

»Ja klar! Wann soll's losgehen?«

»So gegen zehn?«

»Ja, das passt mir gut! Ich möchte nämlich am Nachmittag noch ein paar Stunden auf den See rausfahren!«

»Wer war das?«, fragte Anna Elke, denn sie hatte in der Frau jene Kundin aus dem Friseursalon wiedererkannt, bei der es sich angeblich um Walter Langs Cousine handelte.

»Die Daniela Varga. Sie wird uns morgen beim Backen helfen.«

»Ich hab heute übrigens ein paar recht interessante Dinge erfahren«, sagte Anna nach dem Zähneputzen zu Bruno.

»Und zwar?«

»Der Lang soll ein Verhältnis mit einer Frau aus Rust gehabt haben, und zwar mit einer gewissen Andrea Kolaritsch. Das würde erklären, warum er sich hier für drei Monate einquartiert hat. Und angeblich wollte er sich ihretwegen scheiden lassen! Und er hatte vor, hier eine Csárda zu kaufen. Ich hab, während du mit dem Alfred und mit dem Karcsi spazieren warst, die Elke und die Katharina darauf angesprochen und sie gefragt, ob sie diese Andrea Kolaritsch kennen. Laut Katharina betreibt sie am Hafen so eine Art Imbissstand. Dass sie mit dem Lang ein Verhältnis hatte, war der Katharina ebenfalls bekannt, und dass der Lang diese Csárda kaufen wollte, wusste sie vom Ludwig. Den hatte der Lang nämlich gefragt, ob er die administrative Abwicklung des Kaufvertrages notariell begleiten würde.«

»Was macht ein Schauspieler mit einer Csárda?«, wunderte sich Bruno. »Hat der Lang dem Ludwig Iby mitgeteilt, zu welchem Zweck er diese Csárda erwerben wollte?«

»Möglich, aber der Ludwig hat sich zu dem Thema laut Katharina bedeckt gehalten, und auch bezüglich des Kaufpreises. Ich nehme an, dass das mit seiner Verschwiegenheitsverpflichtung zusammenhängt«, mutmaßte Anna.

»Ja, das wäre nachvollziehbar«, antwortete Bruno gähnend.

Anna setzte gerade dazu an, ihn auch über ihre zufällige Begegnung mit Daniela Varga im Friseursalon zu informieren, da Bruno aber Anstalten machte, zu Bett zu gehen, beschloss sie, dieses Vorhaben auf den nächsten Morgen zu verschieben.

Sie war noch recht munter, daher nahm sie ihr Handy zur Hand, um ihren Maileingang und ihre WhatsApp-Nachrichten zu überprüfen. Dabei stellte sie fest, dass Bruno ihr den Link zu Walter Langs Homepage bereits geschickt hatte.

Der Lang ist ein fescher Mann gewesen!, dachte sie, während sie dessen großformatiges Porträtfoto auf der Startseite betrachtete. Aber sein Gesicht war zu glatt, zu geschönt, und seine Augen kalt und emotionslos, er wirkt arrogant und, ja, irgendwie auch skrupellos, befand sie und klickte eine Seite mit der Bezeichnung ›Videos‹ an. Darin waren etliche kurze Film- und Fernsehmitschnitte abgespeichert, in denen Lang aber nur einige wenige Sätze von sich gab, sodass sein schauspielerisches Talent daraus nicht ableitbar war.

Der nächste Menüpunkt auf der Homepage beinhaltete Langs ›Lebenslauf‹. Die darin enthaltenen Informationen bezogen sich lediglich auf seine Ausbildung, waren ansonsten aber recht dürftig, so war dabei etwa sein Familienstatus nicht erwähnt, also dass und mit wem er verheiratet war, was Anna einigermaßen irritierte.

Im Register ›Galerie‹ waren mehr als einhundert Fotos abgespeichert, die Lang bei Dreharbeiten und in Film- und Fernsehrollen zeigten. Anna fiel auf, dass Lang auf diesen Aufnahmen zumeist mit weiblichen Darstellern abgebildet war. Auf weiteren Fotos war er zusammen mit prominenten Zeitgenossen, vornehmlich aus Film und Fernsehen zu sehen, aber auch mit Prominenten aus Politik und Wirtschaft.

Unter ›Kontakt‹ hatte er seine persönliche E-Mail-Adresse und seine Handynummer angeführt sowie Internetlinks, die zu seinen Facebook-, Instagram- und Twitter-Accounts führten.

Anna klickte versuchsweise auf Facebook, weil sie sich aber, um zu seinem Profil zu kommen, hätte einloggen müssen, stoppte sie ihr Vorhaben, denn sie hatte sich kurz nach Ausbruch der Pandemie von ihrem Facebook-Account abgemeldet, da die Hasspostings oder Verschwörungstheorien mancher ihr gut bekannten Personen zum Thema Pandemie sie zunehmend verstört hatten.

Was für ein Mensch war der Lang?, fragte sich Anna, während sie die geöffneten Internetseiten schloss.

Er war eitel gewesen, so viel stand für sie fest. Aber waren das nicht die meisten Schauspielerinnen und Schauspieler?

Wovon hatte er gelebt?

Warum hatte sie nirgendwo einen Hinweis darauf gefunden, dass er verheiratet war? Hatte er Kinder?

Warum war er getötet worden? War er tatsächlich an der Home Invasion beteiligt gewesen, also an einem Verbrechen, das seiner Tante das Leben gekostet hatte?

Hatte sich hinter der Fassade seines attraktiven Äußeren ein abgefeimter Schurke verborgen?

Nein, befand Anna, obwohl sie Lang nicht persönlich gekannt hatte. Er mochte ein eitler Blender gewesen sein, ein untreuer Ehemann, aber dass er tatsächlich kaltblütig genug gewesen wäre, um des schnöden Mammons willen das Leben eines Menschen preiszugeben, traute Anna ihm nicht zu.

Aber vielleicht war genau Letzteres der Grund dafür, dass er getötet worden war?, überlegte sie dann. Vielleicht war er mit den Tätern, die seine Tante beraubt hatten, in Streit geraten? Vielleicht hatte er die Nerven verloren und den Verbrechern damit gedroht, sie anzuzeigen?

Anna zerbrach sich noch eine Weile den Kopf, schließlich beschloss sie, ebenfalls schlafen zu gehen, wälzte sich im Bett aber noch lange unruhig hin und her, bevor der Schlaf sie endlich aus ihrem Gedankenkarussell befreite.

10.

Anna und Bruno hatten am nächsten Morgen lange geschlafen und genossen nun ein ausgiebiges Frühstück unter dem Nussbaum.

»Wie lange wirst du unterwegs sein?«, fragte Anna, nachdem Bruno ihr mitgeteilt hatte, dass er mit Alfred zum Kanal fahren würde.

»Keine Ahnung. Und wie lange wirst du beschäftigt sein?«

»Das weiß ich auch nicht, das hängt davon ab, wie lange die Elke mich braucht. Schau halt einfach in die Backstube rein, wenn du zurückkommst«, schlug Anna vor.

»So machen wir das«, stimmte Bruno zu und half ihr, das Frühstücksgeschirr ins Apartment zu bringen.

Elke war schon eifrig am Werken, wie Anna wenig später an den aus der Backstube dringenden Geräuschen feststellte, also ging sie direkt zu ihr, Bruno setzte sich zu Alfred, der mit einer aufgeschlagenen Zeitung in der Laube saß.

»Schau!«, sagte Alfred und schob ihm die Zeitung zu. »Da schreiben sie über den Lang!«

Mord am Neusiedler See?, lautete die Überschrift, darunter stand zu lesen: *Wie wir aus zuverlässiger Quelle erfahren haben, ist der aus vielen Fernsehserien und Filmen bekannte Schauspieler Walter L., dessen Leichnam am Montag von zwei Anglern im Schilfgürtel vom Neusiedler See zwischen Rust und Mörbisch entdeckt worden war, keines natürlichen Todes gestorben.*

Aus Polizeikreisen ist zu hören, dass Walter L. laut vorläufigem Obduktionsbericht an einer tödlichen Dosis einer synthetischen Droge verstorben ist und dass er bereits tot war, als sein

Leichnam in den Schilfgürtel verbracht wurde – wahrscheinlich in der Absicht, einen Unfall oder Suizid vorzutäuschen.

In der Folge wurden Walter Langs Film- und Fernsehrollen hervorgehoben, und interessanterweise auch auf die Umstände des Todes seiner kürzlich verstorbenen Verwandten Edith H. Bezug genommen. *Gibt es zwischen diesen beiden Todesfällen einen Zusammenhang?*, war am Ende des Artikels zu lesen.

»Was hältst du davon?«, fragte Alfred

»Naja«, meinte Bruno sarkastisch. »Zumindest haben sie die *Schilfschneider* mittlerweile korrigiert und auf *Angler* umbenannt. Sie machen also, was den Wahrheitsgehalt ihrer Berichterstattung anbelangt, Fortschritte! Was mich allerdings verwundert, ist, wie sie an die Informationen über den Obduktionsbericht gelangt sind! Und wer ihnen einen Hinweis darauf gegeben hat, dass die Tante des Walter Lang vor Kurzem bei einer Home Invasion ums Leben gekommen ist!«

»Vielleicht wurden diese Information absichtlich an die Medien weitergegeben, um den oder die Täter zu verunsichern?«, spekulierte Alfred.

»Ja, das wäre möglich«, überlegte Bruno.

Alfred setzte seine Lesebrille auf und fragte: »Könntest du mir auf Google Earth nochmals den Kartenabschnitt zwischen Rust und Mörbisch zeigen?«

»Ja, gute Idee!«

»Das ist schon eine faszinierende Sache, dass man sich mit der Satellitenansicht alles in echt ansehen kann«, murmelte Alfred, während er mit seinem Finger über das Display von Brunos Handy scrollte.

»Ja, hier muss es sein«, sagte er nach einer Weile und zeigte Bruno die Stelle.

»Dann fahren wir los!«

Auf halber Strecke zwischen Rust und Mörbisch bog Alfred von der B52 in einen Güterweg ein, der nach etwa zweihundert Metern vor einem Radweg endete. Er stellte seinen Wagen am Wegesrand ab und wies auf einen schilfgesäumten Fußweg, der zum See führte. »Hier sollten wir direkt zum Kanal kommen«, mutmaßte er, und tatsächlich sollte er damit recht behalten, denn nach einem kurzen Fußmarsch gelangten sie zu einer breiten Ausbuchtung, an der ein parallel zum Ufer verlaufender und ein zweiter, zum offenen See führender Kanal zusammenmündeten.

»Ich hab an der Stelle schon ein paar Mal die Angel ausgeworfen«, sagte Alfred. »Es ist aber kein idealer Platz für Zander.«

»Aber für jemanden, der ans Ufer kommen will, ist die Stelle perfekt!«, meinte Bruno. »Danke, Alfred!«

»Ich war Zeit meines Lebens ja nur ein einfacher Polizist«, merkte Alfred auf dem Rückweg an, »… und kenn mich ermittlungstechnisch natürlich nicht so gut aus wie du! Aber, setzt es nicht eine sehr gute Ortskenntnis und Planung voraus, wenn man einen Leichnam in einem Kanal im Schilf …«, Alfred suchte nach einem passenden Ausdruck, »… naja, verschwinden lassen will und sich anschließend am Ufer mit einem Komplizen trifft?«

»Du hast recht! Wenn der Tatablauf so war, wie ich es vermute, so war das gesamte Vorgehen sicher sehr gut vorbereitet. Und ja, eine gewisse Ortskenntnis muss man wahrscheinlich auch voraussetzen. Obwohl, du hast ja selbst gesehen, wie einfach es mit Hilfe von Google Earth ist, bestimmte Punkte auf der Landkarte anzupeilen.«

»Naja, das mag vielleicht landseitig der Fall sein. Aber vom See aus, wo zig Kanäle durch den Schilfgürtel führen, stell ich mir das schon extrem schwierig vor. Ich meine, hätte ich nicht jahrzehntelang am See gearbeitet und würde ich die Ausbuchtung der beiden Kanäle hier nicht kennen, so hätte ich die Stelle vom Ufer aus unmöglich zuordnen können!«

Alfreds Worte gaben Bruno zu denken. »Ich nehme an, dass sich der Täter, nachdem er das Ufer erreicht hatte, mit seinem Komplizen via Handy verständigt hat«, sagte er schließlich.

»Ja, so könnte es gewesen sein«, stimmte Alfred zu und fragte, da sie mittlerweile wieder bei seinem Wagen angekommen waren: »Fahren wir zurück?«

»Es soll zwischen Rust und Mörbisch eine Csárda geben«, begann Bruno, bevor er aber fortfahren konnte, trafen zeitgleich drei Ereignisse zusammen: Eine Wolke schob sich vor die Sonne, er musste niesen, und vor ihnen tauchte wie aus dem Nichts ein grauer Suzuki Swift auf und blieb abrupt vor ihnen stehen.

»Das ist der Wolfgang Adametz, Chefinspektor im LKA Eisenstadt! Er ist ein weitläufiger Verwandter von der Elke«, sagte Alfred leise zu Bruno.

Chefinspektor Adametz? Das ist doch der Beamte, der die Ermittlungen im Fall der Home Invasion leitet, überlegte Bruno und betrachtete den etwa fünfzigjährigen Mann hinter dem Steuer. Er hatte angegrautes Haar und trug eine dunkle Sonnenbrille, die er abnahm, als er aus dem Auto stieg. »Servus Alfred!«, sagte er und fragte, während er Bruno verstohlen beäugte: »Was führt dich denn in diese gottverlassene Gegend? Du hast doch nicht etwa vor, mit dem Auto auf dem Radweg nach Rust zu fahren?«

Alfred schaute ihn verdattert an: »Nein, warum?«

»Die Ortseinfahrt zu Rust ist derzeit gesperrt, weil's in dem Bereich einen Unfall mit einem LKW gab und eine Ölspur auf der Fahrbahn ist. Die Aufräumarbeiten werden sich noch länger hinziehen, deshalb hab ich beschlossen, über den Radweg auszuweichen. Ich muss nämlich zu einer Befragung, bin also im Dienst!«

»Dann solltest du aber das Blaulicht raushängen«, sagte Alfred lächelnd. »Weil, die Radfahrer werden eh immer so giftig[21], wenn ihnen auf dem Radweg ein Auto entgegenkommt.«

»Und ich werd immer giftig, wenn ich Radfahrer seh, die sich bei einer Ampel beifahrerseitig an mir vorbeischummeln oder gegen die Einbahn fahren!«, erwiderte Adametz und machte Anstalten, wieder ins Auto zu steigen, besann sich dann aber anders. »Die Elke hat mir erzählt, dass du den Leichnam vom Lang gefunden hast?«

»Ja! Wir«, antwortete Alfred und zeigte auf Bruno. »... das ist der Bruno Specht, er und seine Frau haben unser Ferienapartment gemietet, du weißt schon, hinten in der Bäckerei.«

»Bruno Specht?«, sagte Adametz langsam. »Der Name kommt mir irgendwie bekannt vor.«

»Der Bruno war Chefinspektor im Wiener LKA.«

»War?«

»Ich bin schon in Pension«, erklärte Bruno.

»Ah ja«, sagte Adametz und schaute auf die Uhr: »Na gut, ich muss weiter.«

»Warte, ich hab noch eine kurze Frage«, hielt Alfred Adametz zurück.

»Ja?«

---

21 Unwirsch, rüde

»Unserem Schwiegersohn, dem Ludwig Iby, gehört die Seehütte, die der Lang gemietet hatte. Die wurde amtlich versiegelt. Weißt du, wie lange das noch dauern kann? Die Katharina macht sich nämlich Sorgen, dass in der Hütte Lebensmittel verfaulen oder verschimmeln könnten und das dann einen Mordsgestank verursacht!«

»Die Arbeiten der Spurensicherung sollten eigentlich schon abgeschlossen sein«, antwortete Adametz. »Aber ich frag mal nach und geb dir dann Bescheid!«

»Was machen wir jetzt?«, überlegte Alfred, nachdem Adametz abgefahren war. »Den Radweg darf ich leider nicht benutzen, also können wir entweder hier warten oder uns in den Stau auf der B52 einreihen.«

»Der Lang hatte angeblich vor, eine Csárda zwischen Rust und Mörbisch zu kaufen, kennst du die? Könnten wir bei der kurz vorbeifahren?«

»Ja, da müssten wir noch ein Stück Richtung Mörbisch fahren. Viel gibt's dort allerdings nicht zu sehen. Die Csárda steht seit Jahren leer.«

»Ach so, ich dachte, man könne dort einkehren.«

»Nein, aber wir könnten nach Mörbisch auf einen Kaffee fahren, wenn du willst?«

»Ja, das ist eine gute Idee!«

Anna war derweil damit beschäftigt, aus einem von Elke für die Agnesschnitten zubereiteten Teig mit einem Löffel Stangerl zu formen und auf die Backbleche aufzulegen.

»Wie lange müssen die im Rohr bleiben?«, fragte sie Elke, die gerade dabei war, eine Creme für die Esterházyschnitten vorzubereiten.

»Zirka fünfundzwanzig Minuten.«

»Okay«, sagte Anna, schob die Bleche in den vorgeheizten Backofen und schaute dann auf ihre Armbanduhr.

»Ich stell dir die Timerfunktion ein, dann musst du nicht dauernd auf die Uhr schauen«, sagte Katharina und fuhr anschließend damit fort, Haselnüsse zu reiben.

Anna schaute sich unschlüssig um. »Soll ich den Teig für die Strudel vorbereiten?«, fragte sie.

»Nein, den hab ich schon in der Früh gemacht, der muss nämlich ein paar Stunden rasten«, gab Elke zurück. »Aber wenn du willst …«, begann sie, wurde aber von Daniela Varga unterbrochen, die gerade atemlos zur Tür hereinkam.

Sie hatte ihr kastanienbraunes Haar zu einem lockeren Pferdeschwanz zusammengebunden und sagte, etwas außer Atem: »Bitte entschuldigt's meine Verspätung, ich bin von einem Brautpaar aufgehalten worden. Die beiden konnten sich partout nicht darüber einigen, ob zur Agape Brötchen gereicht werden sollen oder nicht! Wenn ich so was hör, frag ich mich immer: Wenn sich ein Brautpaar schon vor der Hochzeit über solche Kleinigkeiten streitet, wie soll das erst werden, wenn die beiden einmal miteinander verheiratet sind?« Daniela Varga verdrehte die Augen und schüttelte kritisch den Kopf.

»Wie weit seid ihr?«, fragte sie dann. »Wobei kann ich helfen?«

»Naja, es sind noch an die zehn Kilo Äpfel zu schälen und zu schneiden«, antwortete Elke. »Am besten wär's, wenn du das gemeinsam mit der Anna machst, und zwar in der Laube draußen, weil die Kathi und ich den Platz hier auf dem Arbeitstisch jetzt nämlich für die Esterházyschnitten brauchen. Nehmt's euch also bitte den Korb mit den Äpfeln mit raus, und auch etliche von den Weitlingen[22]. Die Obstmesser sind übrigens dort drüben in der obersten Schublade.«

»Okay!«, stimmte Daniela Varga zu und hielt Anna zur Begrüßung ihren Ellbogen hin. »Ich bin die Daniela!«

»Und ich die Anna. Mein Mann und ich machen hier in Rust Urlaub und haben uns bei der Elke und dem Alfred einquartiert.«

»Damit habt ihr's gut getroffen!«, erwiderte Daniela Varga und sagte im Hinausgehen: »In der Laube ist es wenigstens nicht so heiß wie hier in der Backstube!«

»Ja, das ist mir auch nicht unlieb«, pflichtete Anna ihr bei. »Zumal ich den Eindruck habe, dass es heute besonders schwül ist!«

»Und wie gefällt es euch hier in Rust?«, fragte Daniela Varga.

»Sehr gut«, antwortete Anna. »Wir waren mit unseren Fahrrädern vorgestern in Ungarn, und gestern sind wir am Kulturradweg entlanggefahren. Heute Nachmittag wollen wir noch eine Seerundfahrt mit einem Ausflugsschiff unternehmen.«

»Für heute Nachmittag würde ich mir an eurer Stelle nichts vornehmen, ich habe in der Wettervorhersage gesehen, dass wir am Nachmittag ein Gewitter haben werden. Leider! Ich wollte nämlich mit einer Freundin eine Segelpartie machen, die musste ich absagen. Aber daraus wäre mit oder ohne Gewitter ohnehin nichts geworden, weil ich kurzfristig einen geschäftlichen Termin reinbekommen habe, und das Geschäft geht vor!«

»Du kannst segeln?«, fragte Anna bewundernd.

---

22 Große Schüsseln mit Henkeln

»Ja, mein Onkel hat's mir schon im Alter von zehn Jahren beigebracht.«

»Das muss ein schöner Sport sein, aber für mich ist das leider nichts!«

»Warum?«

»Mein Mann und ich waren vor zehn Jahren in der Türkei auf Urlaub, dabei hab ich das Windsurfen ausprobiert, das hat überhaupt nicht funktioniert. Ich hab scheinbar kein Gefühl für das Zusammenspiel von Wellen und Wind und in welche Richtung ich das Segel halten soll!«

»Naja, das Surfen am Meer zu erlernen, ist auch nicht wirklich optimal, weil der Wellengang natürlich wesentlich intensiver ist als in einem stehenden Gewässer. Du hättest dir sicher leichter getan, wenn du das Surfen in einem See ausprobiert hättest!«

»Ja, damit hast du wahrscheinlich recht!«

»Du könntest ja, solange ihr hier in Rust seid, einen Schnupperkurs machen!«, empfahl Daniela Varga.

»Na, ich weiß nicht, ob ich mir das in meinem Alter noch antun soll!«

Daniela Varga setzte gerade zu einer Antwort an, als Katharina ihnen von der Backstube her zurief: »Die Witwe vom Herrn Lang hat mich gerade angerufen. Sie kommt gleich vorbei, um mir die Schlüssel für die Seehütte zu bringen. Könnt ihr mir bitte Bescheid geben, sobald sie da ist?«, fragte sie, und ließ, sichtlich in Eile und ohne eine Antwort abzuwarten, die Tür gleich wieder hinter sich zufallen.

»Das glaub ich jetzt nicht!«, murmelte Daniela Varga konsterniert.

»Was?«, wollte Anna wissen, bereute ihre Frage aber im selben Augenblick, denn ihr wurde bewusst, dass sie damit möglicherweise ein heikles Thema angesprochen hatte.

Und tatsächlich reagierte Daniela Varga auf ihre Bemerkung auch nicht, sondern starrte gedankenverloren auf das Obstmesser in ihrer Hand.

Um das Schweigen zu durchbrechen, beschloss Anna, ihr Gespräch auf ein unverfängliches Thema zurückzuführen und sagte: »Der Bruno und ich möchten in den nächsten Tagen einen Ausflug nach Eisenstadt machen und diverse Sehenswürdigkeiten besichtigen. Ist dir zufällig bekannt, ob es von Rust nach Eisenstadt einen Radweg gibt?«

Daniela Varga blickte sie zunächst irritiert an, so als hätte sie Annas Frage nicht verstanden, antwortete schließlich aber: »Nein, da muss ich leider passen! Es gibt am Neusiedler See zwar keine Bucht und keine Schilfinsel, die ich nicht kenne, aber mit dem Radfahren hab ich's nicht so.«

»Ich denke, da müsste man über St. Margarethen und Trausdorf fahren, oder?«, fragte Anna weiter.

»Ja, das wäre der direkte Weg, aber ich glaub nicht, dass es entlang dieser Strecke einen Radweg gibt, zumindest ist mir ein solcher noch nie aufgefallen. Und nach Trausdorf beginnt ja schon das Industrie- und Gewerbegebiet von Eisenstadt, dort herrscht sehr viel Verkehr! Ich würde euch daher empfehlen, mit dem Auto nach Eisenstadt zu fahren und euren Wagen in der Parkgarage am Esterházyplatz abzustellen. Von dort aus könnt ihr alles zu Fuß erledigen.«

»Wir haben kein Auto!«

»Echt?«

»Ja!«, antwortete Anna, und sagte in dem Gefühl sich dafür rechtfertigen zu müssen: »In Wien braucht man, wenn man halbwegs zentral wohnt, ja auch kein Auto, es sei denn, man ist aus beruflichen oder sonstigen Gründen darauf angewiesen. Der Bruno und ich erledigen die meisten Besorgungen zu Fuß oder fahren mit den Öffis.«

»Und wie handhabt ihr das im Urlaub?«

»Wir fahren mit dem Zug oder mit dem Bus!«

»Naja, das schränkt die Flexibilität und die Mobilität aber schon gewaltig ein! Und bei uns im Burgenland wär ein Leben ohne Auto sowieso nicht möglich, weil es nur wenige Bahnverbindungen gibt, und mit den Buslinien ist das auch so eine Sache! Die bleiben in jedem Kuhdorf dreimal stehen und für eine Strecke, für die man mit dem Auto eine halbe Stunde brauchen würde, muss man …«

Daniela Varga wurde vom Läuten der Türglocke unterbrochen, sie sprang unvermittelt auf. »Das wird die Tanja Lang sein. Mit der will ich nichts zu tun haben!«, sagte sie und ging raschen Schrittes in die Backstube.

Also öffnete Anna das Haustor, um Tanja Lang einzulassen.

Das ist doch die …, schoss es ihr durch den Kopf, als sie der Frau ansichtig wurde.

»Ja?«, fragte sie verunsichert.

Da sie eine Kleiderschürze trug, die Elke ihr geborgt hatte, hielt die Frau sie wohl für eine Hausangestellte.

»Lang mein Name«, sagte sie von oben herab. »Ich möchte zu Frau Iby!«

Anna forderte sie mit einer höflichen Geste auf, einzutreten. »Ich hol die Frau Iby gleich«, sagte sie und informierte Katharina, die sich daraufhin schnell die Hände wusch, sich durchs Haar fuhr und dann nach draußen ging, um Tanja Lang zu begrüßen.

»Bitte kommen Sie weiter!«, sagte sie zu ihr. »Darf ich Ihnen etwas aufwarten? Einen Espresso oder ein Mineralwasser oder irgendeinen Saft?«

»Ja, gerne einen Espresso«, antwortete Tanja Lang.

»Mit Milch und Zucker?«

»Nein danke, ohne alles!«

Katharina wies auf den Tisch und die Bänke in der Laube. »Bitte nehmen Sie Platz, ich komme gleich wieder.«

»Warten Sie, ich räum das hier weg«, sagte Anna zu Tanja Lang und schob die Weitlinge mit den geschnittenen Äpfeln zur Seite. »Bitte!«

Tanja Lang ignorierte ihre Einladung, zündete sich eine Zigarette an, warf sie nach wenigen Zügen aber hinter einen Oleandertopf und ging, ohne von Anna Notiz zu nehmen, ein paar Schritte durch den Innenhof, holte ihr Handy aus ihrer Handtasche und tippte darauf herum, so als würde sie eine Nachricht eingeben.

Anna setzte sich währenddessen wieder an den Tisch und fuhr damit fort, Äpfel zu schälen. Dabei beobachtete sie aus den Augenwinkeln Tanja Lang, die im Gegensatz zu ihrer ersten Begegnung sehr förmlich und beinahe übertrieben elegant gekleidet war. Sie trug ein schwarzes Kostüm, dessen Jacke sie angesichts der hohen Temperaturen aber lose über ihren Arm gehängt hatte, eine weiße, ärmellose Bluse sowie hautfarbene Strümpfe und schwarze, hochhackige Slingpumps. Ihr blondes Haar hatte sie zu einem eleganten Dutt[23] hochgesteckt. Sie war nahezu ungeschminkt, sodass ihre durch das Microblading betonten Augenbrauen extrem hart und unnatürlich wirkten.

»So«, sagte Katharina zu Tanja Lang, als sie mit dem Espresso aus dem Haus kam und forderte sie erneut auf, Platz zu nehmen.

»Danke«, antwortete Tanja Lang und holte aus ihrer Handtasche einen großen Schlüsselbund. »Ich war vorhin bei der Seehütte«, sagte sie und nestelte dabei nervös am

---

23 Haarknoten

Schlüsselring herum. »Ich wollte die Sachen meines Mannes abholen, aber auf der Tür war ein Amtssiegel.«

»Ja leider!«, sagte Katharina, die ihr gegenüber Platz genommen hatte. »Die Polizei hat uns darüber informiert, dass wir die Seehütte bis auf Weiteres nicht betreten dürfen, weil die kriminaltechnischen Untersuchungen noch nicht abgeschlossen sind.«

»So ein Blödsinn«, entfuhr es Tanja Lang. »Ich frage mich, was es da zu untersuchen gibt. Mein Mann ist ertrunken, ich versteh nicht, warum die Polizei da so einen Aufwand betreibt.«

Anna warf Tanja Lang einen erstaunten Blick zu. War es möglich, dass sie vom Ergebnis der Obduktion nicht informiert worden war? Las sie keine Zeitungen?

»Ja, das ist auch für uns sehr unangenehm«, murmelte Katharina betreten, und weil ihr auffiel, dass Tanja Lang Schwierigkeiten hatte, die Schlüssel aus dem Ring zu lösen, meinte sie: »Sie müssten uns die Schlüssel an und für sich ja noch nicht zurückgeben, denn Ihr Mann hat die Miete bereits im Voraus bis inklusive August bezahlt. Es ist nur so, dass es sich bei den Schlüsseln, die ich Ihnen gegeben habe, um unsere einzigen Reserveschlüssel handelt, und … ja …, ich weiß nicht, theoretisch hätten sich bei den Sachen Ihres Mannes ja auch die Schlüssel für die Anlage und die Seehütte befinden sollen, die könnten Sie bis auf Weiteres dann natürlich behalten und die Seehütte selbstverständlich auch benützen. Nur, die Reserveschlüssel bräuchten wir bitte wieder retour, weil, wir müssen ja, wenn die polizeilichen Untersuchungen abgeschlossen sind, die Seehütte gründlich reinigen lassen.«

»Ich habe nicht vor, die Seehütte zu bewohnen«, erwiderte Tanja Lang und fragte: »Mein Mann hat die Miete also im Voraus bezahlt?«

»Ja.«

»Um welchen Betrag handelt sich's dabei?«

»Das waren für die gesamten drei Monate fünfundzwanzigtausend Euro.«

Tanja Lang war von diesem hohen Betrag sichtlich beeindruckt, und man konnte ihr ansehen, wie sie innerlich mit sich rang, einen Teil des Geldes zurückzufordern.

»Ich gebe Ihnen die Reserveschlüssel natürlich zurück«, sagte sie schließlich. »Aber ich würde Sie bitten, dass Sie mich verständigen, sobald ich die Hütte betreten kann.«

»Ja, natürlich«, antwortete Katharina erleichtert.

Tanja Lang stand auf. »Gut, dann hätten wir für den Augenblick soweit also alles erledigt.«

11.

Kaum, dass Tanja Lang das Haustor hinter sich geschlossen hatte, kam auch Daniela Varga aus der Backstube zurück. Anna nahm daher an, dass sie den Abgang von Tanja Lang vom geöffneten Fenster der Backstube aus beobachtet hatte. Und damit hatte sie recht, wie sie dem darauffolgenden Gespräch zwischen Daniela Varga und Katharina entnehmen konnte. Denn Daniela Varga sagte mit vor unterdrücktem Zorn bebender Stimme: »So eine Schlange!«

»Wer?«, fragte Katharina verwirrt.

»Die Tanja Lang!«

»Warum?«

»Ist dir nicht aufgefallen, dass sie für eine Ehefrau, die erst vor ein paar Tagen ihren Mann verloren hat, erstaunlich gefasst war?«

»Naja, mit Trauer geht halt jeder Mensch anders um«, meinte Katharina beschwichtigend.

»Die Tanja und Trauer?«, fragte Daniela Varga aufgebracht. »Nie und nimmer! Sie ist ein eiskaltes und berechnendes Luder!«

»Kennst du sie denn?«, fragte Katharina erstaunt.

»Ja leider! Der Walter Lang war mein Cousin!«

»Ach so …, das wusste ich nicht, das tut mir leid!«, murmelte Katharina verstört.

»Das muss dir nicht leidtun! Unser Verhältnis war nie besonders gut. Der Walter Lang war Zeit seines Lebens ein Angeber und ein Blender, und schon als Kind war er extrem egozentrisch und eingebildet!«

»Ist er denn hier in Rust aufgewachsen?«, fragte Katharina verwundert.

»Nein. Seine Eltern stammen aus Oslip, haben jedoch in Wien gewohnt und dort auch gearbeitet. Sie waren an den Wochenenden aber oft bei meinen Eltern in Rust auf Besuch und haben manchmal auch den Urlaub bei uns verbracht. Das waren eigentlich sehr nette Leute, aber der Walter war, wie schon gesagt, ziemlich angeberisch. Er hat immer so getan, als ob er was Besseres oder Besonderes wäre! Dabei hat er das Gymnasium in der sechsten Klasse wiederholen müssen und ist seinen Eltern noch jahrelang auf der Tasche gelegen, bis er seine Schauspielausbildung beendet hat. Aber auch dann hat er sich kaum über Wasser halten können. Ich hab mich immer gewundert, dass die Tanja ihn geheiratet und seinen Unterhalt und seinen aufwendigen Lebensstil finanziert hat. Doch mittlerweile ist mir klar, dass das ihrerseits reines Kalkül war!«, sagte Daniela Varga und zuckte resigniert mit den Schultern.

Es hätte Anna interessiert, was Daniela Varga mit ihrer letzten Bemerkung gemeint hatte, aber Katharina fragte: »Ist die Tanja Lang denn vermögend?«

»Nein, sie stammt ja auch aus einfachen Verhältnissen. In ihrem aktuellen Job verdient sie zwar sicher gut, aber ich könnte mir vorstellen, dass es in den letzten eineinhalb Jahren finanziell bei ihr wahrscheinlich auch nicht so rosig ausgesehen hat, weil die Nachtgastronomie ja während der Corona-Lockdowns immer geschlossen war, und auch jetzt noch ist, und dass sie seither wahrscheinlich mit dem Gehalt der Kurzarbeit oder mit dem Arbeitslosengeld hat auskommen müssen. Aber warum hätte es ihr besser ergehen sollen als mir? Mein Geschäft ist in der Zeit ja auch auf null zurückgegangen!«

»Was …, wo arbeitet die Daniela Varga denn?«, wollte Katharina wissen.

»Sie ist seit ein paar Jahren Club Managerin im *Janus*, das ist ein Nobelclub in der Wiener Innenstadt.«

»Ah ja«, sagte Katharina. »Das *Janus* kenn ich aus den *Society News*. Dort verkehren hauptsächlich Promis, Schauspieler, Schickimickis und so weiter.«

»Richtig! Mich wundert eh, dass sie den Job dort bekommen hat. Sie ist zwar recht intelligent und schaut natürlich auch sehr gut aus, verfügt aber meines Wissens über keinerlei fachliche Qualifikation für eine derartige Position!«

»Warum?«

»Naja, sie hat, bevor sie die Stelle im *Janus* angetreten hat, in verschiedenen Lokalen, in Bars und in Nachtclubs gearbeitet. Zu dem Zeitpunkt, an dem ich sie kennengelernt habe, war sie Barfrau im *Schampus*, das war ein Halbweltlokal am Neuen Markt mit recht zwielichtigen Stammgästen, Edelproleten und Nobelprostituierten und so weiter«, sagte Daniela Varga abwertend und griff, um das Gespräch über Tanja Lang zu beenden, demonstrativ wieder zu ihrem Messer und begann mit gebeugtem Kopf und zusammengepressten Lippen einen Apfel zu schälen.

»Naja, dann werde ich mich halt auch wieder an die Arbeit machen«, beschloss Katharina und ging in die Backstube, kam aber schon ein paar Minuten später zusammen mit Elke wieder zurück.

»Ich brauch jetzt eine kurze Verschnaufpause«, sagte Elke und setzte sich neben Anna. »Die Agnesschnitten, die Esterházyschnitten und die Kipferl sind fertig, die Topfenstrudel sind im Backrohr, und sobald ihr die Äpfel geschält und geschnitten habt, mach ich mich noch an die Apfelstrudel.«

Anna zeigte auf den fast leeren Apfelkorb. »Wir haben's gleich geschafft!«

»Da wart ihr aber tüchtig!«

»Naja, das ist der Daniela zu verdanken, sie ist viel geschickter und doppelt so schnell wie ich«, gab Anna zu.

»Ach was«, meinte Daniela Varga mit einer ungeduldigen, wegwerfenden Geste und ohne dabei aufzublicken.

»Dann stärken wir uns jetzt mit einem Espresso!«, schlug Katharina vor. »Und anschließend gehen wir ins Finale!«

Elke schüttelte verneinend den Kopf. »Danke, Kathi, aber ich muss in zehn Minuten die Topfenstrudel aus dem Rohr holen.«

»Und wie schaut's mit euch aus?«, wandte sich Katharina an Anna und Daniela Varga.

»Für mich auch nicht«, bedankte sich Anna. »Ich hab heute eh schon zwei Tassen Kaffee getrunken.«

Und auch Daniela Varga lehnte Katharinas Angebot ab, mit der Begründung, dass sie ohnehin in wenigen Minuten aufbrechen müsse.

»Wieso? Willst du denn nicht zum Essen bleiben?«, fragte Elke sie enttäuscht. »Ich hab eine kalte Platte mit Gselchtem, Hauswürsteln, Schweinsbraten und Blunzen vorbereitet.«

»Das geht sich bei mir nicht aus, ich hab nachher einen Geschäftstermin«, erwiderte Daniela Varga knapp.

»Schade! Ich hab mich schon darauf gefreut, dass wir nachher alle noch ein bisschen zusammensitzen und ratschen[24] können!«, sagte Elke bedauernd.

»Ein andermal!«, meinte Daniela Varga abweisend und verabschiedete sich wenig später überhastet.

---

24 tratschen

»Was war denn vorhin mit der Daniela los?«, fragte Elke, als sie nach getaner Arbeit in der Laube zusammensaßen. »Sie hat irgendwie so niedergedrückt gewirkt.«

»Ich vermute, dass das mit der Tanja Lang zusammenhängt«, überlegte Katharina. »Mir war nicht bekannt, dass die beiden einander kennen. Die Daniela hat sich über die Tanja Lang ziemlich ausgelassen und sie als eiskaltes und berechnendes Luder bezeichnet. Ich wusste nicht, dass die beiden einander kennen und dass sie kein gutes Verhältnis miteinander haben.«

»Naja, irgendwie kann ich die Reaktion von der Daniela verstehen«, sagte Elke.

»Warum?«, fragte Katharina erstaunt.

»Naja, laut Daniela hat der Lang sie ja um ihr Erbe gebracht.«

»Wie? Welches Erbe?«

»Das ihres Onkels beziehungsweise von dessen Frau!«

»Woher weißt du das?«

»Das hat mir die Daniela erst unlängst erzählt. Die Witwe ihres Onkels ist vor ein paar Wochen verstorben und hat ihren Neffen, also den Lang, in ihrem Testament als Alleinerben eingesetzt. Das hat die Daniela sehr getroffen, denn sie hat damit gerechnet, dass das Erbe zwischen ihr und ihrem Cousin aufgeteilt wird. Weil sie nach ihrer Scheidung ja eine Zeitlang bei ihrem Onkel und dessen Frau in Neusiedl gewohnt hat. Ihr Onkel war damals schon schwerkrank, die Daniela hat sich um ihn gekümmert, und, nachdem er gestorben ist, auch um dessen Witwe, die war gesundheitlich ebenfalls ziemlich angeschlagen. Eines Tages sind der Lang und seine Frau in Neusiedl aufgetaucht und haben die Tante dann regelmäßig besucht. Und ihr alle möglichen Lügengeschichten über die Daniela aufgetischt und sie aus dem Haus geekelt. Und sie haben die Tante überredet, ihr Testament zu ändern, sodass die Daniela vom Vermögen ihres Onkels nichts abbekommen hat und leer ausgegangen ist.«

»Naja, ob das tatsächlich der Fall war, ist nicht gesagt«, erwiderte Katharina skeptisch. »Die Daniela nimmt's, wie ich bei verschiedenen Gelegenheiten schon festgestellt habe, mit der Wahrheit nicht allzu genau! Und aus reiner Nächstenliebe hat sie ihren Onkel sicher nicht gepflegt oder sich nach dessen Tod auch um dessen Frau gekümmert! Denn woher hätte sie denn das Geld für ihre Eigentumswohnung haben sollen? Ihre Eltern haben ihr sicher nichts vererben können, die haben ja selber nie viel besessen! Und von ihrem geschiedenen Mann hat sie auch nichts gekriegt, nachdem ja sie es war, die ihn betrogen hat!«

»Mir hat sie einmal erzählt, dass sie für ihre Wohnung einen Kredit aufgenommen hat«, sagte Elke.

»Nein, hat sie nicht!«, entgegnete Katharina. »Der Ludwig hat nämlich den Kaufvertrag und die grundbücherliche Eintragung der Wohnung abgewickelt, und …, erzähl's das aber bitte niemandem weiter, dass ihr das von mir habt, … und die Daniela hat den vollen Kaufpreis überwiesen, es gab also keine Hypothek! Wahrscheinlich hat ihr ihr Onkel oder dessen Frau das Geld dafür noch zu Lebzeiten geschenkt.«

Weil Elke darauf nichts zu erwidern wusste, fragte Anna: »Die Daniela Varga hat vorhin erwähnt, dass ihr Geschäft während der Lockdowns auch eingebrochen ist. Was macht sie denn beruflich?«

»Sie hat eine Eventagentur«, antwortete Katharina. »Sie arrangiert und organisiert Hochzeiten, Firmenfeiern, kulturelle Veranstaltungen und so weiter.«

»Das klingt interessant, so was in der Art hätte ich auch immer gerne gemacht!«, sagte Anna.

»Welchen Beruf hast du denn ausgeübt?«, fragte Katharina.

»Ich hab gleich nach der Matura angefangen, bei einem Baukonzern als Sekretärin zu arbeiten und hab nebenher an der Wirtschaftsuni einen Universitätslehrgang gemacht. Weil's in dem Baukonzern aber keine Aufstiegsmöglichkeiten für mich gegeben hat, habe ich, nachdem ich den Universitätslehrgang abgeschlossen habe, gekündigt und bin in eine Bank eingetreten. Und hab dort, in verschiedenen Abteilungen, bis zu meiner Pensionierung gearbeitet.«

»Das war aber sicher auch sehr abwechslungsreich und interessant!«, sagte Katharina.

»Ja, das war es. Manchmal aber auch deprimierend, denn wenn man täglich vor Augen hat, wie manche Leute darum kämpfen, ihre Kredite für ihre Eigenheim oder ihren Betrieb zurückzuzahlen, dann belastet einen das seelisch schon sehr …!«

»Ja, das verstehe ich«, sagte Katharina.

»Und welchen Beruf hast du?«, fragte Anna.

»Keinen, sozusagen. Ich bin nur Hausfrau.«

»Geh Kathi!«, mischte sich Elke ein. »Das kann man so doch nicht sagen.«

»Warum nicht? Es stimmt ja«, meinte Katharina.

Elke schüttelte den Kopf und sagte zu Anna: »Die Kathi hat auch studiert, und zwar Jus! Sie hat ihr Studium dann aber abgebrochen, weil sie den Ludwig kennengelernt und geheiratet und bald darauf Zwillinge bekommen hat. Und Zwillinge großzuziehen war eh eine tagesfüllende Aufgabe! Und jetzt hilft sie fallweise im Notariat vom Ludwig aus und kümmert sich um die Hausverwaltung eines Mehrparteienhauses in Eisenstadt, das dem Ludwig gehört. Sie hat also mehr als genug zu tun, und für den Alfred und für mich ist sie auch immer da, wenn wir was brauchen!«

Es war schon gegen halb zwei, als Alfred und Bruno von ihrer Erkundungstour zurückkehrten.

»Ah, unsere Damen haben es sich gemütlich gemacht«, sagte Alfred und zeigte dabei auf die drei Espressotassen, die auf dem Tisch standen.

»Wir waren der Meinung, dass wir uns das redlich verdient haben!«, entgegnete Elke.

»Seid ihr mit dem Backen denn schon fertig?«

»Ja, sind wir.«

»Dann werden wir's uns jetzt auch gemütlich machen«, beschloss Alfred. »Aber nicht mit einem Kaffee, sondern mit einem Bier! Willst du auch ein *Golser*?«, fragte er an Bruno gewandt.

Bruno zeigte auf die Gewitterfront, die sich ihnen vom Ostufer des Sees her näherte. »Naja, mit unserer geplanten Schiffsrundfahrt wird's heute ohnehin nichts mehr werden, also kann ich ruhig ein Bier trinken!«

»Seid ihr hungrig?«, fragte Elke.

»Ja, schon …«, erwiderte Alfred.

»Dann hol ich uns was zum Essen!«, beschloss Elke und fragte Anna und Bruno: »Ihr leistet uns dabei hoffentlich eh Gesellschaft …?«

»Ich weiß nicht …«, antwortete Bruno verlegen.

»Aber ich hab fix mit euch gerechnet! Bitte macht's uns die Freude!«

»Ja gerne, aber mir ist das irgendwie unangenehm. Ihr ladet uns dauernd ein und wir können uns dafür gar nicht revanchieren!«

»Geh, ich bitte dich!«, sagte nun Alfred. »Wir freuen uns, dass ihr da seid und uns Gesellschaft leistet's!«

»Ja dann kann ich nur hoffen, dass wir euch in Wien auch einmal bewirten können«, sagte Bruno.

»Wenn wir das nächste Mal bei einem unserer Söhne auf Besuch sind, dann kommen wir gern bei euch vorbei!«, versprach Elke und ging ins Haus.

»Warte, ich helf dir«, rief Katharina ihr nach.

»Mhhhmmm, das schaut sehr verlockend aus!«, freute sich Bruno, als die beiden wenig später mit Tellern, Besteck und einer großen Platte zurückkamen.

»Ja, ich hab mir gedacht, bei der Hitze braucht man eh nicht unbedingt was Warmes, und zum Vorbereiten ist so eine kalte Platte auch immer ideal«, meinte Elke. »Bitte greift's zu!«

»Kommt der Ludwig später auch?«, fragte Alfred Katharina.

»Nein, der trifft sich um zwei mit einem Klienten und dessen Frau am Golfplatz in Donnerskirchen.«

»Geschäftlich oder zum Golfen?«

»Sowohl als auch«, antwortete Katharina.

»Oje, dann habe ich dich heute also davon abgehalten, mit dem Ludwig mitzufahren und zu golfen?«, fragte Elke sie mit schuldbewusster Miene.

»Nein, hast du nicht, ich bin froh, dass ich eine Ausrede gehabt habe, nicht mitzugehen! Ich hab einmal mit dem Ehepaar, mit dem der Ludwig heute unterwegs ist, in einem Turnier gespielt. Die waren so was von ehrgeizig und spaßbefreit, mit denen auf die Runde zu gehen, tu ich mir nicht noch einmal an! Und sollte es in Donnerskirchen heute ebenfalls ein Gewitter geben, dann habe ich sowieso nichts versäumt.«

»Ist das nicht gefährlich, bei einem Gewitter Golf zu spielen?«, fragte Anna. »Da könnte ja ein Blitz in einen der Golfschläger einschlagen, ich meine, wegen des Metalls.«

»Ja, natürlich ist das gefährlich, und sobald ein Gewitter im Aufziehen ist, sollte man auch so schnell wie möglich ins Clubhaus zurückkehren«, antwortete Katharina. »Obwohl man unter Golfern ja sagt: *Not even God can hit a one iron!*«

Anna konnte mit dem Spruch nichts anfangen, also fragte sie: »Was bedeutet das?«

»Ein *one iron* ist ein Einser-Eisen, also ein Golfschläger, der, weil er sehr lang ist, schwer zu spielen ist. Man muss schon ein sehr guter Golfer sein, um den Ball mit einem Einser-Eisen optimal zu treffen«, erklärte Katharina.

»Aha. Und was hat das mit dem lieben Gott zu tun?«

»Das ist ein Witz unter Golfern.«

»Erzähl!«

»Na gut, also:

Zwei Schotten stehen am Abschlag vom ersten Loch. Der eine nimmt ein Einser-Eisen aus seinem Bag, gerade als er abschlagen will, sagt der andere: ›Warte, da vorne zieht ein Gewitter auf! Ich fürchte, wir können nicht auf die Runde gehen, das ist zu gefährlich, uns könnte ein Blitz treffen!‹

Das beeindruckt den anderen Golfer aber überhaupt nicht. ›Du musst dir keine Sorgen machen‹, sagt er. ›Nicht einmal der liebe Gott trifft ein Einser-Eisen!‹«

»Das ist typisch britischer Humor!«, sagte Bruno, da er als Nicht-Golfer, so wie alle anderen auch, die Pointe nur schwer nachvollziehen konnte.

»Ich kenne einen sehr guten Burgenländer-Witz!«, meldete Alfred sich zu Wort, woraufhin Bruno in schallendes

Gelächter ausbrach. »Gibt's das?«, fragte er. »Ein Burgenländer erzählt einen Burgenländer-Witz?«

»Ja, wir Burgenländer haben ja auch gern was zum Lachen!«, erwiderte Alfred heiter.

»Jetzt essen wir erst einmal, deine Witze kannst du nachher erzählen!«, sagte Elke resolut und reichte Anna und Bruno die Platte. »Bitte bedient's euch!«

Anna lud sich ein paar hauchdünn geschnittene Scheiben eines mageren Lendbratls auf den Teller, Bruno eine Blunzen.

»Die schmeckt köstlich!«, sagte er gleich darauf mit vollem Mund und fragte: »Wo habt ihr die her?«

»Von einem entfernten Verwandten, der hat in Heiligenkreuz einen Bauernhof und veranstaltet meistens kurz vor Weihnachten einen *Sautanz*«, antwortete Alfred.

»Ein *Sautanz*?«, fragte Anna. »Was ist das?«

»Das ist eine alte Tradition, so eine Art Schlachtfest! Früher haben die Bauern ihre Schweine immer im Winter geschlachtet, weil's damals ja noch keine Kühlschränke oder Kühltruhen gegeben hat und das Fleisch in der kalten Jahreszeit natürlich länger haltbar war. Damals wurden noch alle Teile der Tiere verarbeitet, sie wurden geräuchert oder gesurt oder zu Würsteln faschiert. Und aus den fetten Randschichten wurde Schmalz ausgelassen und Grammeln gemacht. Und weil das alles natürlich eine Heidenarbeit war, ist zum *Sautanz* immer die ganze Familie eingeladen gewesen, um beim Verarbeiten mitzuhelfen. Nach getaner Arbeit haben dann alle miteinander ordentlich gejausnet und nachher Karten gespielt oder getanzt. Und natürlich auch was getrunken«, sagte Alfred und nahm einen Schluck aus seinem Bierglas.

»Nachdem man beim Schlachten heutzutage nicht mehr an eine bestimmte Jahreszeit gebunden ist, ist der *Sau-*

tanz eine Zeitlang in Vergessenheit geraten«, fuhr er dann fort, »… ist in den letzten Jahren aber wieder aufgekommen, weil es eine schöne Gelegenheit für die ganze Familie ist, zusammenzukommen und miteinander zu feiern. Im Dezember letzten Jahres hat der *Sautanz* wegen Corona und wegen der Ausgangsbeschränkungen ausfallen müssen, deshalb hat ihn unser Verwandter heuer Ende Mai nachgeholt, und das war dann natürlich eine Mordsgaudi!«

»Das find ich gut, dass die alten Traditionen wieder aufgenommen werden und die Leute zusammenkommen«, sagte Anna. »Ich bin im südlichen Niederösterreich aufgewachsen, meine Eltern haben ein Gasthaus gehabt, da war auch immer was los! Vor allem im Fasching, alle haben Kostüme getragen und waren maskiert! Meine Güte, ich kann mich gar nicht mehr daran erinnern, wann ich mich das letzte Mal kostümiert hab und auf einem Gschnas war!«

»Was beschwerst du dich? Wir waren ja eh das ganze letzte Jahr über maskiert!«, sagte Bruno, was für allgemeine Heiterkeit sorgte.

Nach dem Essen drehten sich die Gespräche noch eine Weile um liebgewordene Traditionen, schließlich fragte Anna, weil ihr aufgefallen war, dass Elke während ihrer Unterhaltung mehrmals einen Blick auf ihre Uhr geworfen hatte, an Bruno gewandt: »Was hältst du davon, wenn wir einen kleinen Verdauungsspaziergang machen?«

»Ja, warum nicht«, erwiderte Bruno und stand auf, um sich bei Elke für das gute Essen zu bedanken.

»Nein, ich bitte euch!«, entgegnete sie. »Es ist an mir, mich zu bedanken. Schließlich hat uns die Anna beim Backen geholfen, ohne sie würden wir jetzt noch in der Backstube stehen!«

Weil über dem Ostufer vom Neusiedler See noch immer dunkle Wolken hingen, holte Anna aus dem Apartment sicherheitshalber ihren Regenknirps.

»Den wirst du nicht brauchen«, meinte Bruno. »Der Wind hat gedreht und kommt jetzt aus dem Westen, ich glaube, aus dem angekündigten Gewitter und aus dem Regen wird nichts werden!«

»Sicher ist sicher!«, antwortete Anna und fragte: »Wie war dein Ausflug mit dem Alfred?«

»Wir haben uns die Stelle am Kanal angesehen. Es gibt am Ufer in unmittelbarer Nähe eine Straße, von den Gegebenheiten her wäre es also durchaus realistisch, dass das so abgelaufen ist, wie ich es mir vorgestellt habe«, antwortete Bruno ausweichend, so als wolle er auf das Thema nicht weiter eingehen, und tatsächlich fragte er gleich darauf: »Und wie war's bei dir? Hast du fleißig Kuchen gebacken?«

»Nein, das haben hauptsächlich die Elke und die Katharina gemacht«, gab Anna zurück. »Ich hab nur Äpfel geschält und geschnitten. Aber es war trotzdem sehr interessant!«

»Inwiefern?«

»Ich hab die Frau Lang kurz kennengelernt.«

»Wie kam das?«

»Sie hat der Katharina die Reserveschlüssel für die Seehütte zurückgebracht.«

»Und? Wie ist die so?«

»Naja, das lässt sich schwer sagen. Sie war sehr reserviert und sehr *tough*, wie man das auf Neudeutsch sagen würde. Ich hab sie übrigens schon mal gesehen!«

»Wen?«

»Die Tanja Lang!«

»Und wo?«

»In Oggau!«

»Wieso in Oggau?« fragte Bruno verständnislos.

»Am Sonntag, als wir von Neusiedl nach Rust gefahren sind, haben wir ja in Oggau eine Pause gemacht.«

»Richtig!«

»Und sie hat am Nebentisch mit einem Mann gesessen, mit so einem Muskelpaket, kahlrasiert, südländischer Typ, stark tätowiert. Hast du den nicht gesehen?«

»Nein.«

»Ach so, du hast ja mit dem Rücken zum Nebentisch gesessen«, erinnerte sich Anna und fuhr fort: »Ich glaube, dass die Tanja Lang und dieser Mann miteinander segeln waren oder Boot fahren. Sie waren beide sportlich gekleidet und haben eine große Landkarte vom Neusiedler See dabeigehabt.«

»Du meinst eine nautische Karte?«

»Ja, wie auch immer man sowas nennt.«

»Waren die beiden ein Paar? Ist die Frau vom Lang vielleicht ebenfalls fremdgegangen?«

»Ich weiß nicht, aber …, nein, ich glaub eher nicht. Sie haben sich gut gekannt, aber wie ein Liebespaar haben sie auf mich nicht gewirkt!«, sagte Anna und fragte: »Kennst du übrigens das *Janus*?«

»Ja, aber nur aus den Medien. Wie kommst du jetzt auf diesen Club?«

»Die Daniela Varga hat erzählt, dass die Tanja Lang dort als Club Managerin arbeitet.«

»Wer ist die Daniela Varga?«

»Die Cousine vom Lang.«

»Woher kennst du die?«

»Sie hat beim Backen ebenfalls mitgeholfen«, antwortete Anna und sagte nach einem kurzen Zögern: »Die hat sich übrigens ziemlich heftig über sie ausgelassen.«

»Wer über wen?«, fragte Bruno verwirrt.

»Die Daniela Varga über die Tanja Lang!«

»Naja, dass es bei Verwandten zu Streitigkeiten kommt, sobald es um Geld oder ums Erben geht, ist nicht außergewöhnlich!«, meinte Bruno, nachdem Anna ihm die Szene geschildert hatte, und fragte: »Was hältst du davon, wenn wir im Seerestaurant auf einen Kaffee oder auf irgendein Getränk einkehren? Der Wind hat nachgelassen, die Sonne blinzelt auch schon wieder durch die Wolken, es wär also sicher nett, jetzt dort eine Weile auf der Terrasse zu sitzen!«

»Nein, vielleicht später. Wir sind ja ohnehin fast den ganzen Tag über herumgesessen, ich möcht lieber noch ein bisschen spazieren gehen. Wenn du durstig bist, können wir uns ja bei dem Imbissstand dort drüben etwas zu trinken holen«, schlug Anna vor, und zeigte auf einen etwa fünfzig Meter entfernten Kiosk.

»Naja, das find ich jetzt nicht optimal, dort im Stehen einen Kaffee zu trinken«, sagte Bruno wenig begeistert.

»Ich auch nicht«, gab ihm Anna recht. »Aber ich hab Durst, ich hol mir schnell was. Soll ich dir was mitbringen?«

»Nein danke!«

Während Anna auf den Kiosk zuging, betrachtete sie die Markise des Standes, auf der in großen Lettern *See-Imbiss* aufgedruckt war. Darunter stand in einer kleineren Schrift: Inh. Andrea Kolaritsch.

Am Verkaufspult des Imbissstandes lehnte eine noch sehr junge Frau mit langem schwarzem Haar und las in einer Zeitschrift. Sie trug Jeans und eine kurzärmelige weiße Wickelbluse mit einem tiefen Dekolleté und einem breiten cognacfarbenen Ledergürtel. Mit ihren feinen Gesichtszügen, ihrer schmalen Nase, ihren vollen Lippen und ihren hohen Backenknochen entsprach sie jenem Frauentypus, den man gemeinhin als eine *rassige Schönheit* bezeichnete.

»Hallo!«, sagte sie, als sie Anna bemerkte, schüttelte dabei ihre Stirnfransen aus dem Gesicht und fuhr sich mit ihren langen, in einem grellen Pink lackierten Fingernägeln durchs Haar. »Was darf's sein?«

»Ich hätte gerne eine Dose Cola.«

»Gern«, antwortete die junge Frau und reichte ihr das Getränk. »Das macht zwei Euro.«

»Cola?«, fragte Bruno, als Anna mit der Dose in der Hand zu ihm zurückkam. »Seit wann trinkst du denn sowas?«

»Das frag ich mich auch«, murmelte Anna geistesabwesend.

»Was ist los?«, fragte Bruno.

»Ich bin nicht sicher, aber es wäre möglich, dass ich gerade die Geliebte vom Walter Lang kennengelernt habe«, antwortete Anna.

»Wie …?«

»Bei dem Imbisstand da drüben. Ich hab dir ja schon kurz von ihr erzählt.«

12.

Anna und Bruno waren gerade auf dem Weg zum Yachthafen, als Bruno einen Anruf von Martin Nagy erhielt.
»Servus Bruno! Wie geht's euch?«
»Gut, und dir?«
»Mir geht's hervorragend, ich bin nämlich schon in Rust!«
»Ich dachte, du kommst erst morgen?«, wunderte sich Bruno.
»Nein, ich habe umdisponiert. Der Chefinspektor Adametz hat unseren morgigen Termin nämlich auf sieben Uhr früh vorverlegt, also mitten in der Nacht«, antwortete Martin Nagy.
»Geh! Du bist doch eh so ein Morgenmensch!«, hänselte Bruno ihn. »Das sollte dir doch nichts ausmachen!«
»Sehr witzig! Egal, ich hab beschlossen, heute noch nach Rust zu fahren und bei meiner Mutter zu übernachten. Auf die Art kann ich morgen eine Stunde länger schlafen.«
»Gute Entscheidung! Sollen wir uns irgendwo treffen?«
»Ja, wo seid ihr gerade?«
»Am Hafen.«
»Gut, dann komm ich zum Seerestaurant! Ich zieh mich nur schnell um und bin in zirka einer halben Stunde da!«

Martin Nagy hatte seit ihrem letzten Zusammentreffen deutlich an Gewicht zugelegt, wie Anna, als er die Terrasse vom Seerestaurant betrat, feststellte. Sein dunkles Haar war schütter geworden und von grauen Strähnen durchzogen. Wie üblich trug er eines seiner karierten Flanellhemden und eine abgewetzte Cordhose.

»Hallo Anna!«, sagte er und breitete spontan seine Arme aus, um sie zu umarmen, überlegte es sich im letzten Augenblick aber anders und hielt ihr seine Faust entgegen. »Gut schaust du aus! Hast du eine neue Frisur?«

»Ja!«

»Steht dir hervorragend!«

»Danke!«

»Und?«, fragte Martin Nagy. »Wollt ihr was unternehmen? Sollen wir hierbleiben oder irgendwo hinfahren?«

»Nein, bleiben wir hier!«

»Nichts lieber als das! Es ist fast ein Jahr her, seit ich das letzte Mal im Seerestaurant war«, sagte Martin Nagy erfreut, nahm neben Bruno Platz und streckte die Beine entspannt von sich. »Ach, tut das gut, wieder einmal den See zu sehen«, seufzte er zufrieden und zeigte einer jungen, ihrem Akzent nach zu schließen ungarisch-stämmigen Kellnerin seinen elektronischen Impfpass und gab, nachdem er das Contact-Tracing-Formular ausgefüllt hatte, ihre Bestellung auf. »Ein alkoholfreies Bier für mich, einen Aperol Spritz für die Dame und ein normales, großes Bier für den Herrn!«, sagte er und wandte sich dann an Anna und Bruno. »Die nehmen's hier mit der Gästeregistrierung sehr genau. Wenn ich in Wien in irgendein Lokal gehe, dann lassen sich die meisten Kellner oder Wirte zwar den Impfpass zeigen, das Formular selbst muss man aber nur in den seltensten Fällen ausfüllen!«

»Ja, die Erfahrung haben wir auch schon gemacht.«

»Erzählt's! Was habt ihr bisher so getrieben?«, fragte Martin Nagy.

»Alles Mögliche«, antwortete Anna und berichtete ihm von ihren bisherigen Ausflügen.

»Naja, viel ist das nicht!«, meinte Martin Nagy. »Da habt ihr noch einige schöne Touren vor euch, zum Beispiel einen Ausflug in den Seewinkel und in den Nationalpark oder weiter ins Mittelburgenland.«

»Ich weiß, aber wir haben gesagt, wir gehen's langsam an, und schließlich sind wir ja noch bis übernächsten Sonntag hier!«, antwortete Bruno, und da er der Meinung war, dass dem Small Talk nunmehr Genüge getan war, fragte er ohne Umschweife: »Hast du schon eine Information zum DNA-Abgleich des Mirko Prantl?«

»Nein«, antwortete Martin Nagy reserviert.

Bruno vermeinte den Grund für Nagys verhaltene Reaktion zu kennen und sagte: »Die Anna redet zwar viel, ist aber, wenn's um Diskretion geht, verschwiegen wie ein Grab! Von daher können wir also völlig offen über die Home Invasion, die Umstände des Todes des Walter Lang sowie den Mord an dem Mirko Prantl reden! Alles was heute an diesem Tisch gesagt wird, bleibt auch an diesem Tisch, das kann ich dir versichern! Ich möchte dir nämlich, weil du ja morgen eine Besprechung mit dem Chefinspektor Adametz und dem Chefinspektor Hofer im LKA Burgenland hast, einige Informationen mit auf den Weg geben, die vielleicht für die weiteren Ermittlungen relevant oder hilfreich sind! Vor allem die Anna hat einiges aufgeschnappt, das den Ermittlern vielleicht nicht bekannt sein dürfte.«

»Die Home Invasion betreffend?«, fragte Martin Nagy und schaute Anna interessiert an.

»Nein! Eigentlich geht's eher um den Walter Lang und um seine Frau. Und um die Andrea Kolaritsch, und um die Daniela Varga«, sagte Anna ausweichend, denn sie konnte nur schwer abschätzen, welche der ihr zugetragenen Informationen für Martin Nagy wichtig waren. »Es handelt sich zum Teil nur um Gerüchte, ich weiß nicht, ob es Sinn macht, so etwas überhaupt weiterzuerzählen«, gab sie daher zu bedenken.

»Egal, lass hören!«, forderte Martin Nagy sie auf.

»Naja, das lässt sich jetzt nicht mit einem Satz beantworten«, sagte Anna zögernd.

»Machen wir's anders!«, schlug Bruno vor. »Ich habe mir, was die Umstände des Todes vom Walter Lang anbelangt, ursprünglich meine eigene Hypothese zusammengebastelt. Mittlerweile bin ich mir aber nicht mehr so sicher, dass mein Gedankenmodell tatsächlich den Tatsachen entsprechen könnte. Nicht zuletzt deshalb, weil mir die Anna vorhin einiges über das persönliche Umfeld des Walter Lang erzählt hat. Diese Informationen eröffnen zum Teil völlig neue Perspektiven und haben in mir etliche Fragezeichen aufgeworfen.«

»Welche Perspektiven meinst du?«, fragte Martin Nagy.

»Rekapitulieren wir zunächst einmal, was mir bislang an Fakten bekannt ist!«, schlug Bruno vor.

»Einverstanden, leg los!«

»Ich fange mit der Home Invasion an, denn die ist meiner Ansicht nach ursächlich für den Tod des Walter Lang sowie den Mord an dem Mirko Prantl!«, begann Bruno. »Also: Der Überfall auf die Edith Horvath fand am Mittwoch, dem 19. Mai statt. Sie wurde gefesselt und geknebelt und verstarb an einem kardiogenen Schock. Die Täter dürften ihr Vorhaben mit hoher Wahrscheinlichkeit auf der Grundlage von Insiderwissen geplant haben. Das führt uns automatisch zu der Frage, wer aus dem persönlichen Umfeld der Edith Horvath die Täter bei ihrer Planung unterstützt haben könnte.

Da wären zunächst einmal die slowakische Heimhilfe, die die Edith Horvath täglich für ein paar Stunden betreut hat, sowie die beiden Ungarn, die fallweise Arbeiten im Garten und im Haus verrichtet haben, zu nennen. Haben sich bei deren Befragung beziehungsweise Überprüfung Hinweise darauf ergeben, dass sie Kontakt zu einer oder mehreren Personen mit kriminellem Hintergrund hatten? Haben die Auswertungen ihrer Handydaten irgendwelche Auffälligkeiten gezeigt?«

Martin Nagy schüttelte den Kopf. »Nein!«

»Also können wir diese drei Personen wahrscheinlich außen vor lassen«, stellte Bruno fest. »Und uns den einzigen noch lebenden Verwandten der Edith Horvath zuwenden, nämlich ihrem Neffen und ihrer Nichte.

Fangen wir mit dem Walter Lang an! Er hat den Leichnam seiner Tante am Morgen des 20. Mai aufgefunden. Seine finanzielle Lage war zu diesem Zeitpunkt, wie wir wissen, prekär. Er hätte also ein Motiv gehabt, die Täter gegen einen entsprechenden Anteil an der Beute mit Insiderwissen zu versorgen. Und er kannte laut eigenen Angaben die Ziffernkombination des Tresors!«

»Richtig!«

»Die Edith Horvath hatte in diesem Tresor diverse Unterlagen, unter anderem jene über ihr Aktiendepot, Goldbarren und auch eine beträchtliche Summe Bargeld aufbewahrt. Keinen wertvollen Schmuck?«

»Nein«, antwortete Martin Nagy. »Sie besaß, trotz ihres Vermögens, laut ihrem Neffen beziehungsweise ihrer Nichte, lediglich ein paar Ringe, eine Perlenkette, Perlenohrringe sowie eine goldene Panzerkette und hat all dies in einer Schatulle in ihrem Schlafzimmer aufbewahrt. Sie dürfte für Schmuck nicht viel übrig gehabt haben.«

»Wurde die Schatulle geraubt?«

»Ja.«

»Was haben die Täter sonst noch erbeutet?«

»Die Geldbörse der Edith Horvath. Laut der Heimhilfe hatte sie in der aber nie mehr als zwei- oder dreihundert Euro. Weiters wurden zahlreiche kleine Ziergegenstände aus Silber geraubt, die in einer Vitrine ausgestellt waren. Die dürften einen Wert von rund zehntausend Euro repräsentiert haben.«

»Wie hoch war der Wert des Aktiendepots, der Goldbarren und des Bargeldes?«

»Das Depot repräsentiert laut Auskunft des Notars, bei dem die Edith Horvath ihr Testament hinterlegt hat, aktuell einen Wert von rund zwei Millionen Euro. Die Täter haben die Unterlagen dazu allerdings im Safe belassen, was logisch ist, weil sie die ja nicht zu Geld machen können! Die Goldbarren hatten einen Wert von zirka einer halben Million Euro. Den Bargeldbetrag hatte der Walter Lang nur grob schätzen können, er hat gemeint, dass es sich um rund zweihunderttausend Euro gehandelt hat. Das würde in etwa jenem Betrag entsprechen, der seinerzeit aus der Auflösung der Sparbücher resultierte.«

»Der Inhalt des Tresors war, wie ich annehme, versichert?«

»Ja. Es handelt sich um einen Safe der Klasse 6, der Versicherungswert geht bis zu 750.000 Euro.«

»Also wäre das Erbe des Walter Lang durch den Überfall nicht geschmälert worden!«

»Nein«, sagte Martin Nagy. »Er hätte die Erbschaft in vollem Umfang angetreten und von der Versicherung auch noch den Wert des Tresorinhalts ersetzt bekommen. Und wenn man der Vermutung folgt, dass er Insiderinformationen an die Täter verkauft hatte und ihm als Gegenwert ein Teil des erbeuteten Bargeldes zugesagt worden war, so hätte dies für ihn sogar noch einen Zugewinn mit sich gebracht!«

»Der Lang hätte also ein handfestes Motiv gehabt, mit den Tätern zu kollaborieren«, stellte Bruno fest. »Wie sieht's mit der Nichte der Edith Horvath aus, der Daniela Varga? Sie hatte mit ihrer Tante angeblich seit einigen Jahren keinen Kontakt mehr, der Zahlencode des Tresors könnte ihr aber ebenfalls bekannt gewesen sein. Sie hat vom Erbe ihrer Tante nicht profitiert, war ihr dieser Umstand vor dem Tod der Edith Horvath bekannt?«

»Laut ihrer Aussage ja!«, antwortete Martin Nagy.

»Ich hab da was anderes gehört«, warf Anna ein.

»Nämlich?«

»Es handelt sich um Hörensagen, ich weiß also nicht, ob sich das tatsächlich so verhält. Aber angeblich hat die Daniela Varga damit gerechnet, dass das Vermögen der Edith Horvath zwischen ihr und ihrem Cousin zu gleichen Teilen aufgeteilt wird.«

»Von wem hast du diese Information?«

»Von der Elke Andorfer.«

»Und von wem weiß die das?«

»Die Daniela Varga hat es ihr erzählt.«

»Das ist interessant!«, sagte Martin Nagy, zog ein schmales Büchlein aus seiner Brusttasche und machte sich eine Notiz.

»Wenn der Daniela Varga im Vorfeld bekannt war, dass sie vom Erbe ihrer Tante nicht profitieren würde, so wäre es nicht auszuschließen, dass sie mit den Tätern gemeinsame Sache gemacht hat, um sich zumindest einen Teil des Vermögens zu sichern«, sagte Bruno. »Also hätte auch sie ein Motiv gehabt. Allerdings wahrscheinlich kein so vordergründiges wie der Walter Lang. Denn im Gegensatz zur Daniela Varga waren dessen Einkommensverhältnisse schon seit jeher instabil! Und dass er, so wie er es behauptet hat, ausstehende Honorarforderungen hatte, war wahrscheinlich schlichtweg gelogen! Ich habe mir seine Homepage angesehen, wenn die dort publizierten Angaben korrekt beziehungsweise vollständig sind, so hat er seit knapp zwei Jahren keine Engagements mehr gehabt. Er hat also mehr oder weniger von der Hand in den Mund gelebt, respektive davon, was seine Tante ihm hat zukommen lassen.«

»Und auch seine Ehefrau!«, ergänzte Anna. »Laut Daniela Varga ist die Tanja Lang nämlich …«

»Warte, ich möchte noch kurz beim Lang bleiben«, sagte Bruno. »Der scheint, wie aus heiterem Himmel, kurz nach dem Überfall auf seine Tante zu einer Menge Bargeld gekommen zu sein. Denn er hat ab 1. Juni für die Dauer von drei Monaten eine luxuriöse Seehütte hier in Rust gemietet und dafür im Voraus und in bar fünfundzwanzigtausend Euro auf den Tisch gelegt! Zwei Wochen später ist er verstorben. Als Todesursache wurde eine vergiftungsbedingte Atemlähmung und eine dadurch verursachte Sauerstoffunterversorgung des Gehirns diagnostiziert, die auf eine tödliche Dosis der Substanz GHB zurückzuführen ist. Es wurden, wenn man davon absieht, dass der Zeitpunkt des Auftretens der Hämatome forensisch bislang nicht exakt bestimmt werden konnte, keinerlei Anzeichen einer äußeren Gewalteinwirkung festgestellt, sodass davon auszugehen ist, dass der Walter Lang entweder an einem Drogenunfall verstarb oder Suizid beging, oder dass ihm die Droge, zum Beispiel in Form von K.-o.-Tropfen, eingeflößt wurde. Unter der Annahme, dass Letzteres der Fall war, er also vorsätzlich getötet wurde, stellt sich die Frage, wer ihn getötet hat und welches Tatmotiv diese Person hatte.«

»Dass der Lang an einem Drogenunfall starb oder Suizid beging, können wir mittlerweile ausschließen«, sagte Martin Nagy. »Der Gerichtsmediziner hat, und das weißt du ja bereits, zur Absicherung seines Untersuchungsergebnisses einen Kollegen beigezogen. Und der ist, aufgrund der Anordnung der dem Lang zugefügten Hämatome, ebenfalls zu dem Resultat gekommen, dass es sich um ein Tötungsdelikt handelt.«

»Gut, dann wäre das jetzt auch geklärt«, sagte Bruno. »Bleiben wir aber noch kurz bei der Home Invasion. Gesetzt den Fall, dass der Lang tatsächlich involviert war, wäre es naheliegend, dass sein Mörder dem Täterkreis der südosteuropäischen Bande angehört. Möglicherweise war es zu einer Auseinandersetzung zwischen dem Lang und den Tätern gekommen, vielleicht hatten sie ihm den vereinbarten Anteil nicht auszahlen wollen, sondern nur jenen Teil, den er wahrscheinlich bereits im Vorfeld kassiert hatte? Oder vielleicht wollten sie ihn als einen für sie gefährlichen Zeugen beseitigen? Denn sie mussten ja damit rechnen, dass der Lang nach der Home Invasion erkennungsdienstlich überprüft und einvernommen wird und sich früher oder später im Zuge der Ermittlungen Hinweise auf sie ergeben würden.«

Bruno machte eine kurze Pause und fuhr sich mit einer fahrigen Geste durch sein Haar. »Ich habe mir heute Morgen mit dem Alfred Andorfer den Uferbereich jenes Kanals angesehen, in dem wir den Leichnam und das Boot des Walter Lang gefunden haben. Denn ich bin davon ausgegangen, dass der Lang in seiner Seehütte getötet wurde, dass sein Mörder den Leichnam mit dem Elektroboot, das quasi zum Inventar der Seehütte gehört, zum Kanal gebracht hat und er von dort aus zum Ufer geschwommen ist, wo ein Komplize mit seinem Auto auf ihn gewartet hat. Etwa fünfzig Meter vom Uferbereich entfernt führt ein Güterweg zur B52 beziehungsweise ein Radweg nach Rust, von daher wäre meine Annahme also durchaus realistisch gewesen! Aber, je länger ich darüber nachdenke, umso unwahrscheinlicher scheint mir dieses Szenario.«

»Warum?«, fragte Martin Nagy. »Bis hierher klingt das alles recht plausibel.«

»Auf den ersten Blick ja, bei näherer Betrachtung aber nicht«, entgegnete Bruno. »Denn mir wurde, nachdem ich mit dem Alfred Andorfer bei besagter Stelle war, klar, dass ein derartiges Vorgehen sehr gute Ortskenntnisse vorausgesetzt hätte. Und ich habe mich daher gefragt, warum die Täter ein derart kompliziertes Manöver hätten veranstalten sollen, nur um den Tod des Walter Lang als Unfall darzustellen. Falls es sich bei ihnen nämlich tatsächlich um Angehörige einer südosteuropäischen Bande handelt, so hätten sie sich wohl kaum der Mühe unterzogen, die örtlichen Gegebenheiten im Voraus und im Detail auszukundschaften. Verbrecher ihres Schlages sind darauf spezialisiert, einen Überfall oder eine Home Invasion nach einem genauen Vorgehensplan auszuführen, nicht aber einen derart perfiden Mordplan auszuhecken. Und sollte es mit dem Lang tatsächlich zu einer Auseinandersetzung gekommen sein, so wäre es für sie deutlich einfacher gewesen, ihn in irgendeiner dunklen Ecke auf klassische Art und Weise zu liquidieren! Und warum hätten sie damit so lange zuwarten sollen?«

Bruno hielt inne, weil die Kellnerin gerade an ihren Tisch kam, um sich danach zu erkundigen, ob sie etwas essen wollten.

»Nein, danke«, antworteten Anna und Bruno beinahe gleichzeitig.

»Ich hätte zwar einen Riesenhunger, aber meine Mutter kocht mir zu Ehren heute Abend Gefüllte Paprika«, sagte Martin Nagy. »Die kann ich mir nicht entgehen lassen. Aber ich werde noch ein alkoholfreies Bier trinken!«

»Wie schaut's mit dir aus, Anna? Willst du noch einen Aperol Spritz!«, fragte Bruno.

»Nein, lieber ein Mineralwasser.«

»Und ich hätte gerne ein kleines Bier!«, sagte Bruno zur Kellnerin.

»Aber Sie haben noch …«, erwiderte sie und zeigte auf sein fast volles Bierglas.

»Ich weiß, aber ich hab vergessen, es zu trinken, und mittlerweile ist es warm geworden.«

»Aber ist schade um Bier, ich kann Ihnen bringen Eiswürfel?«

»Nein danke, aber ein abgestandenes Bier ist nicht mehr zu retten! Also bringen Sie mir bitte einfach ein frisches!«

»So viel Freundlichkeit und so ein gutes Service habe ich schon lange nicht mehr erlebt! Da könnten sich so manche Wiener Lokale eine Scheibe davon abschneiden!«, sagte Bruno, nachdem die Kellnerin sich entfernt hatte und fragte: »Wo war ich stehengeblieben? Ich hab den Faden verloren.«

»Du hast uns gerade erklärt, dass sie den Lang, falls er in die Home Invasion von Neusiedl involviert gewesen und es zu einer Auseinandersetzung mit den Tätern gekommen wäre, auf eine weniger aufwendige Art und Weise getötet hätten!«, fasste Martin Nagy zusammen.

»Richtig! Und es gibt noch einen Punkt, der gegen meine ursprüngliche Annahme spricht. Die Seehütte, die der Walter Lang gemietet hat, befindet sich laut Alfred Andorfer in der Romantika-Siedlung, ist also nur auf dem Wasserweg oder über Steganlagen von der Seestraße aus erreichbar. Diese Steganlagen sind mit Holzgittertüren und Schlössern gesichert. Schlüssel dazu besitzen nur die Eigentümer oder Mieter der Seehütten, es kann also nicht jeder x-Beliebige die Anlage betreten. Es gibt logischerweise keine Gegensprechanlage, wenn der Lang in seiner Seehütte getötet worden war, wovon ich nach wie vor ausgehe, so hätte er seinen Mörder also bei der Seestraße abholen müssen. Aber warum hätte er den in seine Hütte einladen sollen? Wenn er ihn hätte treffen wollen, dann doch sicher an einem neutralen Ort! Also gehe ich davon aus, dass es eine dem Lang gut bekannte oder vertraute Person gewesen sein muss, die ihn in der Seehütte getötet hat. Und das, was die Anna mir von ihrem Zusammentreffen mit der Tanja Lang und der Daniela Varga erzählt hat, hat mich in dieser Annahme noch zusätzlich bestärkt!«

»Woher kennst du die Tanja Lang und die Daniela Varga?«, fragte Martin Nagy Anna.

»Die habe ich beide heute Vormittag erst kennengelernt. Die Elke Andorfer hat nämlich für eine Benefizveranstaltung des Storchenvereins Mehlspeisen gebacken. Wir, also die Katharina Iby, die Daniela Varga und ich, haben ihr dabei geholfen.«

»Und die Tanja Lang war auch dabei?«

»Nein, die ist nur kurz vorbeigekommen, um der Katharina Iby die Reserveschlüssel für die Seehütte zurückzubringen.«

Es war Martin Nagy anzusehen, dass er mit diesen Informationen nicht viel anfangen konnte, daher sagte Bruno zu Anna: »Du solltest dem Martin erzählen, was du von der Daniela Varga erfahren hast!«

»Ja, okay«, sagte Anna und räusperte sich. »Das Verhältnis zwischen der Daniela Varga und der Tanja Lang dürfte ziemlich schlecht gewesen sein. Die Daniela Varga hat sie als Schlange und als eiskaltes und berechnendes Luder bezeichnet. Sie hat erzählt, dass die Tanja Lang als Club Managerin im *Janus* beschäftigt ist, und dass sie zuvor in einem Lokal namens *Schampus* als Barfrau gearbeitet hat. Das dürfte ein Halbweltlokal sein, mit einer angeblich recht zwielichtigen Klientel.«

»Ja, das *Schampus* war tatsächlich ein ziemlich anrüchiger Schuppen«, bestätigte Martin Nagy. »Dort wurden neben Champagner und Cocktails auch Kokain und andere Drogen verkauft. Es wurde daher vor etlichen Jahren behördlich geschlossen.«

»Die Daniela Varga hat auch eine Bemerkung dahingehend gemacht, dass die Tanja Lang für den Großteil der Lebenshaltungskosten aufkommen musste, weil der Walter Lang nie ein geregeltes Einkommen hatte«, fuhr Anna fort. »Und dass die Tanja Lang zuletzt wahrscheinlich aber ebenfalls in einer finanziellen Bedrängnis war, weil ihr Einkommen wegen der Corona-bedingten Lokalsperren ja stark reduziert wurde.«

»Ja, das ist anzunehmen«, sagte Martin Nagy. »Aber was hat das mit der Home Invasion oder mit dem Mordfall Walter Lang zu tun?«

»Was die Anna damit sagen will, ist, dass die Tanja Lang aufgrund ihres finanziellen Engpasses ebenfalls ein Motiv gehabt haben könnte, Insiderinformationen preiszugeben. Und dass sie aufgrund ihrer früheren Tätigkeit im *Schampus* wahrscheinlich auch gute Kontakte zu Unterweltkreisen hatte«, erklärte Bruno.

»Ich verstehe«, sagte Martin Nagy nachdenklich. »Aber welches Motiv hätte sie gehabt, ihren Ehemann zu töten?«

»Er hatte ein Verhältnis mit einer gewissen Andrea Kolaritsch, die betreibt einen Imbissstand hier am Hafen«, antwortete Anna. »Angeblich wollte er sich ihretwegen scheiden lassen und eine Csárda zwischen Rust und Mörbisch kaufen.«

Martin Nagy fügte seinen Notizen einen weiteren Eintrag hinzu und fragte: »Hat dir das auch die Daniela Varga erzählt?«

»Nein, das hab ich, als ich vorgestern beim Friseur war, erfahren«, antwortete Anna. »Und noch etwas fällt mir gerade ein. Ich hab die Tanja Lang am Sonntag, also an dem Tag, an dem wir von Neusiedl aus nach Rust geradelt sind, in einem Lokal in Oggau zusammen mit einem Mann gesehen, und zwar in der Marina vom Yachtclub!«

»Um welche Uhrzeit war das?«

Anna runzelte die Stirn und schaute Bruno fragend an. »Ich glaube, das war so gegen 14.00 Uhr …?«

»Ja«, nickte Bruno und fragte Martin Nagy. »Ist die Tanja Lang nach der Home Invasion polizeilich ebenfalls überprüft worden?«

»Ich kann mich nicht daran erinnern, dass in den Unterlagen, die mir der Chefinspektor Adametz zur Verfügung gestellt hat, ein Hinweis darauf enthalten war. Ich werde ihn morgen darauf ansprechen«, gab Martin Nagy zurück und machte sich eine diesbezügliche Notiz.

»Wurde die Daniela Varga überprüft?«, fragte Bruno weiter.

»Ja, wurde sie. Ihr Vorleben ist unauffällig und seriös, sie verfügt laut dem Chefinspektor Adametz über keine Kontakte, die in irgendeinem Zusammenhang mit der Home Invasion stehen könnten.«

»Sie hätte aber ebenfalls ein Motiv gehabt, den Tätern der Home Invasion einen Hinweis zu geben«, gab Anna zu bedenken. »Denn sie hat die Tresorkombination wahrscheinlich ebenfalls gekannt und sie hat mir erzählt, dass ihr Geschäft seit dem Ausbruch von Corona auf null gegangen ist, also steckt sie möglicherweise ebenfalls in Geldnöten. Und auch für den Mord an Walter Lang hätte sie ein Motiv gehabt. Er hat sie ja angeblich um ihr Erbe gebracht. Und nachdem er nun tot ist, würde das Erbe der Edith Horvath möglicherweise ihr zufallen, oder zumindest würde sie ihren Pflichtteil erhalten, oder?«

»Das ist eine sehr gute Frage, das habe ich bei meinen Überlegungen bisher nicht berücksichtigt«, gab Bruno zu und fragte Martin Nagy: »Ist das Verlassenschaftsverfahren der Edith Horvath schon abgeschlossen?«

»Das nehme ich nicht an, so was dauert üblicherweise monatelang. Ich werde mich gleich morgen früh beim Notar nach der Erblinie erkundigen«, beschloss Martin Nagy und nahm sein Notizbuch wiederum zur Hand.

»Falls es tatsächlich zutrifft, dass die Daniela Varga aufgrund des Todes des Walter Lang das Erbe ihrer Tante antreten könnte, so hätte sie also ein Motiv gehabt, ihren Cousin zu töten! Und damit zählt sie, ebenso wie die Täter der Home Invasion als auch die Tanja Lang, zum Kreis der verdächtigen Personen!«, stellte Bruno fest. »Und was die Home Invasion und die Weitergabe von Insiderinformationen anbelangt, so neige ich zu der Annahme, dass es der Walter Lang war. Und damit kommen wir zum Mord an Mirko Prantl. Mit dem stand der Walter Lang ja augenscheinlich in Kontakt. Welcher Art ist eigentlich dessen Vorstrafe?«

»Handel mit verbotenen Substanzen.«

»Rauschgift …?«

»Nein, er hat mit anabolen Steroiden gehandelt.«

»Was ist das?«, wollte Anna wissen.

»Das sind bestimmte Anabolika«, antwortete Martin Nagy. »Und zwar Hormone, die das Muskelwachstum fördern und bei Krafttraining und anderen Sportarten eingesetzt werden.«

»Also Doping?«, fragte Anna weiter. »Was hat dieser Mirko Prantl denn beruflich gemacht?«

»Zum Zeitpunkt seiner Verurteilung, das war im Jahr 2018, war er Inhaber eines Fitnessstudios in Wien Fünfhaus. Danach hat er in einem EMS-Trainingsstudio in der Wiener Innenstadt gearbeitet, welches allerdings im November 2020 geschlossen wurde. Seither war er erwerbslos.«

»Was ist ein EMS-Trainingsstudio?«

»EMS ist die Abkürzung für Elektro-Muskel-Stimulation.«

»Und was genau wird dabei gemacht?«

Martin Nagy wandte sich mit einem gespielt gequälten Gesichtsausdruck an Bruno: »Ist die Anna immer so neugierig?«,

»Und wie!«

»Also, bei EMS kann man zum Beispiel gezielt einzelne Muskelgruppen trainieren, die werden mit Reizstrom stimuliert, dabei werden neunzig Prozent der Muskelfasern gleichzeitig kontrahiert. Je höher die Intensität des Stroms ist, umso höher ist auch die Kraftanstrengung. Man kann aber auch ein Ganzkörpertraining machen, dabei wird ebenfalls die Tiefenmuskulatur angesprochen«, beantwortete Martin Nagy Annas Frage.

»Das klingt sehr anstrengend, ich glaube das wäre nichts für mich!«, meinte Anna.

»Nein, und ich würde es dir auch nicht empfehlen! Ich hab ein derartiges Training vor ein paar Jahren selbst einmal ausprobiert, es ist mörderisch anstrengend. Ich hab's kurz danach wieder aufgegeben!«

Anna wollte gerade zu einer weiteren Frage ansetzen, als Martin Nagys Handy läutete. »Entschuldige bitte«, sagte er daher zu ihr und meldete sich mit »Hallo?«

Er horchte kurz in den Hörer und sagte: »Ich bin im Seerestaurant, ich sitz grad noch mit einem ehemaligen Kollegen und dessen Ehefrau zusammen, ich muss nur noch zahlen …, ja ich frage sie gleich, warte …«

Martin Nagy deckte das Telefon ab und fragte: »Meine Mutter möchte wissen, ob ihr zum Abendessen zu uns kommen wollt?«

Anna und Bruno schauten sich ratlos an: »Nein, das ist lieb«, lehnte Bruno schließlich dankend ab. »Aber wir haben am Nachmittag eine Schlachtplatte gegessen, ich bring heute beim besten Willen keinen Bissen mehr runter.«

Also sagte Martin Nagy zu seiner Mutter: »Nein, Mutti, die beiden haben schon gegessen, bis gleich!«

»So, ihr habt's ja gehört«, sagte er und verstaute sein Handy wieder in seiner Hosentasche. »Ich muss los, bleibt's dabei, dass wir uns morgen sehen?«

»Von uns aus schon!«

»Ich kenne einen Heurigen in Großhöflein, der hat einen sehr guten Wein und ein sensationelles Buffet. Wenn ihr Lust habt, könnten wir dorthin fahren?«

»Ja, das machen wir!«, stimmten Anna und Bruno zu.

Martin Nagy winkte der Kellnerin zum Zahlen, und da er die Gesamtrechnung übernahm, sagte Bruno: »Danke für die Einladung! Und damit ist fix ausgemacht, dass der Heurige morgen auf uns geht!«

»Gerne! Soll ich euch zu eurem Quartier bringen?«

»Nein danke, wir haben am Nachmittag so viel gegessen, wir brauchen noch etwas Bewegung und gehen zu Fuß zurück!«

»Jetzt ist mir übrigens klar, warum ihr bisher kaum zum Radfahren gekommen seid«, sagte Martin Nagy, während Anna und Bruno ihn zu seinem Auto begleiteten.

»Nämlich …?«, fragte Bruno.

»Offensichtlich habt ihr euch hier in Rust als Inspector Columbo und als Miss Marple betätigt!«

»Keinesfalls!«, antwortete Anna, auf Martin Nagys lockeren Ton einsteigend. »Ich bin ja erstens keine alte Jungfer und zweitens auch deutlich jünger als die Miss Marple!«

»Aber offenbar genauso neugierig und um nichts weniger scharfsinnig!«

13.

Dass Martin Nagy sich so vorzeitig hatte verabschieden müssen, hatten Anna und Bruno mit Bedauern zur Kenntnis genommen. Denn sie hatten gehofft, das Gespräch mit ihm fortsetzen und dabei noch einige ihnen wichtig erscheinende Punkte zur Sprache bringen zu können.

»Du hast den Martin Nagy vorhin auf einen DNA-Abgleich des Mirko Prantl angesprochen«, sagte Anna auf dem Weg zu ihrem Quartier. »Was hat es damit auf sich?«

»Bei der Auswertung der Handydaten des Mirko Prantl wurde festgestellt, dass er am 19. und 21. Mai sowie am 13. Juni einen Anruf von Walter Langs Handy erhalten hatte, also sowohl in zeitlicher Nähe zur Home Invasion von Neusiedl als auch zum Tod des Walter Lang. Von daher liegt der Schluss nahe, dass er einer der Täter der Home Invasion war. Deshalb werden die im Haus der Edith Horvath asservierten Spuren mit jenen der DNA des Mirko Prantl abgeglichen.«

»Wie geht so ein DNA-Abgleich eigentlich vor sich? Braucht's dafür nicht Blut- oder Speichelproben?«

»Ja. Die DNA eines Menschen kann aus verschiedenen Körperflüssigkeiten wie Blut, Sperma oder Speichel gewonnen werden, zusätzlich aber auch aus Hautzellen und Haarwurzeln. Sollte ein Täter im Zuge einer Tötungshandlung etwa selbst verletzt werden, so lässt er am Tatort DNA-Spuren zurück, etwa in Form seines eigenen Blutes. Daraus wird in einem kriminaltechnischen Labor ein DNA-Profil erstellt. Etwas komplexer und aufwendiger gestaltet sich hingegen die Auswertung von Gegenständen, die der Täter berührt oder am Tatort zurückgelassen hat. So kann zum Beispiel ein genetischer Fingerabdruck auf einer Türklinke ausgewertet werden oder auch die oftmals zitierte Zigarettenkippe oder ein Glas, aus dem der Täter getrunken hat.«

»Das bedeutet, dass von den Beamten der Spurensicherung im Falle eines ungeklärten Tötungsdeliktes sämtliche Gegenstände eines Tatorts auf fremde DNA untersucht werden?«, fragte Anna.

»Nein, das wäre ein unmögliches Unterfangen und würde monatelang dauern! Die Beamten konzentrieren sich auf jene Bereiche und Gegenstände, aus denen, ihrer Erfahrung nach, mögliche Kontaminationen oder Zellanhaftungen abgeleitet werden können.«

»Und wie werden diese Zellanhaftungen untersucht?«

»Soweit ich es im Laufe meiner Berufslaufbahn mitgekriegt habe, werden dafür feuchte Tupfer verwendet, die getrocknet und anschließend abgerieben werden, um die Zellen aufzunehmen und zu sichern.«

»Demnach werden die Ermittler der Spurentechnik das Haus der Edith Horvath, die Seehütte und den Leichnam des Walter Lang jetzt also gezielt nach derartigen Spuren untersuchen?«

»Ja, sofern das nicht bereits geschehen ist.«

»Die Katharina Iby hat gesagt, dass sich auf dem Tisch der Seehütte eine halbgeleerte Flasche Champagner befunden hat. Könnte man auf der allenfalls eine DNA feststellen?«

»Dafür braucht es keine DNA, dafür reicht eine Fingerabdruckerkennung.«

»Würde man auf dem Elektroboot des Walter Lang ebenfalls derartige Spuren entdecken können?«

»Also auf Kunststoff?«, überlegte Bruno.

»Ja, denn wenn du recht hast und der Leichnam des Walter Lang auf dem Elektroboot zum Kanal gebracht wurde, dann müssten sich auf dem Boot ja auch Spuren des Täters befinden, stimmt's?«

»Ja, klar. Ich hab mir das auch schon überlegt, hätte allerdings eher darauf getippt, dass Fingerabdrücke nachgewiesen werden könnten, denn alle nicht wasserlöslichen Sekrete bleiben im Wasser erhalten. Zumindest eine Zeitlang! Ob sich das mit DNA-Spuren genauso verhält, kann ich nicht beurteilen. Ich habe zwar einmal gelesen, dass eine DNA auf bestimmten Materialien auch dann noch nachgewiesen werden kann, wenn diese mehrere Tage im Wasser gelegen haben, und zwar abhängig von der Fließgeschwindigkeit und Temperatur des Wassers, aber ich bin nicht sicher, wie lange eine Typisierung möglich ist.«

»Und wie verhält es sich mit Fuß- oder Schuhabdrücken, etwa am Bootssteg, oder an der Stelle, von der du vermutet hast, dass der Mörder des Walter Lang ans Seeufer gekommen ist, oder mit Reifenspuren im Bereich des Güterwegs?«

»Liebe Anna, das kann ich dir beim besten Willen nicht beantworten!«, antwortete Bruno und sperrte, da sie mittlerweile vor dem Anwesen von Elke und Alfred Andorfer angelangt waren, das Haustor auf. Der Tisch in der Laube war leer und auch sonst deutete nichts darauf hin, dass die beiden zu Hause waren.

»Wahrscheinlich sind sie mit dem Karcsi schon zu ihrem täglichen Abendspaziergang aufgebrochen«, mutmaßte Anna und folgte Bruno in ihr Apartment, froh, einen ungestörten und ruhigen Abend verbringen zu können, denn der Tag war lang und mehr als abwechslungsreich gewesen.

»Was möchtest du morgen unternehmen?«, fragte sie, nachdem sie es sich bequem gemacht hatten.

»Ehrlich gestanden, habe ich mir darüber noch nicht den Kopf zerbrochen«, gestand Bruno und schaltete den Fernseher ein, um die Abendnachrichten zu sehen.

Weil Anna es leid war, mit den ständigen Auseinandersetzungen der Regierungsparteien sowie den Endlosdebatten über die Corona-Pandemie konfrontiert zu werden, wandte sie sich ihrem Smartphone zu und startete Google, um sich über die Wettervorhersage für die kommenden Tage sowie die Abfahrtszeiten der Ausflugsschiffe zu informieren.

»Wir könnten morgen eine Seerundfahrt machen«, schlug sie Bruno vor. »Die Schiffe legen jeweils um 10.30 und um 13.30 Uhr am Stadthafen ab, die Dauer der Rundfahrt beträgt zirka siebzig Minuten. Von der Schifffahrtslinie werden übrigens auch Pusztafahrten angeboten, dabei fährt man mit dem Schiff zum Ostufer und von dort aus mit einer Pferdekutsche nach Illmitz, dort hat man zirka zwei Stunden Aufenthalt, man kann sich also die Sehenswürdigkeiten von Illmitz anschauen oder Essen gehen oder zum Heurigen. Und danach geht's mit der Pferdekutsche und dem Schiff wieder retour. Der Ausflug dauert sechs Stunden, und …, oje …, dafür muss man sich eine Woche im Voraus anmelden. Das könnten wir also erst nächsten Freitag machen. Wir könnten uns alternativ aber auch ein Elektroboot mieten, da wären wir zeitlich völlig flexibel, was hältst du davon?«

Bruno hatte, da er die Nachrichten verfolgte, nur mit halbem Ohr zugehört. »Besprechen wir das nachher«, sagte er daher.

Anna schaute unschlüssig auf ihr Handy. Unwillkürlich fiel ihr dabei das Gespräch mit Daniela Varga wieder ein und sie suchte auf Google nach Einträgen über sie.

Sie hat eine eigene Homepage!, stellte sie zufrieden fest und startete die Seite der *Pannonia Eventagentur*. Auf der Startseite wurde das Leistungsspektrum der Agentur vorgestellt, nämlich die Organisation von Firmenfeiern, Hochzeiten, Kundenevents, Konzerten, Festivals, Kulturveranstaltungen, Ausstellungen und Sportevents. Auf der Seite *Fotos* waren Aufnahmen diverser, von Daniela Varga organisierter Veranstaltungen zu sehen, etliche davon im Schloss Halbturn sowie im Schloss Esterházy in Eisenstadt. Auf der Seite *Team* war lediglich sie selbst als Inhaberin und Geschäftsführerin der *Pannonia Eventagentur* angeführt sowie einige knappe Angaben zu ihrer Ausbildung und zu ihren bisherigen beruflichen Stationen. Demnach hatte sie ihre berufliche Laufbahn nach der Matura in einer Wiener Werbeagentur gestartet und in einem zweisemestrigen, berufsbegleitenden Lehrgang eine Ausbildung zum Eventmanager absolviert. Anschließend hatte sie in verschiedenen Funktionen für namhafte Wiener Event- und Cateringunternehmen gearbeitet, sich im Jahr 2014 mit der *Pannonia Eventagentur* in Neusiedl am See selbstständig gemacht und den Firmensitz im Jahr 2016 nach Rust verlegt.

Anna war gerade dabei, die auf der Seite *Referenzen* angeführten Rezensionen zu lesen, als Bruno den Fernseher ausschaltete und sagte: »So, meine Liebe! Du möchtest morgen also einen Schiffsausflug machen?«

»Ja …«, murmelte Anna geistesabwesend.

»Was siehst du dir da an?«, fragte Bruno.

»Die Homepage der Daniela Varga!«

»Die würde mich auch interessieren.«

Anna reichte ihm ihr Handy. »Bitte sehr!«

Während Bruno die Seiten überflog, holte Anna eine Flasche Mineralwasser aus dem Kühlschrank und schenkte zwei Gläser voll.

»Und? Was hältst du davon?«, fragte sie und setzte sich neben ihn auf die Couch.

»Naja, die Daniela Varga scheint sehr tüchtig zu sein«, meinte er und fragte: »Also, wie sind deine Pläne für morgen?«

»Wie schon gesagt, wir könnten eine Schiffsrundfahrt machen oder ein Elektroboot mieten.«

»Eine Fahrradtour willst du morgen also nicht unternehmen?«

»Ja, doch, könnten wir schon machen«, sagte Anna und holte ihre Reiseunterlagen. »Es gäbe da zum Beispiel den Festival-Radweg, der führt nach Mörbisch, St. Margarethen, Trausdorf, Oslip, Oggau und wieder retour nach Rust.«

»Was kann man auf der Strecke besichtigen?«

»Naja, den Steinbruch in St. Margarethen zum Beispiel, die Weingartenmühle in Trausdorf, in Oslip gibt's eine gotische Kirche aus dem 17. Jahrhundert, den Hölzelstein und die Streck- und Hakenhöfe in Oggau.«

»Ja, das klingt sehr nett«, befand Bruno. »Und über Mittag könnten wir irgendwo auf der Strecke in einen Heurigen einkehren!«

»Das wird sich nicht ausgehen.«

»Warum?«

»Weil um 14.00 Uhr die Benefizveranstaltung für den Storchenverein eröffnet wird. Da möchte ich gerne dabei sein. Und außerdem fahren wir morgen mit dem Martin ja zu diesem Heurigen nach Großhöflein, zweimal Heuriger an einem Tag muss nicht sein!«

»Ach so, daran hab ich jetzt nicht gedacht. Dann lassen wir den Heurigen halt aus.«

»Wir könnten alternativ mit dem Bus nach Eisenstadt fahren und das Schloss Esterházy besichtigen. Oder ins

Landesmuseum gehen, dort gibt's einige Sonderausstellungen anlässlich des 100-jährigen Burgenland-Jubiläums.«

»Ja, das klingt interessant!«, stimmte Bruno zu.

»Warte, ich hab mir am Handy einen Link zu den Ausstellungen abgespeichert«, sagte Anna und nahm ihr Mobiltelefon zur Hand. »Ah ja, da hab ich's schon! Also, es gibt unter anderem eine Ausstellung *Vom Kriegsschauplatz zum Sonnenland*, die wäre was für dich. Oder *Vom Federnschleißn und Hozat schauen!*, da geht's ums burgenländische Brauchtum und Handwerk. Oder *Auf schaurigen Spuren durchs Museum!* Das ist eine Sonderführung mit mörderischen Geschichten, mysteriösen Artefakten und geheimnisvollen Sagen. Und dann gibt's da noch eine Ausstellung, die sich mit den burgenländischen Auswanderungswellen nach dem Ersten Weltkrieg und auch in der Nachkriegszeit beschäftigt. Damals sind aufgrund der schlechten wirtschaftlichen Lage ja beinahe aus jedem burgenländischen Dorf Familien ausgewandert, in der Hoffnung auf ein besseres Leben.«

»Ich weiß«, sagte Bruno. »Aufgrund der schlechten wirtschaftlichen Situation und der hohen Arbeitslosigkeit in den 1920er und 1930er-Jahren sind damals sehr viele Burgenländer nach Kanada und Amerika emigriert. Die meisten von ihnen mussten ihren Besitz im Burgenland verkaufen, um ihre Reisekosten finanzieren zu können. Etliche haben, nachdem sie sich in ihrer neuen Heimat eine Existenz aufgebaut haben, ihre Familien nachkommen lassen, etliche wollten aber auch nur ein paar Jahre bleiben, um dort genug Geld zu verdienen und sich damit im Burgenland wieder ansässig machen zu können. Das ist aber nur wenigen gelungen, die meisten von ihnen waren schlecht entlohnte Industriearbeiter. Sie haben sich in Illinois, Pennsylvania und New York niedergelassen, wo bereits viele ihrer Landsleute lebten, die schon in der Vorkriegszeit ausgewandert sind. Noch in den siebziger Jahren hat man gesagt, dass Chicago die größte burgenländische Stadt ist, denn dort haben zu der Zeit rund 30.000 Burgenländer gelebt, das waren damals dreimal so viele wie in Eisenstadt! Die Amerikaner haben dann allerdings die Einreisequote für Österreicher eingeschränkt, viele Burgenländer sind daher nach Kanada, Argentinien und Brasilien ausgewandert.«

»Das erinnert mich an die heutigen Flüchtlingsströme nach Europa«, sagte Anna.

»Ja, die Geschichte wiederholt sich, wie du erst kürzlich festgestellt hast!«, sagte Bruno und unterdrückte dabei nur mühsam ein Gähnen. »Bitte entschuldige, ich hab heute zwar nicht viel gemacht, bin aber hundemüde und werde jetzt ins Bett gehen und noch ein bisschen lesen. Was machst du?«

»Ich bin zwar auch müde, aber wenn ich jetzt schlafen gehe, bin ich um halb fünf hellwach.«

»Tu mir das bitte nicht an!«

»Nein, ich schau mal, was es im Fernsehen gibt!«, sagte Anna, nahm die Fernbedienung zur Hand und schaltete den Fernseher ein.

»So ein Quatsch!«, murmelte sie, während sie durch die Kanäle zappte. »Amerikanische Krimiserien, Doku-Soaps, Model Shows, Comedy-Serien, Reportagen aus dem Rotlichtmilieu und so weiter, das interessiert mich eigentlich alles nicht!«

»Hast du dir nichts zum Lesen mitgenommen?«, fragte Bruno.

»Doch, die *Strudlhofstiege* vom Heimito von Doderer.«

»Na dann, viel Vergnügen. Gute Nacht!«

Anna starrte unschlüssig auf den dicken Wälzer, der auf einer Kommode lag. Sie hatte schon mehrere Anläufe unternommen, das Buch zu lesen, war aber jedes Mal nach den ersten ein- oder zweihundert Seiten daran gescheitert, denn die Handlung war überaus komplex, und es war nur mit äußerster Konzentration möglich, sich die Vielzahl der Romanfiguren zu merken oder deren Bedeutung für die weitere Handlung zu erkennen.

Schließlich nahm sie ihr Handy wieder zur Hand. Die Seite des Burgenländischen Landesmuseums war noch geöffnet, am Ende des Beitrags über die burgenländischen Auswanderer entdeckte sie einen Link, in dem einige Auswanderergeschichten zu hören waren.

Dabei erzählte etwa ein Musiker, dass er mit seiner Frau in Amerika ein neues Leben hatte beginnen wollen, sie während der Überfahrt aber verstorben war. Seine Musik hatte ihm über die schwere Zeit nach ihrem Tod hinweggeholfen. Weil sukzessive auch alle seine burgenländischen Geschwister nach Amerika ausgewandert waren, war er als ältester Sohn nach dem Tod seiner Eltern in seine geliebte Heimat zurückgekehrt, um deren Hof zu übernehmen.

In einer weiteren Auswanderergeschichte wurde von einer jungen Frau berichtet, die das Burgenland im Alter von 25 Jahren verlassen hatte und nach New York ausgewandert war, wo sie ihren späteren Mann, der ebenfalls ein gebürtiger Burgenländer war, kennengelernt und mit ihm einen Friseur- und Beautysalon eröffnet hatte.

Und auch die Geschichte eines Mannes war zu hören, der als Kind mit seinen Eltern nach New York ausgewandert und aufgrund seiner Ähnlichkeit oft mit Präsident Ronald Reagan verwechselt worden war. Nach einem Doppelgängerwettbewerb hatte er diesen bei manchen Anlässen sogar vertreten und war als selbiger auch in einigen Filmen aufgetreten.

Was aus all diesen Beiträgen herausklang, war die Verbundenheit der Auswanderer und ihrer Nachfahren mit ihrer alten Heimat. Viele von ihnen hatten ihren daheimgebliebenen Verwandten regelmäßig Geld oder Pakete aus dem reichen Amerika geschickt oder sich einmal im Jahr ein paar Tage Urlaub in ihren ehemaligen Heimatdörfern gegönnt, manche von ihnen waren auf ihre alten Tage wieder dorthin zurückgekehrt.

Meine Güte! Da reden alle von der guten alten Zeit, aber keiner davon, welches Leid die Menschen früher erdulden mussten! Und heute machen sich wegen Corona alle in die Hose und beschweren sich über die Einschränkung ihrer persönlichen Freiheit und dass sie nicht ausgehen oder tanzen gehen können!, dachte Anna und schloss die Internetseite des Landesmuseums. Weil die Seite mit der Homepage von Daniela Varga noch geöffnet war, kehrten ihre Gedanken zu ihr zurück.

Daniela Varga war, wie es schien, eine erfolgreiche Geschäftsfrau. Sie war intelligent, von ihrem Charakter her offensichtlich aber nachtragend, jähzornig, und wahrscheinlich auch sehr opportunistisch!

War sie es gewesen, die Lang die K.-o.-Tropfen eingeflößt und seinen Leichnam anschließend entsorgt hatte?

Als Seglerin verfügte sie über eine kräftige Armmuskulatur, aber wäre es ihr möglich gewesen, einen ausgewachsenen Mann, auch wenn der vielleicht nur siebzig Kilo gewogen hatte, in ein Boot zu katapultieren?

Nein, das hätte sie alleine nicht geschafft, war Anna überzeugt.

Daniela Varga hätte dafür einen Komplizen gebraucht! Stammte dieser aus dem Täterkreis der Home Invasion? Ja, das wäre denkbar. Aber wie war es den beiden gelungen, zur Seehütte zu kommen?

Die Eingänge zur Romantika-Siedlung waren versperrt. Es wäre für einen professionellen Einbrecher zwar nicht schwierig gewesen, eines der Schlösser zu knacken, allerdings wäre das Risiko, am helllichten Tag dabei beobachtet zu werden, sehr groß gewesen. Dieses Risiko hätte Daniela Varga wahrscheinlich nicht auf sich genommen.

Also waren die beiden vielleicht auf dem Seeweg mit einem Boot zu Langs Hütte gefahren, wo Daniela Varga Walter Lang die K.-o.-Tropfen in einem Getränk verabreicht hatte.

Nachdem er das Bewusstsein verloren hatte, hatten sie und ihr Komplize Walter Langs Leichnam in dessen Boot verfrachtet und waren zum Kanal gefahren, wobei der Komplize Langs Boot gelenkt hatte, während ihm Daniela Varga in dem Elektroboot, mit dem sie gekommen waren, den Weg gewiesen hatte. Anschließend waren die beiden mit diesem Boot wohin auch immer gefahren.

Ja, so könnte es gewesen sein, befand Anna.

Aber wäre Daniela Varga tatsächlich dazu fähig, einen derart kaltblütigen Mord auszuführen?

Nein, das passt nicht zu ihr!, entschied Anna.

Aber zur Tanja Lang würde es passen!, fiel es ihr gleich darauf wie Schuppen von den Augen. Niemand in Rust kennt sie! Sie hatte, zumindest in der Zeit, als sie noch im *Schampus* gearbeitet hatte, Kontakt zu Unterweltkreisen. Es wäre ein Leichtes für sie gewesen, *Liquid Ecstasy* oder K.-o.-Tropfen zu besorgen! Und sie war am Nachmittag des 13. Juni nur wenige Kilometer von Rust entfernt gewesen. Und zwar mit einem Mann. Und die beiden hatten eine nautische Karte vom Neusiedler See dabeigehabt!

War dieser Mann ihr Komplize gewesen?

Anna versuchte krampfhaft, sich die Szene in Oggau in Erinnerung zu bringen.

Tanja Lang hatte sich, als Anna sie im Waschraum des Lokals beobachtet hatte, die Lippen nachgezogen, ihr Gesicht gepudert und ihr Haar in Ordnung gebracht.

So etwas macht man nur, wenn man einem Mann gefallen will, überlegte Anna.

Hatte es sich bei dem Mann um Tanja Langs Liebhaber gehandelt?

Er hätte von seiner äußeren Erscheinung her durchaus aus Südosteuropa stammen, also ein Mitglied jener Bande gewesen sein können, die den Überfall auf Edith Horvath ausgeführt hatte.

Daniela Varga hatte Tanja Lang als kaltblütiges und berechnendes Luder bezeichnet.

Und dass ihr der Tod ihres Ehemannes nicht nahegegangen war, war offensichtlich gewesen.

Aber welches Motiv hätte sie gehabt, ihn zu töten?

Selbst wenn er sich tatsächlich hätte scheiden lassen wollen, so wäre dies erst zu einem Zeitpunkt gewesen, als er das Erbe von Edith Horvath bereits angetreten hätte. Und nachdem Tanja Lang ihn offensichtlich jahrelang finanziell unterstützt hatte, hätte sie im Fall einer Scheidung sicher Anspruch auf eine hohe Abfindung gehabt.

Nein, da musste noch ein zusätzliches Motiv vorgelegen haben.

Hass? Rache? Eifersucht? Verletzte Gefühle?

Vielleicht war es aber auch gar nicht Walter Lang gewesen, der sich hatte scheiden lassen wollen? Vielleicht war sie es ja, die sich von ihm trennen wollte, ohne dabei auf finanzielle Ansprüche verzichten zu müssen?

Vielleicht hatte nicht nur Walter Lang ein Verhältnis gehabt, vielleicht war sie ihm ebenfalls untreu gewesen?

Anna überlegte eine Weile hin und her, kam aber auf keinen grünen Zweig.

Und was hat es mit dem Mord an diesem Mirko Prantl auf sich?, fragte sie sich, nahm ihr Smartphone wieder zur Hand und tippte seinen Namen auf *Google* ein. Die Suche ergab keinen Treffer, also gab sie den Begriff *EMS-Trainingsstudio Wien Innere Stadt* ein. Hierzu erhielt sie zwar zwei Treffer und studierte in der Folge die Internetseiten der beiden Studios, der Name Mirko Prantl tauchte aber auch auf diesen Seiten nicht auf.

Jetzt schau ich mir noch das *Janus* an, beschloss sie und surfte zur Homepage des Lokals. Ein Hinweis auf der Startseite besagte, dass der Club aufgrund der Coronabedingten Sperre der Nachgastronomie derzeit geschlossen war und voraussichtlich erst wieder ab Juli geöffnet sein würde.

Den Lokalinformationen und Fotos entnahm Anna, dass der Club aus zwei Bereichen bestand. Und zwar einem ebenerdigen Lounge-, Bar- und Restaurantbereich mit holzgetäfelten Wänden, prunkvollen Lustern und einer gediegenen Möblierung, die an einen englischen Club erinnerte, sowie einem Dancefloor im Untergeschoss, dessen futuristisches, in unterschiedlichen Blautönen und in Weiß gehaltenes Design dem fiktiven Innenleben eines Raumschiffes nachempfunden war.

In der Fotogalerie entdeckte sie zahlreiche aus den Medien bekannte Persönlichkeiten aus den Bereichen des Show Business, aber auch Politiker und Wirtschaftsmagnaten.

Auf etlichen Bildern war auch Tanja Lang inmitten von Lokalgästen zu erkennen. Sie trug jeweils strenge schwarze Hosenanzüge oder Kostüme sowie weißen Blusen, das war offensichtlich ihre Arbeitskleidung.

Anna klickte sich durch die Fotos, plötzlich hielt sie inne, und vergrößerte eine Aufnahme, auf der Tanja Lang mit einem etwa knapp zwei Meter großen, sehr athletisch gebauten Mann abgebildet war. Das ist doch der …, schoss es ihr durch den Kopf.

14.

Dass sie Martin Nagy gegenüber nicht erwähnt hatte, dass der Mann, den sie am Nachmittag des 13. Juni gemeinsam mit Tanja Lang in der Marina in Oggau gesehen hatte, ein auffälliges Tattoo am Hals hatte, fiel Anna erst am nächsten Morgen beim Zähneputzen ein. Sie beschloss, dies nachzuholen, wenn sie ihn später am Tag treffen würde und ihm bei der Gelegenheit auch das Foto des Mannes zu zeigen.

»Du schaust heute aber ziemlich verschlafen aus«, sagte Bruno zu ihr, als sie sich zu ihm in den Garten setzte. »Wüsste ich es nicht besser, so müsste ich annehmen, dass du gestern Abend noch ausgegangen bist und die Nacht durchgemacht hast!«

»Ich bin erst nach Mitternacht ins Bett gegangen. Mir ist noch alles Mögliche durch den Kopf gegangen, ich konnte nicht einschlafen«, antwortete Anna und schilderte Bruno ihre Überlegungen hinsichtlich Tanja Lang, und zeigte ihm auf ihrem Handy die Aufnahme aus der Fotogalerie des *Janus*.

»Das ist ein bisschen unscharf«, stellte Bruno fest.

»Ich weiß, aber wenn ich's vergrößere, wird's noch unschärfer.«

»Bist du sicher, dass es sich dabei tatsächlich um den Begleiter der Tanja Lang gehandelt hat?«

»Ja! Vor allem was die Tätowierung an seinem Hals anbelangt. Etwas in der Art habe ich noch nie gesehen. Eine Rose, die von einer knöchernen Skeletthand umklammert wird. Das ist irgendwie makaber. Was kann so ein Motiv bedeuten?«

»Ich versteh nichts von Tattoos, aber vielleicht irgendetwas in der Art von Tod und ewiger Liebe oder so«, antwortete Bruno. »Schick mir den Link zum Foto bitte per WhatsApp!«

»Wozu?«

»Ich möchte es dem Martin schicken, vielleicht ist es wichtig«, antwortete Bruno und sagte, nachdem er den Link mit einem entsprechenden Kommentar versandt hatte: »Und jetzt legen wir das Thema ad acta, denn schließlich sind wir ja nicht nach Rust gekommen, um hier diverse Verbrechen aufzuklären. Also, was möchtest du heute unternehmen?«

»Naja, es ist jetzt kurz nach neun, eine größere Radtour geht sich vor der Eröffnung der Benefizveranstaltung nicht mehr aus«, überlegte Anna. »Wir könnten eine Rundfahrt mit dem Ausflugsschiff machen. Wenn ich mich recht erinnere, dann legt das Schiff am Stadthafen um 10.30 Uhr ab.«

»Ja, das machen wir!«

Aus dem Ausflug sollte aber nichts werden, denn als sie auf dem Weg zur Anlegestelle waren, rief Martin Nagy Bruno an und fragte: »Wo seid ihr?«

»In Rust.«

»Könntest du mit der Anna kurzfristig ins LKA nach Eisenstadt kommen?«

»Ja, warum?«

»Ich sitze gerade mit den Kollegen vom LKA beisammen und habe ihnen das Foto gezeigt, das du mir vorhin geschickt hast. Bei dem Mann könnte es sich um den Mirko Prantl handeln und wenn das tatsächlich der Fall ist, so würde das die Ermittlungen ein großes Stück weiterbringen. Die Aufnahme ist allerdings etwas unscharf, von daher würden wir die Anna bitten, den Mann anhand der hier aufliegenden Fotos zu identifizieren!«

»Ja, natürlich«, stimmte Bruno zu, ließ sich von Martin Nagy die Adresse des LKA durchgeben und sagte: »Wir beeilen uns und nehmen ein Taxi!«

»Das müsst ihr nicht, wir sitzen hier sicher noch bis zum frühen Nachmittag beisammen. Es gibt von Rust aus einen direkten Bus nach Eisenstadt, du müsstest dir nur die Abfahrtszeiten raussuchen.«

»Okay, bei wem sollen wir uns anmelden?«

»Fragt nach dem Chefinspektor Adametz!«

»Hast du gewusst, dass Eisenstadt mit nur 14.000 Einwohnern die kleinste Landeshauptstadt Österreichs ist?«, fragte Bruno während der Fahrt zum Landeskriminalamt.

»Nein«, murmelte Anna geistesabwesend, denn sie sah ihrer Befragung mit einer gewissen Nervosität entgegen.

Bruno ahnte, was in ihr vorging, daher schwieg er während der restlichen Fahrt und schaute aus dem Fenster.

»Das ist das erste Mal in meinem Leben, dass ich eine Polizeidienststelle betrete«, sagte Anna, als sie kurz vor Mittag vor dem Gebäude des Landeskriminalamts standen.

»Sei froh, dass es keine anderen Umstände sind, die dich hierherführen«, antwortete Bruno, hielt ihr die Eingangstür auf und wies auf einen Schalter, an dem hinter einer Plexiglasscheibe ein uniformierter Beamter saß. »Du musst dich da vorne anmelden!«

»Kommst du denn nicht mit?«, fragte Anna verunsichert.

»Doch! Aber du bist diejenige, die der Adametz sehen will!«

»Was soll ich sagen?«

»Deinen Namen und dass du vom Chefinspektor Adametz erwartet wirst!«

»Na gut«, sagte Anna und ging zögernd zum Schalter. »Grüß Gott!«

Der uniformierte Polizeibeamte erwiderte ihren Gruß und schaute sie fragend an. »Ja?«

»Ich soll zum Herrn Chefinspektor Adametz kommen!«

»Worum geht's?«

»Um den Mordfall Walter Lang! Ich hätte da eine Aussage zu machen …!«

»Augenblick!« Der Beamte griff zum Telefon und sagte, nachdem er Anna und Bruno angemeldet hatte. »Warten Sie bitte hier, Sie werden gleich abgeholt.«

Kurz darauf erschien Martin Nagy. »Grüß euch. Bitte kommt's mit!«, sagte er und ging mit raschen Schritten zu einem Besprechungszimmer, in dem der Bruno mittlerweile bekannte Chefinspektor Adametz zusammen mit einem weiteren Polizeibeamten an einem Tisch saß. Bei ihrem Eintreten erhoben sich die beiden Männer.

»Hallo!«, sagte Adametz zu Bruno. »Damit habe ich nicht gerechnet, dass wir uns so schnell wiedersehen! Und schon gar nicht hier!«

»Ich auch nicht«, erwiderte Bruno lächelnd und wies auf Anna. »Das ist meine liebe Ehefrau!«

»Freut mich!«, sagte Adametz und stellte seinen Kollegen vor, einen Mann mit schütterem grauem Haar und einer randlosen Brille, der ihnen höflich zunickte. »Das ist der Chefinspektor Hofer vom EB01. Er leitet die Ermittlungen in den Mordfällen Lang und Prantl. Bitte nehmen Sie Platz. Kann ich Ihnen einen Kaffee anbieten oder ein Mineralwasser?«

Anna und Bruno schüttelten dankend den Kopf.

Adametz nahm Annas Daten zu Protokoll und sagte dann: »Dann fangen wir an, Frau Specht! Sie haben also am Sonntag, den 13. Juni, gegen 14.00 Uhr die Frau Lang und den Mann, dessen Foto Sie uns haben zukommen lassen, in der Marina vom Yachtlub Oggau gesehen. Können Sie mir den Mann beschreiben?«

»Ja. Er war zirka zwei Meter groß, athletisch gebaut und hatte sehr kurzes schwarzes Haar und dunkle Bartstoppeln.«

»Wie war er gekleidet?«

»Er trug Bluejeans und ein ärmelloses weißes Tanktop. Seine Oberarme waren stark tätowiert, am Hals hatte ein Tattoo mit einer roten Rose, die von einer Skeletthand umklammert war.«

»Gut! Ich zeige ihnen jetzt fünf Fotos von Männern, die Ihrer Beschreibung in etwa entsprechen. Bitte sagen Sie mir, welchen dieser Männer Sie zusammen mit der Frau Lang in Oggau gesehen haben.«

Anna musste die gestochen scharfen Aufnahmen nicht lange betrachten, sie zeigte spontan auf das Foto mit der Nummer 2. »Das ist er!«

Adametz warf Hofer und Martin Nagy einen vielsagenden Blick zu. »Danke Frau Specht, das war's schon. Sie haben uns sehr geholfen. Es wäre möglich, dass Sie Ihre Aussage vor Gericht wiederholen müssen. Würden Sie diesfalls Ihre soeben gemachte Angabe bestätigen?«

»Ja natürlich. Und Sie können das ja auch noch anderweitig überprüfen lassen!«

Adametz schaute Anna verwundert an. »Wie meinen Sie das?«

»Naja, die Kellnerin von der Marina hat unsere Impfpässe und unsere Personalausweise kontrolliert, und wir mussten auch das Formular für das Contact Tracing ausfüllen.

Ich nehme an, dass die Tanja Lang und dieser Mann das ebenfalls machen mussten!«

»Gut kombiniert«, sagte Adametz anerkennend und stand auf. »Ich lasse jetzt ein kurzes Protokoll anfertigen, das müssen Sie anschließend bitte unterschreiben.«

»Sollen wir hier warten?«, fragte Bruno Martin Nagy. »Oder irgendwo draußen am Gang? Wir wollen euch nicht stören.«

»Nein, ihr könnt ruhig hierbleiben. Wir haben uns ohnehin eine kurze Pause verdient«, antwortete Martin Nagy und ging zu einer auf einem Sideboard befindlichen Espressomaschine. »Wollt ihr wirklich keinen Kaffee?«

»Nein, danke.«

»Aber ich hätte gerne einen«, sagte der Beamte, den Adametz als Chefinspektor Hofer vorgestellt hatte, und wandte sich dann an Bruno. »Wir haben uns übrigens einmal kurz kennengelernt!«

»Ah ja?«, fragte Bruno und musterte den grauhaarigen Mann, der nach seiner Einschätzung knapp sechzig Jahre alt war. Das Gesicht des Mannes kam ihm bekannt vor, er konnte es aber nicht einordnen. »Tut mir leid, ich kann mich jetzt nicht erinnern …?«

»Das ist ja auch schon fünfzehn Jahre her!«, erwiderte Hofer. »Ich hab zu der Zeit noch zehn Kilo weniger gewogen, meine Haare waren noch nicht grau, und ich hab auch noch keine Brille gebraucht! Ich war damals bei einem Seminar im LKA Wien! An den genauen Titel des Seminars kann ich mich nicht mehr erinnern, es hat was mit Vernehmungs- und Gesprächsführungsmethoden in der Ermittlungsarbeit zu tun gehabt.«

Bruno hatte im Laufe seiner Polizeilaufbahn zahlreiche Seminare oder Fortbildungsveranstaltungen absolviert und dabei auch viele Kollegen und Kolleginnen anderer Dienststellen flüchtig kennengelernt, konnte sich im konkreten Fall aber weder an das Seminar noch an Hofer erinnern. Daher sagte er nur vage: »Ah ja! Und Sie leiten also die Ermittlungen in den Mordfällen Lang und Prantl?«

»So ist es.«

»Meine Frau hat, was den Mord an Walter Lang anbelangt, eine recht interessante Vermutung angestellt«, sagte Bruno.

Hofer schaute Anna überrascht an. »Lassen Sie hören, Frau Specht!«

»Es geht um das Elektroboot, ich hab mir überlegt, wie der Mörder den Leichnam vom Walter Lang zum Kanal gebracht haben könnte, aber vielleicht ist das Ganze ja auch nur ein Hirngespinst«, sagte Anna stockend.

»Bei einer Mordermittlung sollte man keinen auch noch so abwegigen Erklärungsansatz außer Acht lassen«, erwiderte Hofer. »Wie ist das also mit dem Elektroboot?«

»Naja, eigentlich geht es ja um zwei Elektroboote …«, begann Anna und schilderte Hofer ihren Gedankengang.

»Nicht schlecht, Frau Specht!«, sagte er beeindruckt, nachdem sie geendet hatte. »An Ihnen ist offensichtlich eine gute Kriminalistin verlorengegangen. Haben Sie sich das bei Ihrem Mann abgeschaut?«

Anna errötete ob des unerwarteten Lobes. Sie wusste nicht, was sie darauf erwidern sollte und war froh darüber, dass Adametz gerade in den Besprechungsraum zurückkehrte und ihr das Protokoll zeigte. Sie las es aufmerksam durch und unterschrieb es dann.

»Danke nochmals, dass Sie vorbeigekommen sind«, sagte Adametz, und damit war für Anna und Bruno klar, dass die Befragung beendet war, also standen sie auf und verabschiedeten sich.

Martin Nagy begleitete sie zum Ausgang. »Was unseren Ausflug nach Großhöflein betrifft«, sagte er, »würde es euch stören, wenn wir den auf morgen verschieben? Meine Mutter möchte euch nämlich gerne kennenlernen und sie würde sich sehr freuen, wenn ihr heute zu uns zum Abendessen kommt.«

»Ja gerne!«, antwortete Bruno spontan, denn er wollte weder Martin Nagy noch dessen Mutter brüskieren. »Um welche Uhrzeit?«

»Gegen sechs?«

»Ja, das passt gut.«

»Ich hab hier noch zirka zwei bis drei Stunden zu tun, wollt ihr anschließend mit mir nach Rust zurückfahren? Ihr könntet euch in der Zwischenzeit Eisenstadt anschauen, oder das Schloss besichtigen.«

»Ja, so machen wir das!«

»Gut, dann ruf ich euch an, sobald ich hier wegfahre!«

Anna und Bruno hatten beschlossen, vom Polizeigebäude aus zu Fuß ins Zentrum zu gehen und das Schloss Esterházy zu besichtigen. Auf dem Weg dorthin ließ Anna die letzte halbe Stunde nochmals Revue passieren. Die bürohafte Atmosphäre im Landeskriminalamt hatte so gar nicht ihren Erwartungen entsprochen, denn sie hatte angenommen, dass auf den Gängen, so wie sie es aus diversen Kriminalfilmen oder -serien kannte, lärmende, von uniformierten Polizisten bewachte Personen darauf warteten, einvernommen zu werden. Und auch was die Chefinspektoren Adametz und Hofer anbelangte, so war sie von deren biederem Aussehen überrascht gewesen. Nichts in ihren Mienen oder in ihrem Gehabe hatte darauf hingedeutet, welch herausfordernden und heiklen Beruf sie ausübten und dass sie es tagtäglich mit Schwerverbrechern und brutalen Gewalttätern zu tun hatten.

Weil auf der stark befahrenen Straße gerade ein Auto neben ihr geräuschvoll abbremste, wandte sie ihre Aufmerksamkeit wieder der Gegenwart zu und fragte Bruno: »Glaubst du, dass ich wirklich vor Gericht aussagen muss?«

»Das werden die weiteren Ermittlungen ergeben.«

»Wird die Tanja Lang jetzt verhört werden?«

»Du meinst, ob sie befragt oder einvernommen wird?«

»Ja.«

»Ja, davon gehe ich aus. Und ich nehme an, dass sie zunächst einmal dazu befragt wird, welcher Art ihre Beziehung zu Mirko Prantl war und weshalb sie sich in Oggau mit ihm getroffen hat.«

»Und wenn sich im Zuge dieser Befragung herausstellt, dass sie etwas mit dem Mord an Walter Lang zu tun hatte, wird sie dann verhaftet?«

»Nein, so schnell geht das nicht«, antwortete Bruno lächelnd. »Die Behandlung von tatverdächtigen Personen ist gesetzlich genau geregelt. Zunächst muss im Zuge von Vorerhebungen erst einmal festgestellt werden, ob überhaupt Anhaltspunkte dafür vorliegen, dass eine Person eine strafbare Handlung begangen haben oder an deren Ausführung beteiligt gewesen sein könnte.

Sollte sich aus diesen Erhebungen ein begründeter Tatverdacht ableiten lassen, so erfolgt eine erkennungsdienstliche Behandlung zwecks Erfassung von zum Beispiel Fingerabdrücken, Körpergröße, Blutgruppe, DNA und so weiter. Das dient gleichermaßen zur Belastung als auch zur Entlastung einer tatverdächtigen Person.«

»Wird man als verdächtige Person eigentlich davon verständigt, dass gegen einen ermittelt wird?«

»Ja, es besteht eine Informationspflicht tatverdächtigen Personen gegenüber.«

»Damit wäre eine verdächtige Person aber gewarnt und könnte unter Umständen allfällige Beweise vernichten!«

»Das ist richtig! Und deshalb können die Ermittlungsbehörden, sollte der Zweck der Ermittlung gefährdet sein, dieser Informationspflicht auch erst zu einem späteren Zeitpunkt nachkommen. Das wird individuell von Fall zu Fall und je nach Verfügbarkeit von Beweismitteln entschieden.«

»Welche Beweismittel wären das?«

»Zeugen zum Beispiel, oder Tatortspuren!«

»Und wenn es im Fall des Mordes an Walter Lang und Mirko Prantl keine ausreichenden Beweismittel gibt, was geschieht dann?«

»Beweismittel gibt's immer, es ist nur die Frage, ob sie vor Gericht standhalten!«, sagte Bruno und schloss das Thema damit ab, denn sie waren mittlerweile vor dem Schloss Esterházy angekommen.

Bei einem geführten Rundgang durch die prunkvollen Räume der Beletage erfuhren sie, dass an der Stelle des heutigen Schlosses einst eine gotische Burg gestanden hatte, deren Ursprünge auf das 13. Jahrhundert zurückgingen. Diese Burg war im Jahr 1649 in den Besitz der Fürstenfamilie Esterházy gelangt und stand seither in deren Eigentum.

Im Laufe der Zeit war das Schloss immer wieder vergrößert und von Paul I. Esterházy im barocken Stil ausgebaut worden. Im Zuge dieses Ausbaus war auch der *Große Saal* mit seinen opulenten Fresken entstanden, der aufgrund seiner einzigartigen Akustik zu den renommiertesten Konzertsälen weltweit zählte. Der Saal war in der Folge nach Joseph Haydn benannt worden, der im 18. Jahrhundert mehr als dreißig Jahre lang als Kapellmeister im Dienst des Fürstenhauses gestanden hatte, hunderte Kompositionen waren in diesem Zeitraum entstanden.

Anfang des 19. Jahrhunderts war der Bau schließlich zu einem klassizistischen Schloss umgebaut worden. Da die finanzielle Belastung der Fürstenfamilie während der Besetzung durch die napoleonischen Truppen aber enorm gewesen war, hatte die ursprünglich geplante Vergrößerung des mittleren Teils der Residenz nicht realisiert werden können.

Nach dem Zweiten Weltkrieg war ein Teil des Schlosses vom Land Burgenland gepachtet worden. Die diesbezügliche Vereinbarung war im Jahr 2009 allerdings aufgehoben worden, seither wurde das Schloss von der Esterházy Privatstiftung verwaltet.

»Es ist erst dreiviertel zwei«, stellte Anna fest, nachdem sie ihren Rundgang beendet hatten. »Sollen wir noch ein bisschen durch den Park spazieren und uns den Leopoldinentempel ansehen?«

»Der Park ist an die fünfzig Hektar groß, das ist ein bisschen viel für einen Spaziergang. Wir sollten das auf ein anderes Mal verschieben und dann mit einer Stadtbesichtigung und dem Besuch der Ausstellungen im Landesmuseum kombinieren«, schlug Bruno vor.

Anna setzte gerade zu einer Antwort an, als Brunos Handy läutete. »Ich bin schon unterwegs«, sagte Martin Nagy. »Wo soll ich euch abholen?«

»Wir stehen vor dem Schloss«, antwortete Bruno.

»Gut, dann geht bitte zur Hauptstraße, Ecke Ignaz-Philipp-Semmelweis-Gasse. Dort befindet sich ein Juweliergeschäft, davor gibt's ein paar Parkplätze. Ich bin in zirka zehn Minuten da!«

Da an der angegebenen Adresse kein Parkplatz frei war, war Martin Nagy gezwungen, in zweiter Spur anzuhalten, was ihm ein wütendes Gehupe der nachfolgenden Autos einbrachte.

»Der Verkehr in Eisenstadt ist eine Katastrophe und das Parken ein Lotteriespiel«, beschwerte er sich, nachdem Anna und Bruno zugestiegen waren, und da er sich in den nächsten Minuten auf den hektischen Freitagnachmittagsverkehr konzentrieren musste, fragte ihn Anna erst, nachdem sie die Ortstafel von Trausdorf hinter sich gelassen hatten: »Womit könnten wir deiner Mutter denn eine Freude bereiten? Wir möchten gern ein Gastgeschenk mitbringen.«

»Ach herrje«, antwortete Martin Nagy mit ratloser Miene, »da hast du mich jetzt auf dem falschen Fuß erwischt.«

»Was hältst du von einer schönen Bonbonniere? Oder einem guten Rotwein?«

»Sie ist Diabetikerin, von daher darf sie leider nichts Süßes essen, und Wein trinkt sie auch keinen.«

»Blumen?«

»Die mag sie zwar sehr gern, hat sie aber eh im Garten.«

»Ach Martin, du bist mir keine große Hilfe.«

»Ich weiß! Aber ihr müsst gar nichts mitbringen außer guter Laune!«

15.

Anna und Bruno hatten, nachdem Martin Nagy sie in Rust am Franz-Josefs-Platz hatte aussteigen lassen, noch kurz am Rathausplatz und bei der Benefizveranstaltung des Storchenvereins vorbeigeschaut und sich an einem Informationsstand über den Verein informiert. Demnach war für das Jahr 2022 die Errichtung einer neuen Storchenstation direkt am Seeufer geplant, dort würden verletzte Störche in Boxen betreut werden, eine Überdachung sollte sie vor Schlechtwetter oder Kälte schützen. Die Kosten für die Errichtung der Storchenstation waren mit dreißigtausend Euro geschätzt, die der Verein unter anderem aus Spenden und den Einnahmen aus der Benefizveranstaltung aufbringen musste. Also leisteten auch Anna und Bruno einen kleinen Beitrag dazu, warfen einen Geldschein in die Sammelbox und schlenderten dann durch die von ehrenamtlichen Helfern betreuten Marktstände, an denen neben Getränken auch allerlei burgenländische Spezialitäten und die von Elke Andorfer gelieferten Mehlspeisen angeboten wurden.

Auf dem Weg zu ihrem Apartment besorgte Anna noch einen bunten Blumenstrauß, mit dem sie sich, nachdem sie sich frisch gemacht hatten, kurz vor sechs zu der von Martin Nagy angegebenen Adresse am Reiherweg aufmachten. Das einstöckige Einfamilienhaus stand inmitten eines großen Gartens mit Obstbäumen, Sträuchern und Blumen. Unter einem Kirschbaum war ein runder Tisch gedeckt. Bruno war gerade in Begriff, an der Türklingel des Gartentors zu läuten, als Martin Nagy mit Weingläsern aus dem Haus kam.

»Hallo!«, rief Bruno ihm zu.

»Ah, da seid ihr ja, pünktlich auf die Minute!«, rief Martin Nagy zurück, stellte die Gläser auf dem Tisch ab und öffnete ihnen das Gartentor. Gleich darauf kam eine zierliche, etwa achtzigjährige Frau mit grauweißem, auf dem Hinterkopf zu einem Knoten geflochtenen Haar aus dem Haus. Sie trug eine weiße kurzärmelige Bluse mit einem Spitzenkragen und einen blau-weiß gestreiften Rock, über den sie eine Küchenschürze gebunden hatte. Ihr Gesicht war leicht gebräunt und von Falten durchzogen, ihre haselnussbraunen Augen waren klar und strahlten Wärme und Vitalität aus, als sie Anna und Bruno begrüßte und sich für die Blumen bedankte. »Das wär doch nicht nötig gewesen«, sagte sie mit einem kaum wahrnehmbaren ungarischen Akzent.

»Naja, das ist das Mindeste, mit dem wir uns dafür entschuldigen können, dass wir Sie so kurzfristig überfallen!«, erwiderte Bruno und holte aus seinem Rucksack eine Flasche des in Frauenkirchen erworbenen Rotweins. »Und die ist für dich«, sagte er zu Martin Nagy.

»Das ist ja ein besonders edler Tropfen!«, stellte Martin Nagy beeindruckt fest. »Den werden wir heute noch verkosten«, schlug er vor und wies mit einer einladenden Geste zum Gartentisch. »Bitte nehmt's Platz. Was darf ich euch zu trinken anbieten? Ein Glas Gelber Muskateller für dich, Anna? Und ein Bier für dich, Bruno?«

»Ja, bitte!«

»Und was trinkst du, Mutti? Ausnahmsweise auch ein Glas Wein?«

»Nein, nur ein Wasser«, antwortete Martin Nagys Mutter und machte Anstalten ins Haus zurückzugehen. »Ich hab ein paar kleine Vorspeisen vorbereitet.«

»Nein, Mutti! Setz dich bitte mit der Anna an den Tisch, der Bruno und ich übernehmen das!«, entgegnete Martin Nagy.

»Na gut.«

»Schön haben Sie's hier!«, sagte Anna und ließ ihren Blick bewundernd über den Garten gleiten.

»Sagen wir uns Du, ich bin die Maria!«

»Gerne, ich heiße Anna!«

»Das ist ein schöner Name, meine Mutter, Gott hab sie selig, hat auch Anna geheißen. Sie hat aus Ungarn gestammt, aus Budapest.«

»Sprichst du ungarisch?«, fragte Anna.

»Igen[25]! Ich bin noch in Ungarn zur Schule gegangen. Meine Eltern sind mit uns Kindern im Jahr 1956 nach Österreich geflüchtet.«

»Also während des ungarischen Volksaufstandes?«, fragte Anna.

»Ja. Ich war damals vierzehn Jahre alt. Mein Vater hat an der Technischen Universität von Budapest Elektrotechnik unterrichtet. Er war antitotalitär eingestellt und hat auf dem Parlamentsplatz gemeinsam mit seinen Studenten gegen die Stalinisten protestiert, für Meinungs- und Pressefreiheit, freie Wahlen, ein Mehrparteiensystem, Streikrecht, bessere Arbeits- und Lebensbedingungen und den Abzug der sowjetischen Armee. Er hat mir später erzählt, dass die Polizei die Demonstranten zuerst mit Tränengas zurückgehalten hat, dann haben die Soldaten vom Staatssicherheitsdienst begonnen, auf sie zu schießen. Mein Vater ist dabei leicht verwundet worden. Am nächsten Tag sind die Panzer gekommen und haben in der Innenstadt auf Gebäu-

---

25 Jawohl

de geschossen. Daraufhin haben meine Eltern das Nötigste zusammengepackt und sind mit mir und meiner Schwester bei Nacht und Nebel nach Österreich geflüchtet.«

»Das muss schlimm gewesen sein!«, sagte Anna teilnahmsvoll.

»Ja, das war es. Wir sind zuerst in einem Auffanglager in Mörbisch untergebracht gewesen, später haben uns dann entfernte Verwandte aufgenommen, die in Eisenstadt gewohnt haben. Die ersten Jahre waren hart für uns, wir sind zwar in Budapest zweisprachig aufgewachsen, aber, naja, es war nicht leicht, in Österreich Fuß zu fassen! Die Österreicher haben ja nicht damit gerechnet, dass so viele Ungarn in ihr Land kommen werden, und etliche Politiker haben gesagt, dass wir nur deshalb geflüchtet sind, weil wir faul sind und in Österreich alles gratis haben wollen! Was natürlich nicht gestimmt hat, denn wir haben ja unser sämtliches Hab und Gut zurücklassen müssen. Und wir haben gehofft, dass wir bald wieder nach Ungarn zurückkehren können. Aber das war, nachdem unter dem Kádár-Regime eine pro-sowjetische Regierung installiert worden ist, nicht möglich. Aber lassen wir das, jetzt geht's uns gut, und das ist alles, was zählt!«, sagte Maria Nagy, denn Bruno kam gerade mit den Getränken in den Garten, gefolgt von Martin Nagy, der eine Porzellanplatte mit appetitlich dekorierten Häppchen mit geräuchertem Fisch auf den Tisch stellte und anschließend ihre Gläser füllte.

»Zum Wohl!«, sagte er und hob sein Bierglas.

»Wie sagt man das auf Ungarisch?«, fragte Anna.

»Egészségére!«, antwortete Maria Nagy und stieß mit Bruno auf das Du-Wort an.

Anna versuchte, Egészségére richtig nachzusprechen, bei ihr klang es aber wie *Ägäschägärä*, was zu allgemeiner Heiterkeit führte.

»Das schmeckt hervorragend!«, sagte Bruno, nachdem er ein Häppchen mit dem geräucherten Fisch gekostet hatte. »Woher hast du den Räucherfisch?«

»Von einer Fischzucht in Pamhagen. Eine Nachbarin fährt hin und wieder rüber und bringt mir dann immer ein paar vakuumierte Filets mit.«

»Das bedeutet, dass wir noch einmal nach Pamhagen radeln müssen!«, sagte Bruno zu Anna. »So einen Räucherfisch möchte ich nämlich gerne nach Wien mitnehmen!«

»Nein, das müsst ihr nicht!«, erklärte Maria Nagy. »Der Fischhändler liefert jeden Freitag auch nach Wien, seine Fische werden an einem Stand am Naschmarkt verkauft!«

»Ah, das ist gut zu wissen«, antwortete Bruno, nahm sich noch eines der kleinen Brötchen und sagte. »Ich hab in unseren Reiseunterlagen gelesen, dass es am Neusiedler See nur noch wenige Berufsfischer gibt?«

»Ja, das stimmt leider, dabei war das früher ein wichtiges Gewerbe rund um den See. Unser Zander zum Beispiel gilt als einer der besten von ganz Europa, hab ich mir sagen lassen. Und unsere Wildkarpfen auch, die sind nämlich fettärmer als solche aus anderen Gewässern. Früher war auch der Aal ein gutes Geschäft für die Fischerei, nachdem sich der im See aber nicht wirklich vermehrt, sondern künstlich ausgesetzt werden muss und außerdem ein Laichräuber ist, haben die meisten Berufsfischer vor zwanzig Jahren mit der Aalbewirtschaftung wieder aufgehört«, sagte Maria Nagy und fragte, weil die Platte mit den Räucherfischen mittlerweile geleert war: »Soll ich noch ein paar machen?«

»Nein, danke.«

»Gut, dann geh ich jetzt das Paprikahendl aufwärmen und die Nockerl kochen!«

»Kann ich dir helfen?«, fragte Anna, da sie aus eigener Erfahrung wusste, wie stressig die Bewirtung von Gästen für eine Hausfrau sein konnte und auch sie in solchen Fällen immer dankbar war für eine helfende Hand. »Und vielleicht kannst du mir bei der Gelegenheit auch das Rezept für das Paprikhendl verraten?«, fragte sie. »Das ist nämlich eine meiner Leibspeisen, ich ess es immer, wenn's in einem Lokal auf der Speisekarte steht, was leider nur selten der Fall ist, hab's selber aber noch nie gekocht!«

»Das ist ganz einfach zu machen«, sagte Maria Nagy, während sie ins Haus gingen, und weihte Anna in der Folge in ihre Küchengeheimnisse ein.

Bruno nützte die Abwesenheit von Anna und Maria Nagy, um sich bei Martin Nagy nach dem aktuellen Ermittlungsstand im Mordfall Mirko Prantl zu erkundigen.

»Gibt's neue Erkenntnisse, welcher Art die Verbindung zwischen ihm und dem Walter Lang war?«

»Nein, darüber können wir im Augenblick nur spekulieren.«

»Welche Informationen liegen bislang über den Mirko Prantl vor?«

»Er wurde 1983 in Wien geboren, war also zum Zeitpunkt seines Todes achtunddreißig Jahre alt. Nach Absolvierung der Grundschule hat er eine Lehre in einer Kfz-Werkstätte begonnen, die er aber nach zwei Jahren abgebrochen hat. In der Folge hat er sich in der Gastronomie und in anderen Branchen mit Hilfstätigkeiten verdingt, parallel dazu hat er abends eine Ausbildung zum Fitnesstrainer gemacht. Ab dem Jahr 2009 hat er in einem Fitnessstudio in Wien Fünfhaus gearbeitet und das Studio vier Jahre später übernommen. Im Jahr 2018 wurde er aufgrund des Handels mit verbotenen Substanzen, konkret mit Anabolika, rechtskräftig zu sechs Monaten bedingter Haft verurteilt, seine restliche Laufbahn kennst du bereits.«

»Neben dem Bezug des Arbeitslosengeldes …, wovon hat er seither gelebt?«, fragte Bruno.

»Er muss einen sehr einträglichen Nebenerwerb gehabt haben, so viel steht fest, denn ansonsten hätte er es sich nicht leisten können, die monatlichen Leasingraten für seinen BMW zu bezahlen. Der Hofer hat routinemäßig seine Bankverbindung überprüfen lassen, das Ergebnis war recht aufschlussreich, denn vom Konto des Mirko Prantl wurden nur Einziehungs- und Daueraufträge abgebucht, es gab jedoch keine Barbehebungen!«

»Vielleicht hat er wiederum mit irgendwelchen verbotenen Substanzen gedealt?«

»Das wäre naheliegend.«

»Wurde seine Wohnung durchsucht?«

»Ja, dabei wurden rund zwanzigtausend Euro in kleinen Scheinen gefunden.«

»Könnten die aus dem Überfall auf die Edith Horvath stammen?«

»Nein, eher nicht. Die hatte ihr Barvermögen in ihrem Tresor laut ihrer Heimhilfe in Scheinen von einhundert Euro aufbewahrt.«

»Woher wusste die Heimhilfe das?«

»Die Edith Horvath hat ihr fürs Einkaufen immer Hunderterscheine mitgegeben.«

»Die Schmuckschatulle und die silbernen Ziergegenstände wurden in der Wohnung vom Mirko Prantl nicht gefunden?«

»Nein.«

»Wie sieht's mit seinem persönlichen Umfeld aus? Aus

welchen Verhältnissen stammt er? In welchen Kreisen hat er verkehrt?«

»Seine Eltern stammen aus dem ehemaligen Jugoslawien. Das sind laut dem Hofer rechtschaffene, bestens integrierte Menschen.«

»War er verheiratet, hatte er Kinder?«

»Er war mit einer gewissen Verena Prantl verheiratet, deren Familiennamen er bei seiner Verehelichung angenommen hat. Die Ehe war kinderlos, seine Frau hat sich nach knapp zweijähriger Ehe im Jahr 2011 von ihm scheiden lassen, da er zu körperlicher Gewalt neigte.«

»Hatte sie Anzeige gegen ihn erstattet?«

»Ja, hatte sie. Sie hat diese Anzeige aber wenig später wieder zurückgezogen. Wahrscheinlich hatte sie Angst, dass er sich deshalb an ihr rächen würde! So etwas passiert leider sehr häufig.«

»Gab's bei der Auswertung seines Bewegungsprofils irgendwelche Auffälligkeiten? Wo hat er sich am Abend des 19. Mai aufgehalten?«

»Da war sein Handy die ganze Zeit über an seiner Wohnadresse in Wien eingeloggt.«

»Das bedeutet, dass er an der Home Invasion entweder nicht beteiligt war, oder aber sein Handy bewusst zurückgelassen hat, um zu verhindern, dass er nachträglich geortet werden kann!«

»Genau. Und da er in der fraglichen Zeit mehrere eingehende Anrufe hatte, die er nicht angenommen hat, und auch keine ausgehenden Anrufe getätigt hat, können wir von Letzterem ausgehen!«

Martin Nagy machte eine kurze Pause. »Am 13. Juni war er aber weniger vorsichtig. Wir haben nach der heutigen Aussage der Anna nochmals sein Bewegungsprofil überprüft, dabei wurde festgestellt, dass er zur fraglichen Zeit in Oggau war, und zwischen 15.00 und 17.00 Uhr in Rust, wo er sich im Hafengelände aufgehalten hat! Daraufhin hat der Hofer zwei seiner Inspektoren nach Rust zum Bootsverleih geschickt und siehe da: einer der dortigen Mitarbeiter hat den Prantl auf einem Foto wiedererkannt, und konnte anhand seiner Aufzeichnungen auch bestätigen, dass der Prantl um 15.00 Uhr ein Elektroboot angemietet und kurz vor 17.00 Uhr zurückgebracht hatte. Der Hinweis von der Anna war also Goldes wert!«

»Konnte sich dieser Mitarbeiter daran erinnern, ob der Prantl in Begleitung war?«

»Er war, zumindest bei der Anmietung und Rückgabe des Bootes, alleine.«

»Sehr gut!«, sagte Bruno zufrieden. »Wie sieht's mit den Handykontakten des Mirko Prantl aus? Er hat ja dreimal mit dem Lang telefoniert, gab's darüber hinaus weitere Kontakte, die mit der Home Invasion oder dem Mordfall Walter Lang in Zusammenhang stehen könnten? Etwa mit der Tanja Lang oder der Daniela Varga?«

»Nein, weder noch!«

»Ist die Daniela Varga überprüft worden? Hat sie für den späten Nachmittag des 13. Juni ein Alibi?«

»Ja. Sie hat mit Freunden eine Segelpartie unternommen und war mit ihnen anschließend bis zirka 21.00 Uhr in einer Vinothek in der Ruster Haydngasse.«

»Also können wir sie von Tat ausschließen. Was ist mit der Freundin vom Walter Lang, der …?«, Bruno überlegte kurz, »… ich hab ihren Namen im Augenblick grad nicht präsent.«

»Andrea Kolaritsch heißt sie.«

»Wo hat sich die am Sonntag zur bewussten Zeit aufgehalten?«

»Sie hat ihren Imbissstand kurz nach 19.00 Uhr geschlossen und ist nach Mörbisch gefahren, wo sie für 20.00 Uhr in einem Lokal mit dem Walter Lang verabredet war. Da er aus den bekannten Gründen nicht erschienen ist, hat sie einen Kaffee getrunken und ist anschließend wieder nach Rust gefahren.«

»Wo hat sie den Lang eigentlich kennengelernt? Wie lange waren die beiden schon ein Paar?«, fragte Bruno.

»Sie haben sich laut Andrea Kolaritsch vor zirka drei Monaten über eine Dating Plattform kennengelernt.«

»Und wo haben sich die beiden damals getroffen? Vor drei Monaten gab's ja noch Ausgangssperren.«

»In Rust, in der Wohnung der Andrea Kolaritsch.«

»Wie haben die beiden miteinander kommuniziert? Über SMS oder WhatsApp?«

»Nein, über *Telegram*!«

»Was ist das?«

»Das ist ein Internet-Nachrichtendienst, bei dem die Chats Ende-zu-Ende verschlüsselt werden können.«

»Stellt die Auswertung dieser Chats ein Problem dar?«

»Nein, es bedarf lediglich einer staatsanwaltschaftlichen Anordnung!«

»Wie verhält es sich mit dem Ankauf der Csárda? War die Andrea Kolaritsch darin involviert?«

»Ja. Die Idee dafür kam, ihren Angaben zufolge, ja von ihr selbst. Sie hat, bevor sie den Imbissstand am Hafen übernommen hat, ein paar Jahre lang in der Csárda gearbeitet und hat angeblich ein Konzept für die touristische Vermarktung entwickelt. Ihr fehlte dafür nur das nötige Kleingeld, die Finanzierung hätte der Lang übernommen.«

»Was hätte der Lang in einer Csárda gemacht, mitten in

…, bitte entschuldige den Ausdruck und versteh das nicht falsch, … mitten in der Pampa[26]?«, fragte Bruno skeptisch.

»Nein, du hast schon recht! Die Csárda befindet sich zwar in einem landschaftlich sehr schönen Gebiet, ist aber völlig abgelegen, dort sagen sich Fuchs und Hase gute Nacht!

Der Hofer hat sich das ebenfalls gefragt und hat die Andrea Kolaritsch darauf angesprochen. Laut ihren Angaben wollte er sich beruflich umorientieren und sich aufs Schreiben von Drehbüchern verlegen. Wie das allerdings mit dem touristischen Vermarktungskonzept der Andrea Kolaritsch vereinbar gewesen wäre, ist eine andere Frage.«

»Gut, dann kommen wir jetzt zur Tanja Lang. Ihre Telefonnummer befand sich also nicht unter den Handykontakten des Mirko Prantl. Das ist schon ziemlich eigenartig, findest du nicht?«

»Absolut!«

»Könnte es sein, dass der Prantl ein nicht registriertes Telefon besaß, über das die beiden kommuniziert haben?«

»Das wäre durchaus vorstellbar. In Österreich müssen seit dem 1. Jänner 2019 zwar alle Handys mit Prepaid-SIM-Karten registriert werden, in einigen europäischen Nicht-EU-Staaten ist es allerdings nach wie vor möglich, Wertkartenhandys beziehungsweise Wertkarten anonym zu kaufen.«

»Wurden die Handydaten der Tanja Lang bereits ausgewertet?«

»Nein, sie galt bislang ja nicht als verdächtige Person. Der Hofer hat aber im Anschluss an unser heutiges Gespräch einen diesbezüglichen Antrag gestellt.« Martin Nagy wurde durch das Läuten seines Telefons unterbrochen. »Entschuldige, das ist der Hofer«, sagte er nach einem Blick auf das

---

26 Wird umgangssprachlich als flache, öde Landschaft bezeichnet

Display und meldete sich mit: »Hallo Peter?«

Während Martin Nagy mit Hofer telefonierte ging Bruno ins Haus, um den leeren Wasserkrug aufzufüllen, unterhielt sich dabei kurz mit Anna und Maria Nagy, die gerade dabei waren, die Nockerl zu kochen, und ging dann wieder in den Garten.

Martin Nagy hatte sein Telefonat mittlerweile beendet und starrte nachdenklich auf sein Telefon.

»Gibt's was Neues?«, fragte Bruno.

»Allerdings. Der Hofer hat mich gerade darüber informiert, dass die Kollegen der Spurensicherung ihre Arbeit in der Seehütte heute abgeschlossen haben. Dabei wurde auch ein kleiner Möbeltresor geöffnet, der sich in einem der Kleiderschränke befindet. Dort befanden sich rund zehntausend Euro sowie ein Dokument, aus dem hervorgeht, dass der Lang am Nachmittag des 20. Mai, also an jenem Tag, an dem er die Edith Horvath tot aufgefunden hat, in einem Institut mit einer Hochsicherheitstresoranlage in der Wiener Innenstadt eine Safebox angemietet hat, zu der er 24 Stunden täglich Zugang hatte. Die Zutrittskarte zu diesem Institut sowie ein Safeschlüssel lagen ebenfalls im Tresor. Der Hofer hat eine staatsanwaltschaftliche Anordnung zur Öffnung der Safebox beantragt, ich bin gespannt, was der Lang dort verstaut hatte!«

»Vielleicht seinen Anteil an der Home Invasion?«

»Das wäre möglich!«

»Was ist eigentlich mit dem Handy vom Lang? Wurde das mittlerweile gefunden?«

»Nein, und es konnte auch nicht geortet werden. Wahrscheinlich wurde die SIM-Karte vernichtet!«

»Hatte er ein Notebook oder ein Tablet?«

»Ein Notebook.«

»Wurden seine Mails und der Browserverlauf bereits analysiert?«

»Nein, die Überprüfung ist noch im Gange. Das Ergebnis sollte am Montag vorliegen.«

»Ist die spurentechnische Untersuchung des Elektrobootes schon abgeschlossen?«

»Nein.«

»Warum dauert das alles so lange?«, fragte Bruno stirnrunzelnd.

»Wir stecken mitten in einer Pandemie!«, erinnerte Martin Nagy ihn. »Selbst wenn jemand sich bislang nicht selbst infiziert hat, so muss der- oder diejenige, falls sich in deren unmittelbarem Umfeld eine infizierte Person befindet, in Quarantäne gehen. Auf die Art fallen aktuell hunderttausende Arbeitskräfte aus, das betrifft auch Polizei- oder Justizkreise.«

»Entschuldige, daran habe ich nicht gedacht«, gab Bruno verlegen zu und fragte: »Konntest du dich mittlerweile schon danach erkundigen, wer nach dem Tod des Walter Lang das Erbe der Edith Horvath antreten wird?«

»Ja. Der Lang hat das Erbe seiner Tante am 8. Juni im Beisein des Notars formal angenommen. Damit wurden alle juristischen Voraussetzungen erfüllt, dass er Alleinerbe ist, und dass das Erbe, auch im Falle seines Todes, in der geraden Erblinie weitervererbt wird. Der Lang selbst hat kein Testament aufgesetzt, daher erbt der Ehepartner, also die Tanja Lang, die ganze Verlassenschaft.«

»Und die Daniela Varga geht leer aus?«

»So ist es!«

Bruno hätte Martin Nagy gerne noch die eine oder andere Frage gestellt, da Maria Nagy und Anna aber das Essen auftrugen, wechselte er das Thema und brachte das Gespräch auf die Ausflüge und Radtouren, die er mit Anna in den nächsten Tagen plante.

»Ich hab selten so was Gutes gegessen«, seufzte er nach dem Essen voll des Lobes und lehnte sich entspannt zurück.

»Zum Nachtisch gibt's noch Somlauer Nockerl«, sagte Maria Nagy.

»Meine Güte, die liebe ich!«, schwärmte Bruno. »Aber dafür hab ich jetzt keinen Platz mehr.«

»Dann machen wir jetzt eine kurze Pause«, schlug Martin Nagy vor. »Möchtest du ein Verdauungsschnapserl?«

»Nur wenn du auch einen mittrinkst.«

»Ja, ausnahmsweise. Ich schau nach, ob noch ein Barack da ist!«

Anna brachte derweil das Geschirr ins Haus zurück und half Maria Nagy anschließend beim Abwasch, denn in der Küche befand sich zwar ein Geschirrspüler, den Maria Nagy allerdings schon seit Jahren nicht benutzt hatte. »Ich hab's mit dem Kreuz!«, erklärte sie Anna. »Das Bücken beim Ein- und Ausräumen ist mir zu beschwerlich, da wasch ich lieber alles mit der Hand ab.«

16.

»Also wird die Tanja Lang schlussendlich das gesamte Vermögen der Edith Horvath erben!«, nahm Bruno das Gespräch von vorhin wieder auf.

»So ist es!«, antwortete Martin Nagy.

»Damit hätte sie ein handfestes Motiv gehabt, ihren Ehemann zu ermorden! Wurde sie im Anschluss an seinen Tod nach ihrem Alibi für den 13. Juni befragt?«

»Ja. Sie hat dem Hofer gegenüber ausgesagt, dass sie am frühen Nachmittag nach Rust gefahren war, um ihren Mann zu besuchen. Sie hatten sich im Seerestaurant auf einen Kaffee getroffen, anschließend waren sie in die Seehütte gegangen, gegen 17.00 Uhr war sie wieder nach Wien gefahren.«

»Dass sie in Oggau war, hat sie nicht erwähnt?«

»Nein.«

»Wurden ihre Angaben via Funkzellenauswertung verifiziert?«

»Nein, bislang nicht. Gegen sie bestand bislang ja kein Tatverdacht. Und eine Funkzellenauswertung würde uns wahrscheinlich auch nicht weiterhelfen, denn sie hat angegeben, dass sie an dem bewussten Nachmittag ihr Handy in der Seehütte vergessen hatte, was auch der Grund dafür war, dass sie am nächsten Morgen wiederum nach Rust gefahren ist, um es zu holen!«

»Das nenne ich raffiniert!«, rief Bruno aus.

»Wie meinst du das?«

»Weil sie auf die Art nicht geortet werden konnte!«

»Du unterstellst, dass sie das Handy absichtlich hat liegenlassen?«

»Ja, davon bin ich überzeugt! Und je länger ich darüber nachdenke, umso mehr erhärtet sich in mir der Verdacht, dass sie sowohl ihren Ehemann als auch den Mirko Prantl getötet hat.«

»Was macht dich so sicher?«

»Zum einen die Tatsache, dass die meisten Morde im familiären Umfeld begangen werden, also von direkten Angehörigen oder Partnern des Opfers. Und zum anderen, dass der Mord an Walter Lang, und wahrscheinlich auch jener an Mirko Prantl, von langer Hand und auch sehr penibel geplant sein musste. Und das schließt eine Täterschaft aus dem Kreis einer organisierten Bande aus, denn die hätten nur aus einer akuten Bedrängnis heraus agiert.

Außerdem hat die Anna ein paar Überlegungen zum Tathergang angestellt, die mir recht plausibel erscheinen. Sie geht davon aus, dass die Tanja Lang die Ermordung ihres Ehemannes bereits seit längerem geplant hatte, möglicherweise im Anschluss an die Home Invasion und den Tod der Edith Horvath, denn ab diesem Zeitpunkt war ja klar, dass der Lang in den Genuss des Erbes kommen würde. Und möglicherweise hatte sie damals auch schon Kenntnis davon, dass der Lang sich scheiden lassen wollte. Ausreichend Motive wären also vorhanden!

Und was die Ausführung der Tat anbelangt, so hat sie sich des Mirko Prantl bedient, den sie, wie wir aufgrund des Fotos, das die Anna entdeckt hat, vom *Janus* her kannte.

Sie hat dem Mirko Prantl ihren Plan im Vorfeld wahrscheinlich genau skizziert, der Ablauf selbst könnte in etwa wie folgt gewesen sein: Die Tanja Lang hat den Mirko Prantl am Nachmittag des 13. Juni in Oggau getroffen. Entsprechend Annas Beobachtung hat sie ihm dort eine nautische Karte gezeigt, auf der sie wahrscheinlich die genaue Lage der Seehütte markiert hatte. In der Folge sind die beiden getrennt nach Rust gefahren, die Tanja Lang, um sich mit ihrem Ehemann im Seerestaurant zu treffen, der Mirko Prantl, um ein Elektroboot zu mieten und sich mit den örtlichen Gegebenheiten vertraut zu machen.

Die Tanja Lang hat den Walter Lang dazu veranlasst, mit ihr in die Seehütte zu gehen. Dort hat sie ihm in einem Getränk die K.-o.-Tropfen verabreicht. Nachdem die Wirkung der Substanz eingetreten ist und er bewusstlos war, hat sie den Mirko Prantl, der auf dem gemieteten Elektroboot in, wie ich annehme, unmittelbarer Nähe der Seehütte gewartet hatte, von Langs Handy aus angerufen. Der ist daraufhin zur Seehütte gefahren und hat den Körper des Walter Lang in das gemietete Boot gehievt.

Danach ist die Tanja Lang mit dem Elektroboot der Seehütte, gefolgt von Mirko Prantl, zum Kanal gefahren. Der Mirko Prantl hat den Leichnam des Walter Lang versenkt, die Tanja Lang ist zu ihm ins Boot gestiegen, sie haben das Boot vom Lang über dessen Leichnam im Schilf verkeilt, um eine Unfallversion zu konstruieren, und sind anschließend mit dem von Mirko Prantl gemieteten Boot nach Rust zurückgefahren, wo der Mirko Prantl die Tanja Lang zuerst bei der Seehütte abgesetzt und nachher das Boot beim Verleih retourniert hat. Die Tanja Lang hat die Seehütte in Ordnung gebracht, allfällige Spuren vernichtet und ist dann zu ihrem Auto gegangen, das sie wahrscheinlich am Parkplatz vor dem Seerestaurant geparkt hatte.«

Bruno machte eine kurze Pause, um einen Schluck Mineralwasser zu trinken. »Bis hierher waren die Planung der Tanja Lang und auch die Ausführung perfekt, der einzige Pferdefuß dabei war, dass sie davon ausging, dass das GHB im Körper des Walter Lang nach zehn Stunden nicht mehr nachweisbar wäre. Das hat sie scheinbar schlecht recherchiert! Und ihr war sicher auch nicht bekannt, dass sich kurz nach Eintritt des Todes noch Hämatome ausbilden können. Und damit war ihr Vorhaben, den Tod vom Lang als Unfall darzustellen, gescheitert!

Was nun den Mord an dem Mirko Prantl anbelangt, so gehen die Anna und ich davon aus, dass die Tanja Lang mit dem Mirko Prantl vorab verabredet hatte, sich um eine bestimmte Uhrzeit auf dem Parkplatz der Fachhochschule in Eisenstadt zu treffen. Wahrscheinlich hatte sie den genauen Standpunkt vorher über Google Maps recherchiert und im Vorfeld auch überprüft, ob der Bereich videoüberwacht ist. Sie ist also von Rust aus nach Eisenstadt gefahren, hat den Mirko Prantl auf diesem Parkplatz getroffen, ihn unter einem Vorwand dazu veranlasst, etwas aus dem Kofferraum seines Wagens zu holen oder etwas hineinzulegen, und hat ihn dabei hinterrücks erschossen!«

»Welches Motiv hätte sie deiner Meinung nach gehabt, ihn zu töten?«, fragte Martin Nagy.

»Er war Mitwisser und Zeuge ihrer Tat, das war ihr zu riskant, daher musste sie ihn eliminieren!«

»Und aus welchem Grund hätte sie sich mit ihm ausgerechnet auf dem Parkplatz dieser Fachhochschule in Eisenstadt verabreden sollen? Es wäre für sie doch deutlich einfacher gewesen, ihn irgendwo in Wien zu erschießen.«

»Einfacher vielleicht, aber auch ungleich riskanter. Denn in Wien gibt es mittlerweile an fast jeder Ecke eine Videokamera. Außerdem wollte sie es nicht riskieren, dass der Prantl Wien lebend erreicht, denn aufgrund der Auswertung der Handydaten des Walter Lang war klar, dass die Polizei ihn dazu früher oder später einvernehmen würde!

Ich habe mir den Parkplatz dieser Fachhochschule auf Google Maps angesehen, der war für das Vorhaben der Tanja Lang ideal geeignet. Er liegt nämlich direkt neben einer stark befahrenen Schnellstraße, der Pistolenschuss ist also vom Verkehrslärm überdeckt worden. Und nur zweihundert Meter davon befindet sich eine Zufahrtsstraße zur A3-Autobahn, die Tanja Lang konnte von dort aus also auf schnellstem Wege nach Wien fahren, was für ihr Alibi wichtig war, denn sie hatte ja angegeben, gegen 17.00 Uhr von Rust nach Wien gefahren zu sein.«

»Die Tanja Lang muss den Mirko Prantl unter irgendeinem Vorwand dazu veranlasst haben, sich an diesem Parkplatz mit ihr zu treffen. Was könnte das gewesen sein?«, fragte Martin Nagy.

»Wahrscheinlich hatte sie ihm für seine Dienste einen gewissen Geldbetrag in Aussicht gestellt und vorgegeben, ihm diesen Betrag dort zu auszuhändigen.«

»Ja, das wäre möglich!«, stimmte Martin Nagy zu. »All das würde aber eine immense kriminelle Energie ihrerseits voraussetzen!«

»Ich weiß!«, gab Bruno zu. »Und ich tu mir, da ich sie persönlich nicht kenne, natürlich schwer, sie einzuschätzen. Konntest du sie denn schon kennenlernen?«

»Ja, und zwar im Zuge der Befragung zur Home Invasion. Die fand im Beisein ihres Ehemannes statt, also des Walter Lang.«

»Welchen Eindruck hattest du von den beiden?«

»Der Walter Lang war etwas nervös und angespannt, würde ich sagen. Die Tanja Lang hingegen war ziemlich kühl, beherrscht, distanziert, so als ginge sie das alles nichts an.«

»Und was ist dir zu ihrem Lebenslauf bekannt?«

»Bislang nicht viel mehr als die dir mittlerweile ebenfalls bekannten Fakten.«

»Das ist nicht viel ...«, bemerkte Bruno. »Es wäre wichtig, mehr über sie in Erfahrung zu bringen!«

»Ich weiß. Der Hofer ist auch schon dabei, sie, soweit das im rechtlichen Rahmen möglich ist, zu durchleuchten. Er teilt nämlich deine Ansicht und ist davon überzeugt, dass die Tanja Lang und der Mirko Prantl, in welcher Rolle auch immer, an der Ermordung des Walter Lang beteiligt waren. Außer der Tatsache, dass die beiden sich kurz vorher in Oggau getroffen und der Mirko Prantl in Rust ein Boot gemietet hat, gibt es aktuell allerdings keine Anhaltspunkte, die diesen Verdacht untermauern. Ich hab dem Hofer daher zugesagt, dass ich ihn, wo immer es möglich ist, unterstützen werde, obwohl mir, was die Mordfälle Lang und Prantl anbelangt, natürlich die Hände gebunden sind, weil die Ermittlungen ja nicht in den Zuständigkeitsbereich des Bundeskriminalamts beziehungsweise in jenen meiner Abteilung fallen.«

»Wie wird der Hofer jetzt weiter vorgehen?«, fragte Bruno.

»Er hat die Tanja Lang angerufen und mit ihr einen Termin für eine Vorbefragung vereinbart. Die wird am Montag stattfinden.«

»Warum für eine Vorbefragung? Warum führt er keine formale und gezielte Einvernahme durch?«

»Die Tanja Lang scheint ja sehr intelligent und durchtrieben zu sein, sie wird sich also keine Blöße geben. Der Hofer möchte sie nicht kopfscheu machen und diese Befragung daher in einer zwanglosen Atmosphäre durchführen. Er will sie zunächst einmal nur ›abklopfen‹ und ausloten, wie sie auf bestimmte Fragen reagiert. Eine regelrechte Einvernahme würde zum derzeitigen Zeitpunkt nichts bringen, es gibt einfach zu wenige Indizien für ihre Tat oder eine Tatbeteiligung.«

»Ja, genau das ist das Problem. Sie hat tatsächlich alles sehr schlau eingefädelt! Aber fassen wir einmal zusammen, welche möglichen Beweise bisher vorliegen«, überlegte Bruno. »Da wäre einmal die nautische Karte vom Neusiedler See, die die Tanja Lang dem Mirko Prantl in Oggau gezeigt hat. Die muss sie irgendwo besorgt haben, vielleicht übers Internet. Ich nehme an, dass sie einen PC, ein Notebook oder ein Tablet hat. Eine derartige Bestellung wäre also leicht nachzuverfolgen. Möglicherweise hat sie die Karte aber auch von einem fremden Computer aus bestellt, etwa von jenem des *Janus*. Das *Janus* hat zwar seit Beginn des letzten Lockdowns geschlossen und wird erst wieder im Juli geöffnet sein, aber ich nehme an, dass die Tanja Lang als Club Managerin zur Kurzarbeit angemeldet war beziehungsweise ist und sich täglich ein paar Stunden um Post, Mails und so weiter kümmert. Und bei der Gelegenheit fällt mir ein, dass die Tanja Lang sicher ein Firmenhandy hat, und wenn ja, so hat sie wahrscheinlich von diesem Handy aus mit dem Mirko Prantl kommuniziert! Das müsste also ebenfalls gecheckt werden!

Gut, dann kommen wir jetzt zu den K.-o.-Tropfen. Die kann man sich relativ einfach und legal im Internet bestellen, denn die Substanz der Tropfen, also das GBL[27], ist zum Beispiel in Felgenreinigern oder Nagellackentfernern enthalten. Also sollte überprüft werden, ob die Tanja Lang eine derartige Bestellung getätigt hat. Sollte das nicht der Fall

---

27 Gamma-Butyrolacton

sein, so hat sie sich die Tropfen möglicherweise vom Mirko Prantl besorgen lassen, der, was illegale Substanzen anbelangt, ja gute Verbindungen hatte, oder bei jemandem, den sie noch aus der Zeit kennt, in der sie im *Schampus* gearbeitet hat. Dafür wäre eine Auswertung ihrer Handykontakte hilfreich! Weiters bräuchten wir ihre Fingerabdrücke oder ihre DNA!

Obwohl …, das Glas mit dem Getränk, in das sie die K.-o.-Tropfen gemischt hatte, wird sie sicher entsorgt haben. Ebenso wie das Handy des Walter Lang, denn auch darauf hätte sie Spuren hinterlassen.«

Bruno hielt kurz inne. »Was die drei Telefonate zwischen dem Walter Lang und dem Mirko Prantl anbelangt, so hat die Anna diesbezüglich übrigens eine interessante Erklärung!«

»Nämlich?«

»Sie meint, dass die Tanja Lang im Wissen darum, dass die Telefonkontakte ihres Ehemannes nach dessen Tod überprüft werden, diese Anrufe bewusst von dessen Handy aus getätigt hat, um den Mirko Prantl zu belasten und die Ermittler solcherart auf eine falsche Fährte zu führen!«

»Das kann nur einer Frau einfallen«, sagte Martin Nagy. »Aber, ja, es wäre nicht von der Hand zu weisen, zumal ja nach wie vor nicht geklärt ist, welcher Art der Kontakt zwischen Walter Lang und Mirko Prantl war, und ob es einen solchen überhaupt jemals gab.«

»Genau, nur werden wir, nachdem beide tot sind, das wahrscheinlich nie erfahren«, sagte Bruno und fuhr fort: »Was die Fingerabdrücke und die DNA der Tanja Lang betrifft, so stellt sich die Frage, ob diese zum Beispiel am Boot nachgewiesen werden können. Auf glatten Kunststoff-oberflächen sollte das nach meinem Wissensstand möglich sein, würde dem Hofer hinsichtlich der Beweiskette aber kaum nützen, denn die Tanja Lang könnte diese Spuren damit rechtfertigen, dass sie mit ihrem Ehemann einen Bootsausflug gemacht hat. Spannender wäre es daher, das Boot auf Fingerabdrücke oder die DNA des Mirko Prantl zu untersuchen. Und es wäre wichtig zu wissen, ob es gerichtsmedizinisch oder spurentechnisch möglich ist, nachzuweisen, dass er den Leichnam des Walter Lang angefasst hat, als er ihn ins Boot gehievt hat. Und der Hofer sollte auch versuchen, Zeugen zu finden, die beobachtet haben, wie die Tanja Lang und der Mirko Prantl mit den zwei Elektrobooten zum See raus- und Richtung Mörbisch gefahren sind beziehungsweise ob die beiden auf der Rückfahrt gemeinsam gesehen wurden. Ich kenne die genaue Lage der Seehütte nicht, aber ich weiß vom Alfred Andorfer, dass sie von Schilf umgeben und sichtgeschützt ist. Dass der Mirko Prantl direkt dort gesehen werden konnte, ist also eher unwahrscheinlich, aber vielleicht hat zu der Zeit ja gerade auch ein anderes Boot den Kanal, der zur Seehütte führt, befahren? Das wäre zwar ein enormer Zufall, aber man sollte diese Möglichkeit nicht außer Acht lassen! Und vielleicht sind auf dem Parkplatz der Fachhochschule auch noch ausreichend Reifenspuren vorhanden. Ich bin diesbezüglich zwar nicht sehr optimistisch, denn seither sind ja immerhin sechs Tage vergangen, an denen der Parkplatz von hunderten Fahrzeugen benutzt wurde, aber einen Versuch wäre es Wert!«

Bruno schenkte sich Mineralwasser nach und schlug dann vor: »Gehen wir als nächstes den Mordfall Mirko Prantl durch, vielleicht finden wir da zusätzliche Anhaltspunkte! Er wurde mit einer Pistole Kaliber 22 erschossen, also einem sehr gängigen Kaliber. Ich nehme nicht an, dass die Waffe gefunden wurde?«

»Nein, bislang nicht.«

»Wahrscheinlich wird sie auch niemals gefunden werden, und wenn doch, dann an einer weit entfernten Stelle. Die Tanja Lang könnte sie in einem der Seen entlang der Strecke der A3 versenkt haben, also zum Beispiel dem Neufelder See oder den Badeseen bei Münchendorf. Es stellt sich nur die Frage, wie sie an die Waffe gekommen ist. Hat sie einen Waffenbesitzschein?«

»Das weiß ich nicht.«

»Egal. Sie hat die Waffe sicher nicht legal erworben. Möglicherweise hat sie die noch aus der Zeit, als sie im *Schampus* gearbeitet hat. Und was allfällige Schmauchspuren an ihren Händen anbelangt, so glaube ich nicht, dass diese noch nachweisbar wären!«

Bruno seufzte tief auf. »Ich fürchte, dass es generell extrem schwierig sein wird, der Tanja Lang etwas nachzuweisen, und ich frage mich, ob die Verdachtslage für einen begründeten Tatverdacht und eine erkennungsdienstliche Behandlung ausreicht, also etwa für eine Entnahme ihrer DNA. Und angesichts der schwachen Beweislage wird die Staatsanwaltschaft wahrscheinlich auch keine Genehmigung für eine Hausdurchsuchung oder Beschlagnahme ihrer elektronischen Geräte erteilen, und schon gar nicht des Computers, den sie im *Janus* benutzt.«

»Stör ich euch?«, fragte Anna, die, ohne dass Bruno oder Martin Nagy es bemerkt hatten, an ihren Tisch getreten war.

»Nein, du störst nie!«, gab Martin Nagy höflich zurück.

»Deine Mutter wollte wissen, ob ihr zu den Somlauer Nockerl einen Kaffee trinken wollt?«

Bruno schüttelte den Kopf. »Wenn ich jetzt einen Kaffee trinke, dann bin ich die halbe Nacht wach!«

»Möchtet ihr noch ein Glas Wein?«, fragte Martin Nagy. »Sollen wir den *Heideboden* verkosten, den du mitgebracht hast?«

»Nein, das wär schade, der muss ja erst lüften! Außerdem wollen wir morgen in den Seewinkel radeln, dafür sollten wir fit sein«, antwortete Bruno.

»Wenn ihr dafür einen sachkundigen Reiseführer braucht, fahre ich gerne mit!«

»Ja, wenn du Zeit hast?«, freute sich Bruno.

»Ich hab morgen nichts vor, außer ausschlafen. Aber ab neun bin ich zu jeder Schandtat bereit. Und sehr viel später sollten wir auch nicht losfahren, denn der Lackenradweg ist um die sechzig Kilometer lang!«

»So lang?«, fragte Bruno entgeistert und schaute Anna mit gerunzelter Stirn an. »Das hast du mir gar nicht gesagt!«

»Naja, es ist an sich eine Ganztagestour«, gab Anna zurück. »Aber ich habe gelesen, dass man die Route auch abkürzen und einzelne Etappen auslassen kann, und genau das hätte ich im Sinn gehabt.«

»Damit hat die Anna recht«, sagte Martin Nagy. »Ich kenne die Route gut, ich bin sie schon ein paar Male gefahren. Und so wie die Anna es vorgeschlagen hat, kürzen wir die Strecke ab! Das Sandeck können wir zum Beispiel auslassen, dieses Teilstück ist zum Radeln eh nicht wirklich optimal, weil dort eine Sandstraße ist, wo man das Rad schieben muss! Andererseits befindet sich dort aber ein Grenzturm-Ausguck, vor dem aus man einen weiten Blick in die ungarische Puszta hinein hat. Und Albinoesel gibt es dort auch, so was sieht man nicht alle Tage! Aber ich werde mir noch in Ruhe überlegen, welche Strecke für euch als Nicht-Burgenländer am interessantesten sein könnte. Auf jeden Fall sollten wir aber unsere Tour in der ›Hölle‹ ausklingen lassen, und zwar bei einem Heurigen, in den ich schon ein paar Mal eingekehrt bin. Dort gibt's nämlich einen sehr guten Käse, und der Wildschinken ist auch sensationell. Und wenn ihr Lust auf was Süßes habt, dann könnte ich euch den B'soffenen Riesling-Weinguglhupf empfehlen!«

»Was ist die ›Hölle‹?«, fragte Anna.

»Das ist die Bezeichnung für einen Ortsteil von Illmitz. Dort gibt's übrigens einen sechzehn Meter hohen Aussichtsturm, von dem aus man einen herrlichen Blick über den ganzen Neusiedler See hat, und an klaren Tagen kann man bis übers Leithagebirge sehen!«

»Und wieso heißt dieser Ortsteil ›Hölle‹?«, fragte Anna weiter.

»Der Begriff kommt aus dem Mittelhochdeutschen, hab ich mir sagen lassen, und steht für ein Gebiet, das weit abseits jeder Ortschaft gelegen ist!«

»Also so eine Art Einöde!«

»Richtig.«, antwortete Martin Nagy und schlug vor: »Dann treffen wir uns also morgen um 8.45 Uhr bei der Fähre nach Podersdorf?«

»Ja, sehr gern!«

»Habt ihr vorhin über die Tanja Lang gesprochen?«, fragte Anna Bruno, nachdem sie die köstlichen Somlauer Nockerl verzehrt und sich bald darauf bei Maria und Martin Nagy für die Gastfreundschaft bedankt und verabschiedet hatten.

»Was genau meinst du?«, fragte Bruno zurück.

»Dass eine DNA von ihr hilfreich wäre.«

»Ach so«, antwortete Bruno ausweichend, denn er wollte Anna nicht im Detail über sein Gespräch mit Martin informieren. Anna deutete seine verhaltene Reaktion richtig, und so gingen sie schweigend nebeneinander her. Erst als sie durch den nur spärlich beleuchteten Innenhof ihres Quartiers gingen, ergriff sie wieder das Wort. »Falls ihr eine DNA der Tanja Lang braucht, sie hat, als sie hier war, eine Zigarette geraucht. Wäre die hilfreich?«

Bruno zog seine Augenbrauen erstaunt in die Höhe. »Ja, unter Umständen …?«

»Sie hat den Zigarettenstummel hinter einen der Oleanderkübel geworfen, vielleicht liegt der noch da«, sagte Anna und ging auf eine der Pflanzen zu.

»Warte«, sagte Bruno und aktivierte die Taschenlampe seines Telefons. »Falls er noch da ist, darfst du ihn nicht berühren!«

Beim dritten Oleanderkübel wurden sie fündig. Bruno beschloss, Martin Nagy anzurufen und ihn darüber zu informieren.

»Wir bräuchten eine sterile Pinzette und eine unbenutzte Papiertüte oder ein Kuvert!«, sagte er ohne Einleitung.

»Wozu?«, fragte Martin Nagy verdutzt und sagte, nachdem Bruno ihm die Situation erklärt hatte: »Ich komm gleich bei euch vorbei!«

»Wir warten am besten vor dem Tor«, sagte Bruno zu Anna. »Dann muss der Martin nicht anläuten. Nachdem im Wohnhaus von der Elke und vom Alfred nämlich alles finster ist, sind sie wahrscheinlich schon schlafen gegangen.«

»Dann hätte aber, als du das Haustor aufgesperrt hast, sicher der Karcsi angeschlagen«, gab Anna zu bedenken.

»Ja, da hast du recht. Vielleicht sind sie mit ihm noch unterwegs. Egal, gehen wir raus!«

Martin Nagy traf wie angekündigt wenig später ein.

»Er ist noch trocken«, stellte er fest, nachdem er den Zigarettenstummel mit einer Pinzette hinter dem Kübel hervorgeholt und in ein A5-Kuvert gelegt hatte. »Es sollte also kein Problem sein, davon DNA-Spuren zu entnehmen! Ich werde ihn gleich morgen früh ins LKA bringen!«

»Dann wird aus unserer gemeinsamen Radtour wohl nichts werden?«, fragte Bruno enttäuscht.

»Doch! Ich fahr gleich um sieben nach Eisenstadt, bin also gegen acht wieder in Rust, zieh mich schnell um, und wir treffen uns wie geplant um 8.45 Uhr!«

Es war ein langer Tag gewesen, Anna war gerade in Begriff schlafen zu gehen, als Bruno noch einen Anruf von Martin Nagy erhielt. Sie merkte an Brunos sich verdüsterndem Gesichtsausdruck, dass es sich um keine guten Nachrichten zu handeln schien.

»Was ist los?«, fragte sie daher beunruhigt, nachdem Bruno sein Handy wieder beiseitegelegt hatte.

»Der Martin hat erzählt, dass die Tanja Lang am frühen Abend überfallen und zusammengeschlagen wurde!«

»Wie? Warum? Ist sie schwer verletzt?«

»Ja ..., nein ..., der Martin weiß es noch nicht genau, er hat die Meldung darüber erst vor wenigen Minuten erhalten«, antwortete Bruno knapp, denn er wollte Anna die ihm von Martin Nagy geschilderten Details ersparen.

»Glaubst du, dass dieser Überfall etwas mit den beiden Mordfällen zu tun hat?«

»Ich habe keine Ahnung, gehen wir schlafen!«

Dass der beinahe kreisrunde Mond in dieser Nacht besonders hell in ihr Schlafzimmer leuchtete, hinderte Bruno allerdings am Einschlafen.

Vielleicht war es aber auch die Nachricht vom Überfall auf Tanja Lang, die ihn nicht zur Ruhe kommen ließ. Laut Martin Nagy war sie dabei zwar nicht lebensgefährlich verletzt worden, ihr Angreifer hatte sie aber gefesselt und geknebelt, ihr das Nasenbein und den Kiefer gebrochen, eine Zigarette auf ihrem Unterarm ausgedämpft und ihr mit einem heftigen Schlag einen Trommelfellriss zugefügt.

Dass einer von Tanja Langs Wohnungsnachbarn Kampflärm aus ihrer Wohnung gehört, die Polizei informiert und an ihrer Wohnungstür geläutet hatte, hatte dem Täter Einhalt geboten. Er war nach einer kurzen Rangelei mit dem Nachbarn geflüchtet, dieser hatte ihn verfolgt und zusammen mit zwei Passanten überwältigt und bis zum Eintreffen der Polizei festgehalten. Der Mann hatte bei seiner Festnahme jegliche Auskunft verweigert, seine Identität war auf Anhieb nicht feststellbar gewesen.

Bruno wälzte sich eine Weile in seinem Bett rastlos hin und her, schließlich schob er, um Anna nicht zu wecken, die Bettdecke vorsichtig zur Seite, zog sich seinen Bademantel über und setzte sich mit einem Glas Wasser an den Tisch im Garten. Das Zirpen der Grillen und das vergnügte Pfeifen eines Nachtschwärmers lenkten ihn von seinen düsteren Gedanken ab, er hob den Kopf und betrachtete den nächtlichen, von funkelnden Sternen übersäten Himmel.

Plötzlich gewahrte er einen dunklen Schatten auf sich zukommen, er kniff die Augen zusammen und erkannte Karcsi.

»Na? Kannst du auch nicht schlafen, mein Alter?«, fragte er und streichelte dem Hund über den Kopf.

Karcsi antwortete mit einem leisen Winseln und ließ sich zu Brunos Füßen nieder.

17.

Anna und Bruno fanden sich am nächsten Morgen pünktlich um dreiviertel neun bei der Anlegestelle der Radfähre ein. Martin Nagy traf mit ein paar Minuten Verspätung ein. Während der Überfahrt nach Podersdorf vermieden er und Bruno es bewusst, den Überfall auf Tanja Lang anzusprechen. Und auch Anna verkniff es sich, Martin danach zu fragen, denn er freute sich sichtlich auf ihren gemeinsamen Ausflug und sie wollte ihm seine gute Laune nicht verderben.

Ihre Radtour führte sie auf Güterwegen zunächst durch Weingärten, vorbei an Weizenfeldern. Bald aber änderte sich die Landschaft, sie war nun geprägt von Brachfeldern, Feuchtwiesen, Hutweiden und Sumpfgebieten. Schließlich erreichten sie die erste Lacke, im Kies des trockengelegten Uferbereichs stocherten Graugänse herum.

»Wie sind diese Lacken eigentlich entstanden?«, fragte Anna Martin Nagy.

»Die stammen aus der Eiszeit«, antwortete er. »Es wird angenommen, dass ihre Entstehung mit dem Seedamm zusammenhängt. Ursprünglich gab es an die einhundertfünfzig solcher Lacken, heute sind es nur mehr an die vierzig. Es sind eigentlich kleine, salzhaltige Steppenseen, die kaum tiefer als fünfzig Zentimeter sind. In der Regel haben sie keine Zu- und auch keine Abflüsse, daher trocknen sie im Sommer oft aus.«

»Wieso sind die salzhaltig?«

»Das hängt mit dem Grundwasser zusammen. Vor dreizehn Millionen Jahren war hier ein Meer, der Boden ist noch immer salzhaltig und durch die Kapillarwirkung wird Salz nachgeliefert. Wenn der Grundwasserspiegel in regenarmen Jahren sinkt, dann versüßt das Wasser, die Lacke trocknet aus.«

Anna wusste mit dem Begriff Kapillarwirkung zwar nichts anzufangen, gab sich mit Martin Nagys Erklärung aber zufrieden, denn ein Verkehrsschild, das vor querenden Zieseln warnte, erregte ihre Aufmerksamkeit. Weitere Schilder mit Aufschriften wie *Achtung – Graugansfamilien queren die Straße* oder *Zugvögel-Rastplatz* machten darauf aufmerksam, dass sie sich inmitten eines Naturschutzgebietes und eines Vogelparadieses befanden.

»Habt ihr Lust auf einen Kaffee?«, fragte Martin Nagy, als sie den Zicksee erreichten.

»Nein, aber ein Mineralwasser würde ich gern trinken«, erwiderte Bruno.

»Gut, dann machen wir eine kurze Rast, da vorne ist ein Gasthaus mit einer Terrasse, von der aus man einen schönen Blick über den See hat.«

Nachdem sie sich gestärkt hatten, radelten sie weiter Richtung Apetlon, den Blick auf die vor ihnen liegende, wie ausgestorben wirkende Puszta gerichtet, vorbei an Ziehbrunnen und kleinen pyramidenförmigen Schilfhütten. In der Ferne waren in der weitläufigen Steppe Wildpferde auszumachen. Wie Martin Nagy ihnen erklärte, handelte es sich dabei um Przewalski-Pferde, eine Wildpferderasse, die im asiatischen und russischen Raum beheimatet ist.

»Ihr solltet im September nochmals hierherkommen«, empfahl Martin ihnen, als sie an der Langen Lacke entlangradelten. »Da kann man hier nämlich den ›Ganslstrich‹ beobachten. Und dann solltet ihr euch auch die Zeit nehmen, durch den Seewinkel weiter südostwärts zu radeln, dort weiden viele alte Haustierrassen, Graurinder, Wasserbüffel, Kamerunschafe, weiße Esel und Mangalitzaschweine.«

»Was ist der ›Ganslstrich‹?«, fragte Anna belustigt.

»Die Grau-, Bläss- und Saatgänse machen im Frühherbst auf ihrer Reise von den Tundren in den Süden hier im Seewinkel eine Pause. Und wenn sie von ihren Nahrungsplätzen zurückkehren, kann man am Himmel lange, geometrisch gerade Formationen der Gänsegeschwader beobachten, das ist ein faszinierendes Spektakel!«, antwortete Martin Nagy und zeigte dann auf die Ortstafel von Apetlon. »Hier befindet sich der tiefstgemessene Punkt Österreichs, einhundertvierzehn Meter! Habt ihr Lust auf eine kleine Besichtigungstour?«

»Ja, gerne«, stimmten Anna und Bruno zu, und so stellten sie ihre Fahrräder wenig später im alten Ortskern ab. Während sie durch Apetlon spazierten, erzählte Martin Nagy ihnen, dass der Ort zu Beginn des 14. Jahrhunderts erstmalig erwähnt worden war, und im frühen 15. Jahrhundert durch eine Überschwemmung des Neusiedler Sees völlig zerstört und zwei Kilometer weiter östlich wieder aufgebaut worden war. Als sie an einem schön renovierten, im typischen burgenländischen Baustil errichteten Gebäude mit einem barocken Giebel vorbeikamen, sagte Martin Nagy: »Das ist das Hufnaglhaus, es ist vor zirka zweihundertfünfzig Jahren erbaut worden und war früher ein Bauernhaus.«

»Du bist aber gut informiert!«, merkte Bruno erstaunt an, nachdem sie ihren Rundgang beendet hatten, denn Martin Nagy hatte über die Sehenswürdigkeiten, Denkmäler und alten Bauten, an denen sie vorbeispaziert waren, allerlei Wissenswertes berichtet.

»Naja, ich war ja schon des Öfteren hier! Und nachdem ich noch nicht ganz dement bin, hab ich mir so einiges gemerkt!«, antwortete Martin Nagy lächelnd und sagte: »Und jetzt geht's nach Illmitz, dort gibt's nämlich auch viel zu sehen! Und anschließend können wir uns dann kulinarisch von den Strapazen erholen. Ich kenn dort ein Lokal, wo man gut und unkompliziert essen kann. Es ist in einer einhundertfünfzig Jahre alten ehemaligen Pusztascheune untergebracht, ich denke es wird euch dort gefallen!«

Mit seiner Empfehlung sollte Martin Nagy recht behalten, und so radelten sie, satt und zufrieden, zwei Stunden später zur Anlegestelle der Radfähre, die sie nach Mörbisch brachte und von dort aus über den ihnen mittlerweile schon bekannten Radweg zurück nach Rust.

»Das war ein wirklich schöner und informativer Ausflug! Ohne dich wäre der nur halb so interessant und abwechslungsreich gewesen«, bedankte sich Anna bei Martin Nagy, als sie sich in der Haydngasse verabschiedeten.

»Ja, mir hat's auch großen Spaß gemacht! Und es hat mir gutgetan, wieder einmal durch die Gegend zu radeln, ich werde das in Hinkunft öfter machen!«

»Wann fährst du nach Wien zurück?«, fragte Bruno.

»Morgen Vormittag.«

»Bist du nächstes Wochenende wieder in Rust?«

»Ja, das hätte ich schon im Sinn.«

»Gut, dann sehen wir uns!«

»Unbedingt! Ich hab euch ja versprochen, mit euch zum Heurigen nach Großhöflein zu fahren!«

Weil sich am nächsten Morgen das Wetter eintrübte und laut Wettervorhersage auch mit Regen zu rechnen war, fuhren Anna und Bruno wieder mit dem Linienbus nach Eisenstadt, um sich im Landesmuseum die Jubiläumsausstellung über die burgenländischen Auswanderergeschichten anzusehen, und auch an einer Führung zum Thema *Brauchtum und Handwerk im Burgenland* teilzunehmen.

Doch der angekündigte Regen traf nicht ein, der Himmel klarte am frühen Nachmittag wieder auf, und so flanierten sie nach dem Besuch des Museums noch gemächlich durch den weitläufigen Park des Schlosses Esterházy, besichtigten das barocke, mit originalen Möbeln eingerichtete Wohnhaus von Joseph Haydn, das er im Jahr 1766 erworben und zwölf Jahre lang mit seiner Ehefrau Maria Anna Theresia bewohnt hatte, bummelten anschließend noch durch die Eisenstädter Altstadt, und beendeten ihren Ausflug mit einem frühen Abendessen in einem gemütlichen Bierlokal.

Am nächsten Morgen machten sie sich wieder mit ihren Fahrrädern auf den Weg, und zwar um, so wie sie es schon vor zwei Tagen geplant hatten, den *Festivalradweg* zu erkunden. Den Abend verbrachten sie, Bruno mit seinem Geschichtsbuch, Anna mit Doderers *Strudlhofstiege,* lesend in ihrem Apartment.

»Soll ich den Fernseher einschalten?«, fragte Anna nach einem Blick auf die Uhr. »Die Abendnachrichten fangen gleich an.«

Bruno setzte gerade zu einer Antwort an, als sein Telefon läutete. Martin Nagy war am Apparat. »Stell dir vor! Ich hab gestern routinemäßig einen Antigentest gemacht, und siehe da, mein Corona-Test war positiv!«

»Was?«, rief Bruno erschrocken aus.

»Ja, ist leider so. Ich musste daraufhin einen PCR-Test machen, der war ebenfalls positiv, also befinde ich mich derzeit in häuslicher Quarantäne.«

»Und wie geht's dir?«, fragte Bruno besorgt.

»Es geht. Ich bin ja Gott sei Dank schon zweimal geimpft und hab nur leichte Symptome, bin also nur ein bisschen angeschlagen.«

»Also kein Fieber, keine Gelenksschmerzen, kein Geschmacksverlust?«

»Nein.«

»Hoffentlich bleibt das so. Hast du jemanden, der dich versorgt?«

»Ja, hab ich. Unsere Abteilungssekretärin hat mir angeboten, einkaufen zu gehen.«

»Wenn du was Spezielles brauchst, gib mir Bescheid!«, sagte Bruno. »Wir sind jetzt zwar noch bis Sonntag in Rust, aber ab Montag könnte ich dir gerne als Samariter zur Verfügung stehen!«

»Das wird nicht notwendig sein, aber danke für das Angebot. Wie geht's euch denn? Hoffentlich habe ich euch nicht angesteckt.«

»Uns geht's gut und wir haben auch keinerlei Beschwerden.«

»Ich hab meiner Mutter gesagt, dass sie morgen früh gleich einen Test machen lassen soll, ich hoffe, dass ich ihr das Virus nicht angehängt habe! Und für dich und die Anna gilt dasselbe, ihr solltet morgen sicherheitshalber auch testen gehen!«

»Ja, das werden wir machen. Wie lange musst du in Quarantäne bleiben?«

»Zwei Wochen.«

»Ach herrje, das ist eine lange Zeit. Hast du genug Lesestoff zu Hause?«

»Nein, brauch ich auch nicht. Ich werde ohnehin die meiste Zeit über am Computer sitzen, also quasi Home-Office machen. Ich habe übrigens Neuigkeiten, die dich interessieren werden!«

»Ja?«

»Die Safebox des Walter Lang wurde heute geöffnet, dreimal darfst du raten, was sich darin befunden hat!«

»Bargeld?«

»Ja! Und zwar einhundertfünfzigtausend Euro sowie Goldbarren im Wert von einer halben Millionen Euro!«

»Da schau ich aber!«, rief Bruno überrascht aus. »Das entspricht ja in etwa dem Wert des gesamten Tresorinhalts der Edith Horvath.«

»Richtig! Der Walter Lang hatte den Bargeldbetrag bei seiner Befragung damals auf zweihunderttausend Euro geschätzt, die Differenz dazu hat er offensichtlich für die Miete der Seehütte entnommen, dort hatte er im Möbeltresor rund zehntausend Euro aufbewahrt, es fehlen auf die zweihunderttausend Euro also nur fünfzehntausend Euro. Die muss er zwischenzeitlich für, ich weiß nicht was, ausgegeben haben!«

»Das würde bedeuten, dass ihm die Täter der Home Invasion die gesamte Beute überlassen haben«, wunderte sich Bruno. »Das versteh ich nicht.«

»Ich auch nicht, denn der Walter Lang hatte für den Abend des 19. Mai ein Alibi, das wurde heute nochmals überprüft, er konnte am Überfall also nicht selbst beteiligt gewesen sein.«

Bruno dachte eine Weile nach. »Gesetzt den Fall, dass die Edith Horvath gestorben ist, bevor die Täter die Zahlenkombination des Tresors aus ihr herauspressen konnten«, sagte er dann zögernd, »... sie den Tresor also nicht öffnen konnten und unverrichteter Dinge wieder abziehen mussten ..., könnte es ja auch der Lang gewesen sein, der, nachdem er seine Tante am nächsten Morgen tot aufgefunden hat, die Gelegenheit genutzt, den Tresor ausgeräumt, den

Inhalt in seinem Auto versteckt und dann die Polizei informiert hat.«

»Ja! Genau das ist mir auch schon durch den Kopf gegangen!«

»Dann war es vielleicht also doch der Mirko Prantl, der, gemeinsam mit einem oder mehreren Komplizen, die Edith Horvath überfallen und in der Folge den Walter Lang getötet hat, weil er ihm die Beute abnehmen wollte«, sagte Bruno nachdenklich, besann sich dann aber anders. »Obwohl, aus welchem Grund hätten diese Komplizen den Mirko Prantl anschließend erschießen sollen? Und welche Rolle hat die Tanja Lang dabei gespielt? Nein, das macht so keinen Sinn, das muss anders abgelaufen sein, ich muss das noch in Ruhe behirnen!«

»Ich hab diesbezüglich auch noch viele Fragezeichen«, gestand Martin Nagy. »Ich hab für morgen eine Videokonferenz mit dem Adametz und mit dem Hofer vereinbart, schauen wir mal, wie die das sehen!«

»Wie stehen übrigens die Ermittlungen betreffend den Überfall auf die Tanja Lang? Ist dir dazu schon Näheres bekannt?«

»Nein, ich bin in die Ermittlungen ja nicht involviert, ich habe von dem Vorfall durch den Hofer Kenntnis erhalten, und der wurde wiederum von einem Mitarbeiter der Abteilung EB01 des LKA Wien informiert!«

»Gut, dann bleiben wir in Kontakt. Ich ruf dich morgen an, um mich zu erkundigen, wie's dir geht«, verabschiedete sich Bruno. »Und einstweilen wünsche ich dir alles Gute! Und ruh dich gut aus!«

»Ja, das mach ich. Weil, etwas Gutes soll diese Quarantäne ja auch mit sich bringen, ich kann mich jetzt zwei Wochen lang in Ruhe ausschlafen!«

Anna und Bruno betraten am nächsten Morgen gleich um acht Uhr früh eine Apotheke, um einen Antigentest durchzuführen. Das Ergebnis war zu ihrer großen Erleichterung negativ, und so konzentrierten sie sich in den darauffolgenden Tagen darauf, ihren restlichen Urlaub zu genießen. Sie unternahmen noch einige Radtouren, besichtigten weitere Jubiläumsausstellungen und nahmen an der von Elke Andorfer empfohlenen Nachtwächterführung durch Rust teil sowie an einer Weingartenführung mit anschließender Weinverkostung.

Bruno erkundigte sich bei Martin Nagy täglich nach dessen Befinden und erfuhr bei einem dieser Telefonate, dass die Identität jenes Mannes, der Tanja Lang niedergeschlagen hatte, mittlerweile geklärt, und dass bei der Auswertung von dessen Handydaten festgestellt worden war, dass er die Rufnummer des Mirko Prantl abgespeichert und mit diesem zuletzt am Samstag, dem 12. Juni, also einen Tag vor Prantls Ermordung, telefoniert hatte. Welcher Art seine Verbindung zu Mirko Prantl gewesen war, hatte der Mann bislang nicht preisgegeben, und auch keine Angaben darüber gemacht, was ihn dazu veranlasst hatte, Tanja Lang niederzuschlagen. Ihm waren Fingerabdrücke abgenommen worden und auch seine DNA. Die Daten würden sowohl mit jenen der im Haus der Edith Horvath asservierten Spuren als auch mit jenen in der von Walter Lang gemieteten Seehütte abgeglichen werden.

Was die Untersuchungen im Mordfall Walter Lang und Mirko Prantl anbelangte, so war von den Beamten der Spurensicherung anhand des von Anna aufgefundenen Zigarettenstummels ein DNA-Abgleich durchgeführt worden, anhand dessen festgestellt worden war, dass Tanja Lang die Unterlagen über die Anmietung der Safe Box sowie die

Zutrittskarte in Händen gehabt hatte, was nach Ansicht der Staatsanwaltschaft aber vorderhand noch keinen begründeten Tatverdacht gegen sie rechtfertigte, weshalb auch noch kein Ermittlungsverfahren eingeleitet worden war. Überdies befand Tanja Lang sich noch in spitalsärztlicher Behandlung und hatte bislang jegliche Befragung abgelehnt.

Annas und Brunos Koffer waren am Samstagvormittag, also einen Tag vor ihrer Abreise, vom ÖBB Haus-zu-Haus-Gepäckservice abgeholt worden. Sie hatten anschließend endlich die bereits mehrmals ins Auge gefasste Seerundfahrt mit einem Ausflugsschiff unternommen und den Tag im Seerestaurant ausklingen lassen. Etwas wehmütig, denn die Aussicht darauf, den See, die idyllische Landschaft und die liebenswerten Menschen hinter sich zu lassen und ins heiße und stickige Wien zurückzufahren, fanden sie nur wenig reizvoll.

Da sie am nächsten Morgen schon zeitig in der Früh nach Neusiedl radeln wollten, verabschiedeten sie sich bei Elke und Alfred Andorfer noch am selben Abend und leerten mit ihnen eine Flasche des Frauenkirchener *Heideboden*.

»Hoffentlich hat's euch bei uns gefallen!«, sagte Elke Andorfer, als Anna und Bruno Anstalten machten, in ihr Apartment zu gehen.

»Ausnehmend gut! Wir wollen gerne im September wiederkommen!«, kündigte Bruno an.

»Das würde uns sehr freuen! Und hoffentlich geht's bei uns dann ein bisschen friedlicher zu!«

Auf alle Corona-Hygienemaßnahmen verzichtend, reichten sie sich abschließend noch die Hände.

»Mir fällt gerade ein Witz ein«, sagte Alfred dabei zu Bruno.

»Lass hören!«

»Ein Burgenlandler fährt nach Wien und erkundigt sich bei einem Wiener: Wie komm ich denn ins Naturhistorische Museum? Sagt der Wiener grantelnd: Wenn's eahna ausstopfen lassn!«

Nach ihrer Rückkehr nach Wien hatte der Alltag Anna und Bruno schnell wieder eingeholt. Rechnungen waren zu bezahlen, in ihrem Mehrparteienhaus war wieder einmal ein Wasserschaden aufgetreten, weshalb die Hauptwasserleitung tageweise hatte abgesperrt werden müssen. Und die politischen Querelen hatten wegen Corona ein ungeahntes Ausmaß an Untergriffigkeiten, gegenseitigen Schuldzuweisungen und Inkompetenzen erreicht, alles in allem war alles recht unerfreulich.

Der einzige Lichtblick in der Zeit war, dass es in Annas und Brunos Familien- und Freundeskreis keine schwerwiegenden Corona-Fälle gab.

Und auch Martin Nagy hatte seine Infektion unbeschadet überstanden, so konnte sich Bruno mit ihm, Andreas Fuchs und Johannes Scheucher am 9. Juli nach langer Zeit endlich wieder einmal zu einer Kartenrunde treffen. Allerdings würden sie auch diesmal nicht zum Tarockieren kommen, denn das Gespräch drehte sich in der Hauptsache um die Home Invasion von Neusiedl und die Mordfälle Walter Lang und Mirko Prantl.

Die Chefinspektoren Adametz und Hofer vom LKA Burgendland hatten, mit Unterstützung durch das LKA Wien, ganze Arbeit geleistet, wie Martin Nagy ihnen mitteilte.

»Erzähl!«, forderte Bruno ihn gespannt auf.

»Tja, ich weiß gar nicht wo ich da anfangen soll …«, überlegte Martin Nagy und sagte schließlich: »Die Tanja

Lang hat gestern ein Geständnis abgelegt, sie hat sowohl ihren Ehemann als auch den Mirko Prantl getötet!«

»Damit, dass sie ein Geständnis ablegt, hätte ich nie und nimmer gerechnet.«, sagte Bruno verblüfft. »Hatte der Hofer denn ausreichende Beweise gegen sie in der Hand?«

»Nein, ganz im Gegenteil. Hätte der Roman Popov die Tanja Lang nicht überfallen, und hätte der nicht dingfest gemacht werden können, so würde es wahrscheinlich nie zu einer Anklage gegen sie kommen!«

»Der Name des Mannes, der sie überfallen hat, ist also Roman Popov?«, fragte Bruno. »Welches Motiv hatte er für den Überfall?«

Martin Nagy schaute Andreas Fuchs auffordernd an. »Es wäre am besten, wenn du das erklärst, der Fall wurde ja bei euch im EB01 bearbeitet.«

»Das ist richtig.«, sagte Andreas Fuchs und räusperte sich: »Also, der Popov hat die Tanja Lang am frühen Abend des 19. Juni vor dem Mehrparteienhaus, in dem sie wohnt, abgepasst, ist ihr ins Stiegenhaus gefolgt und hat sie, als sie gerade ihre Wohnungstür aufsperren wollte, überwältigt und von ihr die Herausgabe von Bargeld und Wertsachen gefordert. Sie hat sich geweigert, daraufhin hat er sie geschlagen, gefesselt und geknebelt und eine Zigarette auf ihrem Arm ausgedämpft. Er wurde dabei von einem Nachbarn gestört, ist geflüchtet, konnte aber von diesem Nachbarn überwältigt und festgehalten werden.

In der Folge wurde der Popov erkennungsdienstlich erfasst und zum Tathergang befragt. Er hat sich tagelang ausgeschwiegen, erst als wir ihn damit konfrontiert haben, dass er aufgrund seines Kontaktes zu Mirko Prantl beschuldigt wird, an der Home Invasion mitgewirkt zu haben und auch verdächtig ist, den Walter Lang und den Mirko Prantl ermordet zu haben, hat er ein umfassendes Geständnis abgelegt.

Demnach hat der Mirko Prantl, den er schon seit seiner frühesten Jugend kennt, ihm Anfang Mai erzählt, dass er von einer gewissen Tanja Lang erfahren hat, dass die in Neusiedl am See wohnhafte Tante ihres Ehemannes in ihrem Tresor einen hohen Bargeldbetrag aufbewahrt. Laut Popov hat die Tanja Lang, die er zu diesem Zeitpunkt noch nicht kannte, dem Mirko Prantl vorgeschlagen, diese Frau zu berauben, als Lohn dafür würde sie ihm die Hälfte des erbeuteten Bargeldes überlassen. Im Gegenzug dazu würde sie ihm sämtliche für den Überfall essenziellen Informationen zur Verfügung stellen.

Der Mirko Prantl hat laut Popov zu diesem Zeitpunkt unter großem finanziellem Druck gestanden, da er bei illegalem Pokerspiel Schulden in Höhe von mehr als dreißigtausend Euro angehäuft hatte. Der Prantl hat den Auftrag daher angenommen, sich aber nicht alleine drüber getraut, dem Popov daher von seinem Vorhaben berichtet und ihn gefragt, ob er sich am Überfall beteiligen wolle.

Der Popov ist kein Kind von Traurigkeit, er hat vor der Corona-Pandemie in einem Gürtellokal als Rausschmeißer gearbeitet und ist wegen etlicher Gewaltdelikte auch bereits mehrmals vorbestraft. Da er sich aufgrund der Lockdown-bedingten Lokalsperren ebenfalls in einem finanziellen Engpass befand, hat er dem Mirko Prantl seine Unterstützung zugesagt.

Daraufhin sind die beiden am 19. Mai nach Neusiedl gefahren und haben sich bei der Edith Horvath unter dem Vorwand, dass ihr Neffe, also der Walter Lang, einen Verkehrsunfall gehabt hätte und ihrer Hilfe bedürfe, Zutritt zu deren Haus verschafft. Sie haben die Frau gefesselt und geknebelt und sie aufgefordert, ihnen die Zahlenkombination des Tresors aufzuschreiben. Die Frau ist im Zuge dieser Handlung verstorben, sodass der Prantl und der Popov lediglich etwas Bargeld, Schmuck sowie etliche andere Wertgegenstände an sich nehmen konnten.

Am darauffolgenden Tag haben die beiden aus den Medien erfahren, dass bei einer am 19. Mai in Neusiedl stattgefundenen Home Invasion eine dreiviertel Million Euro in Form von Bargeld und Goldbarren entwendet worden waren.

Damit war für Prantl und Popov klar, dass es nur die Tanja Lang oder deren Ehemann gewesen sein konnten, die den Safe ausgeräumt hatten.

Der Mirko Prantl hatte laut Popov die Tanja Lang in der Folge darauf angesprochen, woraufhin sie ihm mitgeteilt hatte, dass sie selbst nicht in Neusiedl gewesen war, es also nur ihr Ehemann, Walter Lang, hatte sein können, der das Bargeld und die Goldbarren an sich genommen hatte und dass sie daher versuchen werde, an dieses Geld heranzukommen, um dem Prantl den versprochenen Anteil auszahlen zu können. Laut Popov habe der Prantl ihn in den darauffolgenden Wochen damit vertröstet, dass er ihm den mit ihm vereinbarten Betrag in Höhe von füfzehntausend Euro spätestens Mitte Juni aushändigen würde. Als der Popov dann aus Unterweltweltkreisen erfahren hat, dass der Mirko Prantl am Abend des 13. Juni in Eisenstadt erschossen worden war, hat er beschlossen, die Sache selbst in die Hand zu nehmen und sich sein Geld von Tanja Lang zu holen. Er wusste von Prantl, dass sie Club-Managerin im *Janus* ist und ist davon ausgegangen, dass sie also solche trotz der Lokalsperren dort fallweise nach dem Rechten sehen würde, was auch der Fall war. Also ist er ihr am 19. Juni gefolgt, und …, ja, der Rest ist euch bekannt …!

Dass er in irgendeiner Form am Mord an Walter Lang beteiligt war und den Mirko Prantl erschossen hatte, hat der Popov strikt geleugnet. Und das nehme ich ihm auch ab, er ist ein Schwerverbrecher, aber kein Mörder, und er verfügt nach meiner Einschätzung auch nicht über die für beide Taten erforderliche Intelligenz.

Wir haben nach dem Geständnis des Popov die Kollegen Adametz und Hofer vom LKA Burgenland informiert, daraufhin wurde die Tanja Lang mehrmals einvernommen, und schließlich in U-Haft genommen!«

»Sie ist also bereits inhaftiert?«, fragte Bruno. »Sind die ihr zugefügten Verletzungen denn schon geheilt?«

»Sie wurde notfallmedizinisch behandelt, der Nasenbein- und Kieferbruch heilen in der U-Haft genauso langsam wie im Spital! Von daher sprach nichts gegen ihre Inhaftierung. Ob sie, nachdem alle Brüche und Wunden in ihrem Gesicht verheilt sind, jemals wieder so gut aussehen wird wie zuvor, bezweifle ich allerdings, und ich nehme nicht an, dass die Krankenkasse einer zweifachen Mörderin eine Schönheits-OP bezahlt. Und was den Trommelfellriss anbelangt, den ihr der Popov zugefügt hat, so bleibt abzuwarten, ob dieser wieder verheilt oder ob sie dafür eine Spezialoperation braucht«, antwortete Andreas Fuchs ungerührt.

»Und wie ist es zu ihrem Geständnis gekommen? Ich nehme ja nicht an, dass sie diesbezüglich kooperiert hat«, mutmaßte Bruno.

»Damit hast du recht! Sie ist eine unglaublich harte Person, und hat sich, laut den Kollegen Adametz und Hofer, bis zuletzt zu keinem der erhobenen Tatbestände geäußert.

Ihren Ehemann getötet und den Mirko Prantl erschossen zu haben, hat sie erst zu dem Zeitpunkt gestanden, als sie mit dem Geständnis des Roman Popov und den Hintergründen seiner Tat konfrontiert worden war.

Wahrscheinlich ist ihr dabei bewusst geworden, dass, auch wenn die vorliegende Beweislage aktuell noch sehr dünn und für eine strafrechtliche Verurteilung möglicherweise nicht ausreichend ist, sie sich mit den falschen Leuten eingelassen hat und sie sich vor dem Popov ihr ganzes Leben lang gut verstecken muss. Denn sobald der aus dem Gefängnis käme, würde er sicher versuchen, sich an ihr zu rächen, denn immerhin hat sie seinen besten Freund ermordet, und das bedeutet in seinen Kreisen ein Todesurteil.«

»Hat sich die Tanja Lang zum Tathergang geäußert?«

»Nein! Und sie hat auch alle anderen offenen Punkte unbeantwortet gelassen.«

»Ihr habt aktuell also lediglich ihr Geständnis und keine weiteren, schlagkräftigen Beweise«, stellte Bruno fest. »Was ist, wenn sie ihr Geständnis in der U-Haft oder vor Gericht widerruft?«

»Das wollen wir doch nicht hoffen!«

»Auszuschließen wäre das aber nicht! Und ein guter Strafverteidiger könnte darauf plädieren, dass sie zum Zeitpunkt des Geständnisses nicht zurechnungsfähig war oder dass sie das Geständnis unfreiwillig unter hohem Befragungsdruck abgelegt hat.«

Die Vorbereitungen für den Prozess gegen Tanja Lang würden noch Monate in Anspruch nehmen, wie Bruno von Martin Nagy und Andreas Fuchs erfuhr, denn ihr war weder nachweisbar, wie sie in den Besitz von K.-o.-Tropfen noch einer Pistole gelangt war. Die Bestellung einer nautischen Karte vom Neusiedler See via Internet rechtfertigte sie damit, dass es sich dabei um eine Besorgung für ihren

Ehemann gehandelt hatte, der in Rust angeblich den Segelschein hatte machen wollen. Und auch die Auswertung ihrer Handydaten und ihres Bewegungsprofils ließen keine eindeutigen Rückschlüsse auf eine Tatbeteiligung zu.

Der Beginn des Prozesses wurde von den Medien und von der Öffentlichkeit mit großer Spannung erwartet.

Bruno selbst reiste Mitte September mit Anna nochmals für zwei Wochen nach Rust, um den Flug der Grau-, Bläss- und Saatgänse und die langen, geometrisch geraden Formationen der Gänsegeschwader zu beobachten, und um von dort aus, diesmal mit Bahn und Bus, die Sehenswürdigkeiten, Schlösser und Burgen im Mittel- und Südburgenland zu besichtigen.

Und um schlussendlich, so wie er es sich ursprünglich vorgenommen hatte, an einem Steg zu sitzen, seine Schuhe und Socken auszuziehen, seine Hose bis zu den Knien hochzukrempeln, und seine Füße ins wohlig weiche und laue Wasser vom Neuiedler See einzutauchen und hängen zu lassen, den Blick auf den schier endlosen Horizont gerichtet …

***

Bisher erschienene Titel aus der Reihe Bruno Specht:

Spechts erster Fall

Rieger & Rieger
Sa sdorowje, Specht!
Kriminalroman
aus Wien

228 Seiten, broschiert
€ 18,70 (A) / 18,19 (D)
ISBN 978-3-902901-50-7

Franz Petritsch, der für den russischen Oligarchen Arudin arbeitet, wird in der Wiener Innenstadt angeschossen, wenig später erliegt er seinen schweren Verletzungen.
Die Polizei geht aufgrund eines Hinweises davon aus, dass es sich um eine politisch motivierte Tat handelt und konzentriert ihre Ermittlungen auf tschetschenische Kreise.
Der pensionierte Wiener Kriminalinspektor Bruno Specht hingegen vermutet hinter dem Attentat ein persönliches Motiv und beginnt, auf eigene Faust im Umfeld des russischen Oligarchen zu ermitteln. Dabei stößt er auf Falschaussagen und Ungereimtheiten.

Als auch der Sicherheitschef des Oligarchen erschossen wird, sieht sich Bruno Specht in seinem Verdacht bestätigt und der Fall nimmt eine völlig neue Wendung.

Spechts zweiter Fall

Rieger & Rieger
Specht auf Kur
Kriminalroman
aus Kärnten

239 Seiten, broschiert
€ 18,70 (A) / 18,19 (D)
ISBN 978-3-902901-65-1

Der Selbstmord eines Klagenfurter Magistratsbeamten führt den pensionierten Wiener Kriminalinspektor Bruno Specht während seines Kuraufenthaltes in Warmbad Villach auf die Spur eines Korruptionsskandals, der den vermeintlichen Unfalltod eines prominenten Kurgastes aus Liechtenstein in neuem Licht erscheinen lässt.

Dank seines kriminalistischen Spürsinns deckt Bruno auf, dass es zwischen dem Magistratsbeamten und dem Kurgast eine geschäftliche Verbindung gab und stößt in der Folge auf ein über zehn Jahre zurückliegendes Gewaltverbrechen, dessen Aufklärung mit einer menschlichen Tragödie endet.

Spechts dritter Fall

Rieger & Rieger
Waidmannsheil, Specht!
Kriminalroman
aus Niederösterreich

232 Seiten, broschiert
€ 18,70 (A) / 18,19 (D)
ISBN 978-3-902901-91-0

In Waldberg, einem idyllischen Ort im südlichen Niederösterreich, wird nach der Schneeschmelze die stark verweste Leiche eines Mannes aufgefunden. Die Identifizierung des Toten gestaltet sich schwirig und auch die Todesursache ist zunächst unklar.

Bruno Specht, pensionierter Chefinspektor des Wiener Landeskriminalamts, der mit seiner Frau Anna auf Urlaub in Waldberg ist, gelingt es, die Identität des Mordopfers zu klären; ein weiterer Mord führt ihn auf die Spur des Täters. Als er versucht, den Verdächtigen aus seiner Deckung zu locken, gerät er selbst in dessen Visier.

Spechts vierter Fall

Rieger & Rieger
Specht im Schilcherland
Kriminalroman
aus der Steiermark

ca. 200 Seiten, broschiert
€ 18,70 (A) / 18,19 (D)
ISBN 978-3-903144-64-4

Dass Bruno Specht, pensionierter Chefinspektor des Wiener Landeskriminalamts, ausgerechnet bei einem Urlaub in seiner geliebten steirischen Heimat mit einem brutalen Verbrechen konfrontiert wird, verstört ihn zutiefst. Denn eigentlich hatte er vorgehabt, gemeinsam mit seiner Frau Anna die malerische Landschaft des Schilcherlandes zu erkunden und die Abende bei einem Glas Wein und einer zünftigen Brettljause ausklingen zu lassen.

Stattdessen wird er aber in die Ermittlungen rund um den Mord an einer jungen Frau verwickelt …

Die Autoren

Veronika Rieger, geb. 1959 in Niederösterreich. Hat im Jahr 2012 mit dem Schreiben von Kriminalromanen rund um den pensionierten Chefinspektor Bruno Specht begonnen. Einer Romanreihe, die Bruno Specht, jeweils unter dem Aufhänger eines spannenden Kriminalfalls, sukzessive durch die österreichischen Bundesländer führt und dabei auch regionale Besonderheiten schildert.

Mario Rieger, geb. 1972 in der Weststeiermark. Seine zahlreichen berufsbedingten Kontakte offenbaren ihm tiefe Einblicke in unterschiedlichste Milieus und in menschliche Schicksale, die sich, ebenso wie sein ausgeprägtes Interesse für die Geschichte Österreichs, in den Specht-Krimis widerspiegeln.

www.specht-krimis.at